하느님과 씨름한 영혼

— 최재형

문학나무소설선 045

하느님과 씨름한 영혼

— 최재형

곽정효 장편소설

문학나무

문학나무소설선 045

하느님과 씨름한 영혼
— 최재형

1쇄 발행일 | 2017년 01월 11일

지은이 | 곽정효
펴낸이 | 윤영수
펴낸곳 | 문학나무

편집 · 기획실 | 03085 서울 종로구 동숭4나길 28-1 예일하우스 301호
이메일 | mhnmoo@hanmail.net

출판등록 | 제312-2011-000064호 1991. 1. 5.
영업 마케팅부 | 03673 서울 서대문구 명지대1라길 24-4 지하 1층(남가좌동 5-5)
전화 | 02-302-1250, 팩스 | 02-302-1251

값 15,000원

ISBN 979-11-5629-043-8 03810

| 머리글 |

자산가를 위하여

사실(史實)이 되지 못한 역사적 사실(事實)들 앞에서 숙연해질 때가 있다. 그곳에 마음을 붙드는 진실이 있고 절절한 소리들이 있기 때문이다. 최재형과 연해주 한인사회도 그 중 하나다. 연해주는 상하이, 한성과 더불어 대표적인 독립운동의 거점이었다.

최재형은 그곳에서 재러 한인사회를 이끌었고 수많은 항일운동단체에 참여하여 재정지원을 아끼지 않았다. 안중근 의사 의거도 도왔다. 시베리아에 출병한 일본군에게 처형되는 1920년까지 독립운동을 전개하였다.

우리 역사를 돌아보면 언제 호의적인 때가 있었던가 싶을 만큼 삶의 현실이 적대적이었다. 당시는 그 어느 때보다 혹독하였다. 국가가 지켜주지 못해 변방으로 밀리고 밀렸던 사람들에게 있어서랴. 더구나 최재형은 함경도 노비 출신이었다. 연해주로 건너가 자산가로 성장하기까지 파란만장한 길을 걸었다.

처음엔 그가 시베리아에서 부를 이루었다는 사실이 흥미로웠다. 그 척박한 환경에서 자산가로 성장했다면 기적에 가까운 삶을 살았을 것 같았다. 하지만 그의 일생을 끝까지 따라가다 보니 지도자라기보다 재러 한인사회에 바쳐진 제물이라는 생각마저 들었다.

조국의 현실이 단순히 항일운동만으로는 어째 볼 수 없는 총체적인 문제라는 판단으로 교육과 생활 향상을 위해 남다른 노력을 기울인 것이 특히 놀랍다. 세계를 두 번이나 돌아 본 후 얻은 안목을 바탕으로 하고 있다고 생각된다.

최재형을 주인공으로 글을 쓰기로 마음먹으면서 정의, 진실 등을 앞세운 영웅담으로 흐르지 않도록 경계했다. 그럼에도 재러 한인사회와 조국을 위해 자신의 목숨과 재산을 바쳤다는 사실을 기둥으로 삼을 수밖에 없었다.

격변하는 러시아 사회를 지켜보면서 그가 꿈꾸었을 세상과 인간을 짚어보고 비중을 두었다. 러시아 귀화 한인들을 대표하는 그의 노선은 때로 비귀화인과 마찰을 빚기도 했고, 이범윤의 부하에게 저격당하는 사건도 겪었다. 그가 몸 바쳤던 독립운동은 다른 꿈 하나가 더 들어 있었을 것만 같았다.

자산가로 성장하는 과정에서 그는 이미 구하는 것을 얻기 위해서는 자신의 모든 것을 바쳐야 한다는 경험을 얻었는지도 모르겠다. 높은 가치를 위해, 보다 나은 세상을 위해 혼신의 힘을 다하는 당시 러시아의 지성들이 바로 눈앞에 있었고, 최재형은 자신을 온전히 내놓은 삶의 결과로 지게 된 바윗돌을 보았을 것이다. 그 바윗돌로 사람들을 한 계단, 두 계단 올라서게 만드는 것을 확인했을 것이다. 멀리는 러시아 사회를 변화시키는 그곳 지도자들의 모습에서, 가까이로는 자신을 돌보아준 대부에게서, 이웃에게서 그 모습을 보았을 것이다.

그는 구할 때 못지않은 열정으로 자산은 물론 자신까지도 다 돌려주었다. 그렇게 하여 탄생하는 것, 만들어진 것, 그것을 소중하게 여겨주어야 할 것만 같았다.

지금 우리가 살고 있는 한반도의 상황이 최재형이 살던 시대와 크게 다를까?

이 소설이 최재형의 인생을 새롭게 살피는 사실로 읽혀지기를 바란다.

2017년을 맞으며

곽정효

차례

1
상선에 오르다

추수가 끝났지만 아무 것도 건질 게 없었다. 마을 사람들 생각이 뒤숭숭했다.

앉아서 굶어 죽는 건 어리석은 짓이다, 어떻게든 살길을 찾아보자. 저기 강을 건너가면 노는 땅이 있다더라, 저만 부지런하면 입은 산다더라.

누군가 강을 건너 노령으로 갔다. 굶주림 앞에서 내 나라와 남의 나라를 가르는 국경선은 의미가 없었다. 내 것과 남의 것도 그렇게 점점 의미가 없어져 갈 것인가? 석구 아재가 도둑질을 하다 붙잡혔다. 몇몇은 굶어 죽는 것보다는 도둑질이 낫지, 하면서 석구 아재를 두둔했다.

아버지가 짐을 꾸렸다. 노령으로 갈 것이라 했다. 목숨을 내건 위험한 일인 줄 알면서.

"물고기가 물을 떠나 살 수 있겠나? 고향땅을 어찌 떠나나? 내 나라 땅에 뼈를 묻어야지."

할아버지는 떠나기 직전까지 반대였다. 아버지에게도 떠나는 일은 결코 쉽지 않았다. 그러나 경원 땅에 미적거리고 있었으면 굶어 죽고 말았을 것이었다.

주인집 광에서 몰래 쌀말을 퍼낸 것을 두고 아버지는 두고두고 괴로워했지만 최재형은 아버지가 죄를 지었다고 생각하는 것 자체가 마땅치 않았다. 뼈 빠지게 일해주고 정당한 대가를 받은 적이 있던가? 사람을 부렸으면 적어도 굶어 죽지 않게는 해 주어야 하는 것 아닌가? 삼 년째 기근이 들어 마을 사람들이 굶어 죽는 판이었다.

양반들은 흉년이 거듭되어도 창고에 곡식을 쌓아 두고 있었다. 최재형은 나눌 줄 모르는 양반들이 미웠다. 국경을 넘어 생사를 장담할 수 없는 먼 길을 떠나면서 그깟 양반네 쌀자루 좀 훔쳐들고 가는 것이 어찌 죄란 말인가? 양반들이 짓는 죄에 비하랴? 눈앞에서 사람들이 굶어 죽는 판에 제 곳간만 지키고 있는 양반들을 누가 높고 귀하다 하는가? 짐승만도 못한 종자들이라고 욕을 퍼부어도 시원찮을 것 같은데 어른들은 어쩌자고 굽실거리기만 하는 걸까? 최재형은 아버지를 볼 때마다 치미는 말들로 가슴이 저렸다.

당연히 받을 것을 못 받고 있었으니 어쩔 수 없이, 이렇게라도 내 것을 찾아가는 것 아니냐?

아버지는 그렇게 말해야 했다. 그런데도 아버지는 몇 번이나 뒤돌아 고개를 숙이며 용서를 빌었다.

형수 손만 바라보며 이렇게 살 수는 없다, 나도 살 길을 찾아 떠나자, 하는 마음이 든 건 저 습지를 메우느라 힘이 부치면서부터였다.

최재형은 형수가 형을 위해 솥 안에 모셔둔 밥 한 그릇을 그릇째 들고 나왔다. 아버지처럼 쩔쩔매지도 미안해하지도 않았다.

아버지는 최재형을 러시아인 집에 보내 일을 거들게 하고 그의 도움을 받아 러시아 학교에 넣었다. 조선인들은 모두 러시아 학교에 다니는 것을 꺼렸다. 최재형 혼자만 러시아 학교에 다녔다.

"우리는 잃을 것이 없는 노비 출신이다. 러시아 학교에 간다고 해도 아무도 손가락질하지 않는다. 러시아에 살자면 러시아 말을 배우고 그 사람들과 어울려 살 방법을 익혀야 하지 않겠느냐? 그것이 바닥 인생을 면할 수 있는 길일 것이다. 그러니 싫어도 가거라."

아버지의 간절한 마음을 외면할 수 없었다. 억지로 나가기 시작한 학교였지만 그럭저럭 재미가 붙었다. 그리고 동네에서 혼자만 러시아 글을 읽고 쓸 줄 안다는 것은 꽤 괜찮은 일이었다. 묘한 쾌감까지 주었다.

형수의 동생들은 아버지가 권해도 러시아 학교에 가지 않았다. 형수네 식구들뿐만 아니라 마을 사람들 모두 상것들이나 하는 짓이지, 하면서 러시아 학교를 외면했다. 형수도 학교는 무슨 학교? 그 시간에 일이나 거들지. 하는 말을 입에 달고 살았다. 학교에 갈 때 신으라고 아버지가 만들어준 짚신이 보이지 않았다. 할 수 없이 짚을 발에 감고 곳곳에 눈이 남아 있는 매운 길을 걸어 학교에 갔다. 돌아오는 길에 형수 동생이 아버지가 만들어준 자신의 짚신을 신고 있는 것을 보았다. 괘씸한 생각이 들었다. 집에 닿을 때까지도 억한 숨이 가라앉지 않았다. 겨우 마음을 다독이며 언 발을 녹이는데 형수가 문을 열고 소리쳤다.

형 혼자 습지를 메우느라 종일 고생하고 있는데 학교 끝났으면 냉큼 올 일이지 뭐하다 이제 왔느냐, 왔으면 어서 가서 도와야지 발을 틀어잡고 뭐하느냐는 거였다. 밥을 먹고 가겠다고 하자 일도 안 하고 건들건들 학교나 들락거리면서 밥은 무슨 밥? 하면서 누룽지를 내밀었다.

"학교 끝나면 러시아인 집에 가서 일하랴, 집에 오면 집안일 거들랴, 나도 힘들다구요, 요즘은 몇 번이나 러시아 함선 청소까지 하다 온 거 몰라요? 나도 정말 힘들다구요, 그리고 왜 나한테는 만날 누룽지만 주는 거예요?"

참았던 말이 터져 나오느라 볼이 메었다. 형수에게 누룽지를 뒤집어씌웠으니 형수가 그 분을 풀지 않고 넘어갈 리 없었다.

형하고도 더 이상 곱게 지낼 수는 없게 되었다. 식구끼리 누구는 굶고 누구는 먹다니, 안 될 일이지. 내 밥그릇 내가 챙겨 가는 것이니 당연한 일이지. 집을 나선 후 줄곧 그렇게 중얼거리며 걸었다.

아, 그러나 이건 뭔가 잘못 된 것 같다. 훔쳐 내온 밥으로는 이틀도 버틸 수 없었다. 며칠째 먹은 것이 거의 없다. 배가 고프다 못해 쓰렸다, 기운이라곤 없다, 봄의 문턱을 넘었다고는 하지만 고향의 한겨울만큼 춥다. 찾아가볼 사람 하나 없다, 어디로 가나? 막막하다. 굶어 죽거나 얼어 죽지 않으려면 집으로 돌아갈 수밖에 없다. 형수의 구박이 어디 아버지가 당한 것과 비교가 될 일이던가. 비교할 게 따로 있지, 떠나자는 생각이 불쑥 고개를 내밀었다.

조국을 떠난 후 얼마나 힘들었던가, 국경을 넘던 첫날 밤, 아버지는 가족들을 향해 앞으로의 삶이 만만치 않을 것이다, 내 나라를 떠났으니 식구들끼리 똘똘 뭉쳐야만 살 수 있다고 단단히 일렀었다.

지신허에 정착한 후 아버지는 매일 황무지와 싸웠다. 아직도 변변

한 소출을 얻지 못하고 몸만 고된 처지였다.

게다가 언제 어디서 뜻밖의 일이 터질지, 누군가가 나타나 이곳은 내 땅이니 떠나라고 할지 모를 일이었다. 힘들게 땅을 일궈놓고 쫓겨난 동포들이 어디 한둘이던가. 남의 나라에 허락 없이 들어와 살고 있으니 소유권을 주장하는 러시아인들이 나타나면 꼼짝없이 당할밖에.

조선을 떠난 후 줄곧 긴장의 연속이었다. 아버지도 형도 말이 줄었다. 잔뜩 움츠리고 살얼음판을 건너듯 했다. 힘들여 개간한 땅을 하루아침에 내놓고 쫓겨날지도 모른다는 불안감은 숨 막히는 것이었다.

이 악물고 견디기는커녕 형의 밥그릇까지 들고 뛰쳐나오다니…….
형수도 사는 게 힘들어 매사에 짜증이 났을 거였다. 화를 풀 데라고는 자신밖에 없는 사람 아닌가? 두 번이나 유산한 것도 열악한 잠자리와 극심한 고생 때문이었을 것이다. 부지깽이를 집어던져도 딱히 맞출 생각이 아니라는 것쯤은 최재형도 알고 있었다.

땅바닥을 파고 웅크리고 자야했던 밤들도 견뎠는데 형이 형수 편을 들어 종아리 좀 쳤기로 꽁심을 품을 게 뭔가? 내게는 나밖에 모르는 아버지가 있지 않은가.

그런 생각을 하면서도 재남 아재가 블라디보스토크라는 도시를 거쳐 우수리스크에 갈 것이라는 말을 듣자마자 가슴이 뛰기 시작했다. 재남 아재보다 한 시진 일찍 출발해 진술 아재네 집 근처에서 마차를 기다렸다. 집 근처에서부터 태워달라고 했으면 쉽사리 태워주지 않았을 것이다. 블라디보스토크에 다녀오라는 아버지의 당부가 있었다는 말에 재남 아재는 아무 의심 없이 태워주었다. 블라디보스토크에 고향 사람이 둘이나 살고 있다는 것을 재남 아재도 알고 있었다. 게다가 가출이라는 건 생각도 못하는 눈치였다.

마차는 집으로부터 빠르게 멀어졌다. 블라디보스토크에서 재남 아재와 헤어진 후 이제 집으로 돌아가기에는 너무 멀리까지 와버렸다는 생각이 들었다. 갑자기 두려워졌다. 혼자라는 것이 얼마나 외롭고 막막한 것인지……. 발을 내디뎌도 허방을 딛는 것만 같았다. 몸도 마음도 까마득한 어둠 속으로 떨어지는 느낌이었다.

마치 누군가가 부르고 있는 것처럼, 어길 수 없는 힘이 끌어당기는 것처럼 발길 닿는 대로 걸었다. 사흘째 잠도 제대로 못 잤다. 어디든 몸을 눕히고 잠을 자야 할 것 같았다. 추위보다, 배고픔보다 눈꺼풀이 더 무거웠다.

눈꺼풀을 억지로 들어 올리려 애쓰는데 커다란 배가 보였다.

아, 저기가 블라디보스토크 항이구나.

항구에는 바람이 더 매서웠다. 사람들이 간간 지나다녔다. 밧줄이 차곡차곡 쌓여 있는 곳에서 멈추었다. 바닥에는 미처 정리되지 않고 버려져 있는 밧줄들이 죽은 뱀처럼 늘어져 있었다. 똬리를 틀고 있는 밧줄 더미에 등을 기대면 잠시 쉴 수 있을 것 같았다.

몇 발 뒤에는 불빛이 새어나오는 건물도 있었지만 창은 꽁꽁 닫혀 있었다. 건물 안에서 사람들이 왔다 갔다 하는 것이 보였다. 그러나 온기를 나눠 줄 사람도 먹을 것을 나눠 줄 사람도 없었다. 아, 이렇게 죽는구나……. 하는 생각이 들었다. 몸이 말을 듣지 않았다. 살은 남의 살 같았다.

밧줄 더미 뒤로 커다란 상자가 보였다. 밧줄에 기대는 것보다 상자 안에 들어가는 것이 훨씬 나을 것 같았다. 상자들은 물건들로 꽉 차 있었다. 죽으라는 법은 없던가? 상자 하나가 헐렁했다. 게다가 따뜻한 모피들이 들어 있었다. 모피 사이로 파고들었다. 곧 죽을 것만 같던 한기가 확 꺾이는 느낌이었다. 몸이 작은 것이 다행이었다. 누군가 다가오는 모양이었다. 발소리가 점점 가까워졌다. 눈에 띄지 않도록 몸을 숨겨야지, 최재형은 잔뜩 웅크리고 숨을 죽였다.

*

"웬 꼬마야?"

깜빡 잠이 들었던가? 정신을 놓았던가? 러시아 사람이 눈앞에 있었다.

도망쳐야 하나? 나쁜 사람들에게 걸리고 만 걸까? 어리석게 가출을 해가지고 낭패를 보게 생겼구나. 아, 저 사람이 성호를 긋는 걸. 어쩌면 나를 불쌍히 여기고 있는지도 몰라.

최재형은 도망치고 싶었지만 도망칠 수 없었다. 기운이라곤 없었다. 눈이 자꾸 감기고 앞이 보였다가 이내 사라졌다.

"이미 배가 뜨는데?"

"열이 펄펄 끓는 게 내려놓으면 그냥 죽게 생겼는걸."

"하, 그거 참."

누군가 자신을 번쩍 들어 올리는 느낌이었다. 그리고 곧 따뜻해졌다.

"선장한테는 뭐라고 할 거야?"

"그냥 잔심부름이나 시키면서 데리고 있으면 어떨까?"

낯선 목소리가 제안을 했다.

"이렇게 작은 꼬맹이가 무슨 일을 하겠어?"

"그래도 어쩌겠어? 이 추운 날, 버려두고 갈 수도 없고 배는 이미 움직이고 있는 걸."

— 아, 저 할 수 있어요. 무슨 일이든 할 수 있어요.

있는 힘을 다해 외쳤다. 들었는지 못 들었는지 대답이 없었다. 다시 한 번 먹여 주고 재워만 준다면 무슨 일이든 할 수 있다고 분명하게 외쳐야겠다. 어떻게든 허락을 받아내야 하는데……. 왜 이리 졸릴까? 몇 번이나 눈을 감았다 떴다. 눈을 감았다 뜰 때마다 간간 하늘이 보이고 말소리가 들렸다.

"항구에 사람들이 있잖아? 배를 돌리라고 해 볼까?"

— 아, 안돼요. 버려두고 가지 마세요. 데려 가서 일을 시켜 주세요.

손에 잡힌 것이 옷자락인 것 같았다. 꽉 움켜쥐고 놓지 않았다. 손가락을 자르기 전에는 떼어낼 수 없다고 말하고 싶었다. 떼어내려던 손에서 차츰 기운이 빠져나가더니 더 이상 떼어내려 들지 않았다.

"이거 참, 누가 상자 안에 사람이 든 것도 모르고 실었어?"

"그러게 말이야. 그런데 어떻게 상자 안에 들어가 있었지? 제길, 이 일을 어쩐다? 이미 출항했는데 이제 와서 배를 돌릴 수도 없고……. 할 수 없지, 상트페테르부르크에 가서 어떻게 해 보든지 하는 수밖에."

선원들이 나누는 말이 조금씩 현실을 찾아주었다.

건장한 러시아 남자들이 왔다갔다하고 배가 크게 돌며 방향을 잡았다. 육지가 멀어지는 중이었다. 어디로 가는 배일까? 저 육지에 아버지가 있고 형이 있는데. 이대로 영영 헤어지게 되는 것은 아닐까?

— 블라디보스토크 항이 이토록 넓을 줄이야.

"세상은 훨씬 더 넓단다. 어때? 저 넓은 바다를 보니까 속이 다 시원하지? 지금은 얼음이 그리 두텁지 않구나. 춥기는 해도 한겨울은 아니니까. 한겨울에는 제법 두툼하게 얼음이 덮인단다. 배가 지나가면 얼음이 깨지며 길을 내어 주지. 볼 만하단다."

혼잣말을 알아들었는지 팔자수염의 선원이 스프 그릇을 내밀며 말했다. 러시아에 와서 처음으로 먹어보는 양질의 음식이었다. 갈아 넣은 고기들이 부드러운 야채와 어울려 별미였다. 그릇 바닥까지 싹 비우고도 아쉬웠다.

"애야, 갑자기 음식을 많이 먹는 것은 좋지 않다. 우선 조금만 먹어 둬라."

팔자수염은 부드러운 빵 한 덩어리와 잼을 건네주었다.

"뱃멀미를 안 하는 걸 보니 뱃사람이 되어도 좋겠구나."

배 안에서 며칠 지났을 때 팔자수염과 항상 붙어 다니는 알렉세이가 말했다. 최재형을 발견하고 성호를 그었던 바로 그 남자였다. 곧 굶어 죽거나 얼어 죽을 것만 같은 어린 아이를 어찌 내려놓을 수 있느냐고 말했었지. 겉은 우락부락해 보이는데 속은 따뜻한 사람인가? 고마운 마음을 전하고 싶은데 뭐라고 말해야 할지 용기가 나지 않았다.

팔자수염의 이름은 드미트리였는데 배 안에서 일어나는 일을 총괄하는 윗자리였다. 배 안에는 스무 명쯤 되는 선원이 타고 있었다. 드미트리는 자신의 침대 위층에 자리를 마련해 주었고 이것저것 살펴주었다. 얼마 전에 아들을 얻었다는 말도 했다. 최재형은 아마 그래서 아이를 보면 마음이 쓰이는 걸 거라고 생각했다. 알렉세이는 드미트리보다 키가 한 뼘은 컸으나 나이는 몇 살 아래였다. 다른 선원들도 대부분 드미트리보다 나이가 적었다. 그래서 그런지 드미트리 앞에서는 깍듯했다. 최재형에 대해서도 대부분 쓰다달다 말이 없었는데 가끔 한 번씩 동양인에 대한 호기심을 담아 말을 던지곤 했다. 문제는 니콜라이였다. 그는 배 안에서 막내였다. 조선 나이로 치면 열아홉 살이나 되었지만 열일곱 살이라고 자신을 소개했다. 최재형과 가장 가까운 나이였다. 니콜라이는 자신에게 떨어진 심부름을 최재형에게 돌리기 일쑤였다. 모든 잔심부름이 니콜라이를 거쳐 최재형에게 돌아왔다.

제일 힘든 일이 니콜라이의 대결 상대가 되는 것이었다. 선원들은 배가 출항하면 심심해졌고 넘치는 힘을 어딘가에 써야 했다.

"기항지에서 짐을 싣고 내릴 때를 대비해서라도 열심히 힘을 키워놔."

드미트리는 선원들을 향해 운동을 해야 몸도 마음도 버틸 수 있다고 말하곤 했다. 대개는 맨손이었지만 간혹 몽둥이를 들고 겨루기도 했다. 선 안에서만 싸울 것, 상대에게 상처를 입히지 않도록 노력할 것, 등등의 규칙이 있었지만 누구나 크고 작은 상처들을 피할 수 없었다. 하루에 한두 번씩은 어떤 형태로든 대결을 하고 뒤풀이를 했다. 뒤풀이 때 마시는 보드카는 사람들의 기분을 좋게 하는 마법의 물 같았다.

"야, 꼬맹이, 너도 남자니까 힘을 길러야지."

선원들은 장난삼아 한 번씩 최재형의 가슴팍에 주먹을 들이대기도 했지만 힘은 실리지 않았다. 니콜라이만이 대련 기회를 이용해서 최재형에게 주먹을 날렸다.

"겁먹을 거 없다"

"상대가 공격해 오는데 손 놓고 앉아 있으면 어쩔 거냐? 너도 맞받아 쳐야 할 것 아니냐?"

알렉세이와 드미트리가 옆에서 소리쳤지만 니콜라이만 보면 몸이 굳어버렸다. 보다 못한 드미트리가 방어하는 방법들을 일러주었다. 덩치가 비교가 안 될 만큼 큰 니콜라이를 상대하자면 속도와 민첩함만이 살길이라고 강조했다. 넘어지게 되면 다섯을 세기 전에 일어나 상대를 공격하고 발길이 들어오면 재빨리 잡아 들어오는 힘을 이용해 던져버리라고 주문했다. 연습 상대가 되어 주기도 하고 바닥을 치며 숫자를 외치기도 했지만 소용이 없었다. 니콜라이는 덩치가 큰데도 날렵하고 힘이 좋았다. 그의 빠른 손과 발을 보고 대응하려면 눈이 튀어나올 만큼 집중해야 했다. 몸에서 멍이 사라질 날이 없었다. 게다가 틈만 나면 부려먹으려 들었다. 부서질 것처럼 몸이 아파도 시키는 일을 피할 수 없었다.

알렉세이와 드미트리가 마음을 써주기는 했지만 대개는 곁에 없었다. 늘 가까이 있는 건 괴롭히는 니콜라이였다.

육지라면 도망이라도 칠 텐데.

주변은 끝이 안 보이는 바다이니…….

배는 물 위에 떠 있는 감옥과 다름없었다. 물빛은 생각처럼 푸르지도 맑지도 않았다. 바닷물을 보고 있으면 두려웠다. 끊임없이 구

불거리는 것이 마치 괴물의 등줄기처럼 보이곤 했다. 검은 빛이 금방이라도 사람을 잡아당길 것만 같았다. 얼마나 깊으면 물빛이 검을까? 바라보기만 해도 두려운 바다. 그 위를 흔들리며 가고 있는 배! 물 위에 떠가는 것이 아니라 시커먼 바닷물과 싸우는 중이라는 생각이 들기도 했다.

— 꼼짝 못하게 됐군! 집을 떠나는 게 아니었어. 아니, 내 나라를 떠나는 게 아니었어.

간사하게도, 아버지가 고향을 떠나지만 않았어도 이런 일은 겪지 않았을 것을……. 하는 원망까지 들었다. 그리고 죽음이라는 것이 굶주림으로 인한 죽음뿐만이 아니라는 생각을 처음으로 했다.

선원들은 모두 아침에 일어나면 기도부터 했다. 기도는 지극히 공손하고 간절했다. 기도하는 모습을 보고 있으면 두려움이 나만 짓누르고 있는 것이 아니구나 싶은 생각이 들었다. 니콜라이가 공을 아끼는 것 역시 두려움을 잊기 위한 것일지도 몰랐다. 니콜라이는 낡은 공 하나를 끼고 살았다. 자신이 가지고 있는 그 어떤 물건보다 아꼈다. 그는 공을 이용해 몸을 단련했다. 팔을 쫙 벌리고 공을 왼쪽에서 오른쪽으로 굴리면서 몸으로 세 번 누르는 동안 몸은 얼마쯤 공중에 떠 있었다. 공을 찍고 공에서 떨어진 몸이 솟았다 다시 내려와 공을 찍을 때 보면 정확히 가슴 한가운데였다. 다시 몸을 들어 올렸다가 내려오면 공은 오른쪽 팔 끝에 있었다. 반대로 굴리며 같은 동작을 반복하곤 하였는데 위치며 간격이 일정하고 정확했다. 공은 니콜라이의 몸과 하나인 것처럼 보였다. 최재형에게 공을 던져주며 너도 한 번 해보라고 했지만 니콜라이처럼 몸을 가볍게 들어 올렸다 내리면서 공을 찍고 굴리는 것은 불가능했다. 가슴팍 여기저기 상처만 생겼다.

선장이 장난삼아 공을 이리저리 굴리다가 배가 쿨렁이는 바람에 놓쳤다. 공은 경사를 타고 빠르게 굴렀다. 알렉세이가 잡으려 했지만 되레 공을 띄우고 말았다. 때마침 최재형이 공이 굴러오는 그 자리에 서 있지 않았더라면 공은 그대로 바다에 빠지고 말았을 거였다. 난간 밑으로 굴러가는 공을 향해 최재형이 반사적으로 팔을 뻗었다.

"아, 다행이다, 고마워, 정말 고마워."

고맙다는 말, 배에 오른 후 처음 듣는 말이었다. 니콜라이에게 이런 얼굴, 이런 목소리가 있었구나, 최재형은 니콜라이의 뒷모습이 현실인지 헛것인지 의심스러워 한참을 바라보았다.

그러나 그 얼굴, 그 표정은 불과 한 시간도 안 되어 일그러졌다. 최재형은 그가 왜 또 그렇게 화를 내는 건지 이해가 되지 않았다. 보통 그가 최재형에게 화를 내는 것은 아주 사소한 일이었다. 니콜라이의 화는 자신이 최재형보다 높고 강한 사람이라고 믿는 데서 시작되는 거라고 최재형은 생각했다. 최재형은 언제부턴가 꼭 니콜라이보다 강한 사람이 되어 보란 듯이 그를 상대하리라 다짐을 두고 있었다.

"너 여기 있던 트러플 손댔지?"

"아니요. 그런 거 손댄 적 없는데요."

트러플? 처음 듣는 이름이었다.

"검은 색인데 식물 뿌리 같기도 하고 돌멩이 같기도 한 거 말이야. 정말 못 봤어? 너 말고는 그 동안 주방에 들어온 사람이 없는

데?"

니콜라이가 그렇게 물을 때까지도 최재형은 자기가 무얼 잘못했는지 알지 못했다.

"돌멩이 같은 거요?"

"그래, 못 생긴 검은 돌 같은 거."

"아, 혹시, 그거?"

니콜라이가 칼자루와 함께 조리대에 두었던 검은 돌덩이 같은 것이 생각났다.

"봤어? 설마, 버렸어?"

갑자기 니콜라이가 쓰레기통을 뒤지기 시작했다. 시든 양배추, 감자 껍질과 함께 버려져 있는 그것을 니콜라이가 고이 모시듯 받쳐 들고 조리대에 올렸다.

"이 바보야, 넌 뭐가 귀하고 중한지도 모르냐? 엉? 그게 얼마짜린데?"

뺨으로 가슴으로 주먹이 날아왔다. 왜 맞는지도 모르면서 넘어져 발길질까지 당했다. 그렇게 귀한 것이면 잘 간수할 것이지, 아무 당부도 없이 칼자루 옆에 방치해 놓고 이렇게 사람을 잡다니. 그깟 돌멩이 같기도 하고 굳은 흙덩이처럼 보이기도 하는, 냄새까지 고약한 물건 하나 때문에 사람을 이리 잡다니. 최재형은 속에서 치미는 불 때문에 아픈 줄도 몰랐다.

"그것이 꼴은 그래도 아주 귀한 것이란다. 세계에서 세 손가락 안에 꼽아주는 진미라더라. 선장 부인이 특히 좋아하는 거라 주방 사람들이 아낀다. 다른 사람은 맛도 보지 못하는 거다. 선장부부도 특별한 날에나 먹는다더라. 마침 오늘이 두 사람의 결혼기념일이어서 주방장이 송아지 고기랑 바다가재 요리에 넣으려고 했던 모양이다."

알렉세이의 설명을 듣고도 분이 풀리지 않았다. 사람들은 도대체 왜 그런 것을 먹는다고 유난을 떨까? 선장 부인을 향해서도 원망이 들었다.

드미트리가 말했다.

"세상은 다 그렇게 돌아간다. 남에게 무시당하지 않고 살려면 힘을 가져야 한다. 너처럼 왜소한 몸으로 힘을 갖기는 어려울 것이다. 또 갖는다 해도 육체의 힘은 한계가 있다. 내 생각엔 돈을 벌어 힘을 갖는 것이 제일 나을 것 같다. 이왕 상선을 타게 됐으니 고생이라고만 생각하지 말고 경험을 잘 살려 봐라."

"제가 뭘 해서 돈을 많이 벌 수 있겠습니까?"

최재형은 작고 초라한 자신의 몸을 내려다보면서 물었다.

"돈은 주인을 가리지 않는다. 너 하기 나름이다. 물론 하느님이 허락하지 않으면 아무 일도 되지 않겠지만."

그렇게 말하면서 드미트리는 한숨을 내쉬었다. 부단히 노력했지만 한 번도 제대로 돈을 벌지 못했기 때문이었다.

알렉세이와 함께 두 사람은 줄곧 북극해에서 고래를 잡는 포경선을 탔었는데 한 번도 운이 따라 주지 않아 포기하고 상선으로 옮겨 타게 되었다고 했다.

"한 번 출항하면 적어도 고래 대여섯 마리는 잡아야 수지가 맞는 법인데 우리는 그러질 못했거든."

"정말로 그 큰 고래를 잡아 봤어요?"

언젠가 고래라는 것이 적어도 소 사오십 마리를 합한 것만큼 크다는 말을 들은 적이 있었다.

"그랬지, 북극해에 가서……."

"그곳은 얼음만 있는 곳 아닌가요?"

"겨울이야 온통 얼음이니 갈 수 없지만 봄부터 가을까지는 갈 수 있으니까. 고래 잡는 일은 남자라면 한 번쯤 꼭 해볼 만한 일이거든."

드미트리가 멀리 작살을 던지는 시늉을 했다.

"고래잡이가 돈벌이가 좋은가요?"

"왜? 너도 해 보고 싶냐? 모든 부위가 다 쓰이니까 일단 잡기만 하면 돈이 되지. 기름으로 불도 켜고 약 만드는 재료로 팔기도 하고 가죽으로는 옷도 만들고 위장은 말려서 방수재로 쓰지. 심지어 찌꺼기조차도 구두약, 윤활유 등으로 쓰이니까 그야말로 버릴 게 없다고 봐야지."

"그래도 위험할 거 같아요. 상선을 타게 된 건 잘된 일 아니에요?"

말은 그렇게 하면서도 최재형은 나도 그런 배 한 번 타보고 싶다, 안 되면 고래를 한 번 보기라도 했으면 좋겠다는 생각을 했다.

최재형은 배 안에서 가장 돈이 많은 사람을 짚어 보았다. 단연 선장, 블라디미르일 것이었다. 선주는 코젤스키라는 사람인데 영국 여자와 결혼해 일 년의 반은 영국에서 살고 있다던가, 선장은 이 큰 배를 움직이고 있고 스물이나 되는 사람들을 부리고 있으니 비록 배주인은 아니라할지라도 돈이 많을 것이라고 최재형은 생각했다. 그런데 그의 얼굴은 항상 어두웠다. 그를 보고 있으면 이상한 어둠이 느껴졌다. 드미트리 말대로라면 돈이 많으니 사람들 사이에 힘을 가졌을 것이고 당연히 행복해야 할 것 아닌가? 행복해야 할 사람의 얼굴이 왜 그 모양인가? 서양인의 얼굴이라 그렇게 보이는 걸까? 그러고 보니 그 트러플이라는 것과 어딘가 좀 비슷한 듯도 싶었다.

"그런데 트러플이라는 거, 그게 정말 맛이 그렇게 좋은가요?"

"글쎄, 내 생각엔 그것이 귀해서 진미 중의 진미로 대접받는 거 아닐까 싶다. 버섯이기는 하지만 다른 버섯과 달리 땅속에 있어서 찾기가 쉽지 않다니까 말이다. 듣자하니 천둥번개가 많았던 여름이 지나면 질 좋은 트러플을 얻을 수 있다더구나. 독특한 맛이 일품이라고는 하지만 사람들이 그런 특성을 높이 사서 더욱 귀히 여기는 것인지도 모른다."

드미트리의 말을 듣고 보니 홍미가 생기기는 했다.

"어머나, 오늘은 귀한 트러플이 올랐네."

감탄사와 함께 환한 얼굴로 식탁에 앉는 선장부인의 모습을 보면서 최재형은 이해가 되지 않았다. 그 이상한 것을 저리도 귀히 여기다니. 조선에서는 듣도 보도 못한 것을 러시아에서는 저리도 귀히 여기는구나……. 생김이 다르고 입맛이 다르고 생각이 다르고 살아가는 방법이 다르다, 나는 그런 사람들 속에서 살아가야 하는 거구나. 갑자기 두려움이 등줄기를 훑고 지나갔다. 맥이 풀리고 피가 다 빠져나가는 느낌이었다.

*

사람의 모습은 조금씩 다르지만 사람 사는 세상은 다 한가지다.

풀이 죽어 있는 최재형에게 다가와 따뜻한 손을 내민 사람은 선장 부인이었다. 사람들은 그녀를 마마라고 불렀다.

"이번에 아프리카에 내리면 카카오와 악어가죽을 집중적으로 매입할 거란다. 우리는 러시아와 다른 환경에서 나는 특산물들을 사서 러시아에 팔고 중국에서 산 향료나 차, 비단은 유럽에 가져다 판단다. 그래서 이익을 얻는 거지. 트러플이나 캐비어 같은 것이 전 세계 식탁에 오를 수 있는 건 우리 같은 사람들이 있기 때문이다. 이런 일을 하려면 어디서 무엇이 나는지, 어디 사람들이 무엇을 갖고 싶어 하는지, 무엇을 필요로 하는지를 잘 파악해 두어야 한단다. 그런 안목을 갖추려면 기항지에서 사람들의 사는 모습을 잘 살펴봐야겠지?"

"당연히 이익을 위해 거래를 하지만 어떤 면에서는 세계를 이어주고 있다고도 볼 수 있지."

드미트리가 운동기구를 내려놓으며 말했다. 선장부인은 그동안 한 번도 운동을 함께 한 적이 없었으므로 그녀가 몸을 뒤틀었다 풀었다 하며 운동을 하는 모습은 낯설었다. 최재형을 유심히 보며 콧노래까지 불렀다. 최재형을 가까이 불러 이 동작 저 동작 따라해 보라고도 했다.

"조선 사람이라고 했지? 알렉세이와 드미트리가 널 돕고 싶어 한다만 사실 우리는 네가 이 배에서 지내는 것이 마땅치는 않았다. 너에게도 힘든 일일 것이고. 그러나 네가 꼭 원한다면 뱃사람이 되도록 도와주마. 네 생각은 어떤지 듣고 싶구나."

"다시 블라디보스토크로 돌아오면 그때 결정하고 싶습니다."

"흠, 그래 다른 기항지에 내려 줄 수는 없는 일이니 그때까지 기다릴 수밖에 없겠지. 이번에 상트페테르부르크까지 가서 일을 마치고 돌아오자면 시간이 꽤 걸릴 것이다. 이왕 이렇게 함께 살게 되었으니 우선 러시아 말부터 열심히 배워라. 이미 불편함이 없을 만큼 한다고 들었다만 감정까지 통하려면 아직 부족해 보이는구나. 서로 소통이 잘 되지 못하면 어려움이 더 많아지는 법이지. 나도 배 안에서 딱히 할 일이 없으니 너를 도와주마. 하루에 두세 시간쯤 내게 와서 배우도록 하렴."

그렇게 시작된 공부가 러시아 말을 배우는 것으로 끝나지 않았다. 우락부락하고 단순한 선장과 달리 부인은 해박했고 자상했다. 배 안의 남자들이 못하는 어려운 계산을 너끈히 해내는 눈치였다. 수학, 역사, 음악, 문학 등 최재형의 눈엔 모르는 것이 없는 사람 같아 보였다.

마마는 음악에도 조예가 깊었다. 도, 레, 미, 파, 솔, 라, 시, 도를 처음 배운 건 러시아 학교에 다닐 때였다. 마마는 이 음들을 배합하여 리듬을 만들면 다양한 감정을 실어 보낼 수 있다는 것을 알게 해 주었다. 아름다운 선율들은 숨어 있던 감성을 찾아주기도 했다. 새로운 세계, 새로운 기쁨들이 눈을 떴다. 신기했다. 최재형은 갑판에 나가 바다의 소리를 들었다. 언제부턴가 바람 속에서도 음을 찾을 수 있었다. 다른 어떤 것에도 비할 수 없는 즐거움이었다.

"오늘은 무얼 배웠니?"

숙제를 들고 끙끙거리는 최재형과 니콜라이 쪽으로 드미트리가 웃으며 다가왔다.

"아, 잘 오셨어요. 이거 좀 가르쳐 주세요. 암만 봐도 모르겠어요."

니콜라이의 숙제는 2, 3, 5, 7……. 숫자들의 공통점을 찾아오라는 것이었다. 마마는 니콜라이에게 숙제를 내주며 최재형에게는 너도 할 수 있으면 한 번 해 보렴, 하였다. 안 해도 된다는 말이었기에 관심을 두지 않고 있었다.

"자신 이외에는 나뉠 수 없는 숫자들이란다. 소수라는 건데 소수에 대해 다 아는 사람은 없다. 마치 인생과 같은 숫자지. 점점 더 긴 소수가 발견되고는 있지만 어떤 사람이 가장 긴 소수를 발견했다고 하면 곧 누군가가 나타나 그 기쁨을 깨곤 한다. 아나스타시아가 다른 면에서는 다 부족해도 숫자에는 뛰어난 능력이 있다고 들었다. 특히 소수 찾기를 좋아한다더라. 그래서 마마도 소수에 관심이 많단다."

드미트리는 마마 다음으로 아는 것이 많은 듯했다.

"아, 수학은 역시 어려워."

니콜라이는 머리가 지끈거린다는 표정이었다.

"아나스타시아? 아나스타시아가 누군데요?"

"선장의 딸이야."

드미트리는 한 마디로 짧게 답하고는 입을 다물었다. 최재형은 드미트리의 표정이 굳어지는 걸 놓치지 않았다. 뭔가 좋지 않은 느낌이 빠르게 스쳤다. 최재형은 숫자들에도 각각의 성격이 있고 특성이 있다는 말이 놀라웠다. 나도 한 번 풀어볼까? 관심이 생겼다. 니콜라이가 집중하고 있는 숫자들을 눈여겨보았지만 이해가 되지 않았다. 그러니까 아나스타시아라는 아이는 저 어려운 숫자들의 비밀을 알고 있단 말이지? 아나스타시아에 대한 궁금증이 고개를 들었다. 어떻게 생겼을까? 예쁠까? 최재형이 본 러시아의 소녀들은 하나 같이 아름다웠다. 러시아인들 스스로도 러시아 처녀들의 미모는 러시아의 자랑거리 중 으뜸이라고 말하곤 하였다. 비록 중년이 되면 곰과 씨름을 해도 될 만큼 비대해지기는 하지만. 아나스타시아도 마마를 보며 연상해 보는 것 이상으로 아름다울 것 같았다.

"마마는 수학보다는 문학에 밝다. 아마 푸시킨의 시를 많이 배우게 될 거다. 그녀가 가장 좋아하는 시인이거든."

드미트리는 최재형의 머리를 한 번 쓰다듬고는 수건을 목에 두르고 밖으로 나갔다. 그는 바다를 향해 서서 건포마찰을 하는 걸 즐겼다.

"푸시킨?"

이미 들은 적이 있는 이름이었다.

"러시아의 문학은 푸시킨을 향해 모아지고 다시 푸시킨에서 시작되고 있다는 말이 있단다. 푸시킨을 알면 러시아 문학을 다 안다고도 하고."

과연 얼마 지나지 않아 마마의 입에서 푸시킨이 수도 없이 튀어나왔다. 톨스토이라는 이름도 뒤따라 나왔다. 그런데 이상한 건 그들이 훌륭한 사람들이라는 이야기를 하면서 한숨을 섞는 것이었다.

"마마는 러시아를 걱정하는 거다."

"왜요?"

"지금 러시아에 큰 변화의 바람이 불고 있거든. 모르긴 해도 네 나라, 조선도 마찬가지일 게다."

최재형은 드미트리의 말이 무슨 소린지 감이 오지 않았다. 최재형의 눈에 러시아는 결코 한숨 쉴 나라가 아니었다.

"당신 아주 신이 나는 모양이야, 선생 노릇에 시간 가는 줄 모르는 것 같아."

"아이가 제법 똘똘해서 가르치는 재미가 있네요. 배 안에서 지겹지도 않고 좋은데요."

"그럼 뭘 해? 배에서 녀석이 쓸모가 없는데."

"왜요? 잔심부름 다 맡아서 하잖아요, 그리고 무엇보다 내가 숨을 좀 쉴 것 같아요."

"그렇담 다행이긴 하지만……. 당신, 그 녀석을 보고 있으면 아나스타시아 생각이 더 날 것 아니오?"

"어떻게 아나스타시아 생각에서 한 순간인들 벗어날 수 있겠어요? 그래요. 저 아이를 보고 있으면 아나스타시아 생각이 나요. 저 아이를 사랑으로 돌보면 그 사랑이 돌고 돌아 우리 아나스타시아에게 가게 될 거라는 생각도 해요."

아나스타시아? 왜 저리도 간절할까? 아나스타시아에게 무슨 일이 있는 걸까? 아나스타시아 말만 나오면 선장도 마마도 금세 표정이 변했다.

시간이 흐르면서 최재형을 보는 선장의 눈길도 조금씩 부드러워졌다. 인도를 떠날 때는 아무 도움도 되지 못하는 녀석이라는 눈총이 따갑게 느껴졌었다. 중국에서 만큼은 아니어도 많은 물건을 내리느라 선원들은 모두 땀에 젖었고 지쳐갔다. 돕고 싶었지만 도움이 되기는커녕 곁에서 얼쩡거리는 것만으로도 귀찮을 것이었다. 체력이 없으면 뱃사람이 될 수 없다는 드미트리의 말이 새삼 실감났다. 쓸모없는 존재라는 생각에 숨죽이고 있어야 했다. 배 안 어디에 있어도 바늘방석이었다.

짐을 내리는 일로 끝이 아니었다. 제법 많은 물건들이 올라와 짐칸을 다시 채웠다. 최재형은 상자 속에 든 것들이 무엇인지 몰랐지만 유럽에 가져가서 팔면 돈이 될 것이라는 기대를 읽을 수 있었다.

러시아에 있는 물건들을 다른 지역으로 가져다 팔고 다른 지역에서 나는 물건들을 러시아에 가져다 팔면 돈이 되는구나. 아마 돌아올 때는 러시아에 없는 다른 지역의 물건들로 배가 무겁겠구나. 그리고 큰돈을 갖게 되는 거구나, 이렇게 돌아다녀본 적이 없는 사람들은 만져볼 수 없는 큰돈을. 아, 돈을 이렇게 벌 수도 있구나.

최재형은 장사를 하는 일에 흥미를 느꼈다. 고향에서 본 보부상들의 모습과는 전혀 다른 모습이었다. 사람이 살아가는 방도가 땅을 파고 씨를 뿌리는 일뿐인 줄로만 알았다. 아버지도 형도 할아버지도 그랬다. 지신허로 간 이유도 씨 뿌려 거둘 수 있는 땅이 있었기 때문이었다. 한 뼘의 땅이라도 더 차지하기 위해 황무지를 개간하고 늪을 메웠다. 조선에서는 땅이라는 것이 이미 주인이 다 있어서 뼈 빠지게 일해 봤자 가난을 면할 수 없었다. 뿐인가, 흉년이 들면 고통을 고스란히 떠안아야 했다.

러시아에서는 달랐다. 연해주 지역이 청에서 넘겨받은 지 얼마 안 되는데다가 러시아 정부의 손이 잘 닿지 않는 곳이어서인지는 모르겠지만 버려진 땅을 개간하여 얻은 수확물은 온전히 자신의 것이 되었다. 노력하면 보답이 돌아왔다. 조국을 떠난다는 것은 발밑이 무너지는 일이었지만 그 모든 어려움을 감수하고 러시아로 향하는 사람들이 하나둘 늘어가는 이유였다. 최재형은 줄곧 그런 아버지와 이웃 아저씨들을 무슨 개척자라도 되는 듯 바라보았고 훌륭하다 여기고 있었다. 그런데 인도를 떠나면서, 아버지들은 다른 세상을 꿈꿀 줄 모르는 우물 안 개구리라는 생각이 들었다.

드미트리, 알렉세이는 물론 니콜라이까지도 인도에서 머무는 동안 부지런히 들락거리며 개인적으로도 뭔가를 사고팔았다. 인도를 떠날 때 보니 선원들 대부분이 두둑한 주머니를 만지작거리며 보드카를 돌렸다. 니콜라이가 챙긴 것은 가장 작은 주머니였지만 그도 며칠 동안 싱글벙글이었다.

"저 땅이 아프리카야. 피부색이 검은 사람들이 살지. 날씨가 러시아와는 판이하게 달라. 극과 극이야. 언제나 찌는 듯이 덥대. 그래서 사람들 피부가 검은 건지도 몰라."

배를 대는 동안 니콜라이가 기항지에 관해 짧게 설명해 주었다.

이번에도 제 주머니를 따로 챙길 참인가? 기후가 그렇게 다르다면 이곳에 있는 물건들은 러시아에서는 보기 힘든 물건들일 것이다. 선장부부도 악어가죽에 대해 여러 번 말했다. 상아라는 것도 살 계획인 듯했다.

"아무래도 카카오 원두를 어느 정도는 올리려 하겠지?"

드미트리가 알렉세이에게 물었다.

"그럼. 이제 비릿한 맛을 없애는 기술이 나온 데다 설탕까지 가미되면서 초콜릿 인기가 날이 갈수록 높아지고 있잖아."

카카오는 열매고 초콜릿의 원료가 된다는 것도, 아프리카 사람들은 비릿한 맛이 나는 채로 잘도 먹지만 유럽에서는 그 맛을 없애고 설탕을 넣어 먹는다는 것도 신기한 소리였다. 두 사람 다 크게 관심을 보이지는 않는 걸로 보아 이익이 크지는 않은 모양이었다.

아프리카에서는 중국이나 인도에서와 달리 내리는 짐이 거의 없었다. 여러 가지 연장이 든 상자와 보드카, 소금 상자가 내려갔을 뿐이었다. 반면에 올리는 짐은 많았다.

개인적인 거래를 하는 선원들의 모습도 다른 곳과 달랐다. 금이 든 주머니만 만지작거렸다. 무게나 부피가 나가는 짐은 찾아볼 수 없었다. 중국에서는 출항 전에 니콜라이만 빼고 어른들끼리 어딘가에 가서 취하도록 술을 마시고 다음날 돌아왔었다. 아프리카에서는 밤이 되어도 아무도 내리지도 취하도록 마시지도 않았다. 최재형은 아프리카가 신기했다. 출항하고도 오랫동안 아프리카인들의 모습이 지워지지 않았다.

"저기 좀 봐. 시커먼 게 보이지? 그게 뭔지 알아?"

"글쎄……. 뭔가 움직이는 것 같은데 멀어서 잘 모르겠어."

"바로 물개야. 물개."

"저렇게 많은 게 다 물개야?"

멀리 보이는 바위섬을 가리키며 물개에 대해 알려주는 사람은 니콜라이뿐이었다. 얼굴도 마주하기 싫을 만큼 밉기도 했지만 그럴 때는 의지가 되었다.

"그렇다니까. 가다보면 펭귄이 사는 곳도 있고 새떼가 하얗게 해안을 덮고 있는 곳도 있어. 대륙 안으로 들어가면 열대림은 물론이고 사막도 많대. 난 가본 적 없지만."

"저기 보이는 해안의 모래땅은 사막이라던데 물개들이 산단 말이야?"

"그러엄. 해안에서야 얼마든지 살지."

"피부가 두껍고 기름기도 많아 보이는데 더워서 어떻게 살지?"

"정 못 견디겠다 싶으면 물로 들어가겠지. 나도 들은 말인데 실제로 새끼들은 네 마리 중 하나 꼴로 죽는다고 하더라구. 환경이 안 좋다보니 약한 놈은 죽는 거지."

"환경이 좋은 곳에 가서 살면 될 걸, 사람처럼 국경이 있는 것도 아니고."

"그게 말이야. 기후 환경은 안 좋지만 천적이 없어서 먹고 살기에는 이곳이 좋다는 거야. 바다에 들어가면 먹을 게 얼마든지 있고."

"아, 그렇구나. 지들 나름대로 머리 써서 사는 거네."

"그뿐인 줄 알아? 죽은 물개 때문에 저 사막에 사는 여우들이 또 굶어 죽지 않고 살 수 있는 거래."

"그러니까 적당히 죽어 주는 것이 다른 녀석들을 살 수 있게 만드는 거라는 소리야?"

"더 재미있는 건 물개를 먹으면 물개를 통해 수분을 공급받을 수 있다는 거야. 저 물 없는 사막에서 좋은 물을 먹는 셈이지."

"그렇겠네, 물개야 걸핏하면 물에서 사니까 딱 좋겠네."

"재미있지? 다 그렇게 살게 되어 있는 거라 이 말이지."

니콜라이의 말을 듣다보면 아프리카는 점점 더 신기하게 느껴졌다.

기항지마다 생각해 본 적도 없는 사람들과 자연경관들을 만날 수 있었다. 처음에는 얼이 빠져 있었지만 점차 새로운 세상을 즐기게 되었다. 멀리 육지가 보이기 시작하면 이번에는 또 어떤 나라일까? 어떤 광경을 보게 될까? 가슴이 설레기 시작했다.

가장 안타까운 건 스페인이라는 나라에서 본 넓은 땅이었다. 아프리카와 달리 얼마든지 농토로 바꿀 수 있을 것 같아 보였는데 방치

되어 있었다. 땅을 놀리다니? 저 넓은 땅들이 그저 들꽃이나 피우며 놀고 있다니. 아버지와 형은 한 뼘의 땅이라도 더 일구기 위해 얼마나 애를 쓰는데.

"농사를 짓기에는 강수량이 부족해."

니콜라이가 별 쓸데없는 생각을 다 한다는 투로 말했다.

"그래도 우리 아버지 같으면 벌써 씨 뿌리고 거두었을 거예요."

"지금 이 사람들에게는 농토가 문제가 아니란다. 유럽은 식민지를 찾아 바다를 건너기 시작했고 경쟁이 치열해지고 있으니까."

드미트리가 끼어들었다.

"식민지요?"

"그래, 식민지를 갖게 되면 싼 값에 원료를 가져가니까 좋고 원료를 가져다가 물건으로 만든 다음 다시 식민지에 비싸게 팔게 되니까 더 좋은 거지."

"그럼 식민지가 된 나라들은 반대로 이래도 나쁘고 저래도 나쁘고 그런 거잖아요?"

"세상은 다 그렇게 돌아가는 거야."

최재형이 볼멘소리를 하자 니콜라이가 바람 빠지는 소리를 섞어 말했다. 넌 아직 어려서 뭘 모른다는 투였다.

"그래, 세상이 점점 더 그렇게 되어가는 거 같다. 처음 바다 건너 새로운 세상을 찾아간 사람들은 세상이 이렇게 바뀔 줄 꿈에도 몰랐을 걸. 어쨌든 앞으로도 계속 여러 가지 변화가 일어날 거다. 그깟 노는 땅이 문제가 아니지."

드미트리가 머리를 쓰다듬으며 그깟 땅은 아까운 게 아니라고 말했지만 최재형은 들꽃만 잔뜩 피어있는 넓은 땅이 볼수록 탐나고 아까웠다.

여러 나라들을 거치면서 마마가 내 주는 숙제가 늘었다. 숙제를 하는 동안 최재형은 세상을 하나씩 알아갔다. 자신감이 생기고 뭔가 든든했다.

"상트페테르부르크에 가면 너도 세례를 받자. 그러자면 기도문도 외우고 성경도 읽어두어야 한다."

마마는 몇 백 년에 걸쳐 지었다는, 장엄한 성당 앞에서 말했다.

"러시아는 정치와 종교가 분리되지 않은 나라인 만큼 러시아에 적응해 살자면 세례를 받는 것이 좋다."

선장이 선뜻 대부가 되어주마 했다.

【 누가 저렇게 완벽한 조각품을 만들 수 있단 말인가?
깎아놓은 것 같은 얼굴이 백옥처럼 희고 밝았다. 웃는 모습은 더 아름다웠다 】

2
아나스타시아

나라님이 사는 집이 이처럼 웅장하고 화려할까?

대궐이란 곳을 말로만 몇 번 들었을 뿐, 상상해 본 적도 없었지만 모르긴 해도 이보다 더 좋을 것 같지는 않았다. 아, 사람이란 못하는 일이 없구나. 이렇게 장엄한 건축물을 보게 되다니. 최재형은 성당을 올려다보면서 입을 다물지 못했다.

하긴 유럽에서 본 건축물들도 대단했었지. 그러나 유럽의 성당들과는 또 다른 분위기 아닌가. 십자가의 모양도 유럽에서 본 것과는 조금 달랐다. 가장 눈을 끄는 건 양파 모양의 지붕이었다. 마치 마법의 성 앞에 와 선 기분이었다.

"러시아의 변화는 표트르 대제 때부터였단다."

"표트르 대제라면? 혹시 네델란드에 가서 배 만드는 일을 했었다는 그 황제 말인가요?"

"그래, 1697년에 유럽 방문길에 올라 일 년 반이나 머물다 오셨지."

"그동안 황제 자리를 빼앗기면 어쩌려고요?"

"글쎄다, 생각해 보면 위험할 수도 있었겠다 싶기도 한데 그분은 그런 걱정은 안 하셨던 것 같다."

"아, 되게 자신이 있었던 것 같네요."

"흠, 그럴지도 모르지. 어쨌든 돌아와서는 러시아를 바꾸기 시작했단다. 턱수염도 자르게 하고 복장도 편안한 복장으로 바꾸게 했지."

"유럽식으로요?"

"응, 그런데 제일 큰 변화는 바로 이곳 상트페테르부르크였단다."

"저런 큰 건물들을 지었다는 말이지요?"

"아무도 네바 강에 떠 있는 섬을 이어 이런 도시를 만들 줄 몰랐다. 훌륭한 계획도시가 탄생했지. 사람들의 반대에도 불구하고 수도로 삼았단다."

"왜 반대를 했는데요?"

"아무리 그래도 수도는 역시 모스크바여야 한다는 거지."

"모스크바가 그렇게 대단한 도시인가요?"

"언제 가서 직접 보렴."

조선에도 이런 건축물들이 있을까? 최재형은 한 번도 가보지 못한 한양의 모습이 궁금해졌다.

"자, 우리 성당 안에 들어가 보자. 배운 대로 성호를 긋고 촛불을 올리면 된다."

마마의 손에 이끌려 들어간 성당 안의 모습도 신기하기만 했다. 앞면에는 이콘이 잔뜩 붙어 있었다. 초가 생각보다 가늘었다. 초에 불을 밝히고 마마의 곁에서 소원을 빌었다.

소원 속에 아버지의 얼굴이 떠올랐다. 늙고 지친 얼굴에 간절함이 보였다. 아, 나를 부르는 게다. 왜 집을 나갔느냐? 언제 돌아 올 것이냐? 애끓는 얼굴 뒤로 할아버지와 형의 얼굴도 보였다. 울컥 눈물이 솟구쳤다. 지신허의 움막이 나타났다. 척박한 함경도 땅의 굽은 길들도 보였다. 밉기만 했던 양반 나리들의 뒷모습도 보였다. 아, 내 소원에 양반의 모습이 끼어들다니? 최재형은 머리를 흔들었다.

"저기 이콘들이 보이지? 이콘 중 제일 가까이 느껴지는 것은 성모님의 모습이지. 하지만 이콘의 처음은 예수님께서 베로니카에게 준 당신의 얼굴이란다."

성당 문을 나서면서 마마가 말했다.

아, 저 이콘……. 성모 이콘은 선원들의 주머니에도 있었고 침대 위에도 있었다. 마치 그들의 일부처럼 생각될 정도 아니던가.

"성모님 이콘은 배 안에서도 봤어요. 사람들마다 엄청 중요하게 여기는 것 같았어요. 그런데 베로니카의 이콘은 정말 예수님이 준 것이에요?"

"예수님이 직접 당신의 얼굴을 새겨 주었으니까. 누군가가 그린 것 하고는 차별화 되는 중요한 것이야."

"직접 새겨 주었다고요?"

"예수님이 십자가에 처형될 때 베로니카가 예수님 얼굴의 피땀을 닦아드렸는데 그때 그 수건에 예수님의 얼굴이 박혔다는 거야. 그러니까 타인의 고통을 위로하는 사람에게 내린 응답이라고 할 수 있지."

"그 수건에 새겨진 예수님의 얼굴은 괴로운 얼굴일 것 같은데 그 얼굴이 바로 이콘이 되었다고요?"

"그래, 어려운 사람들을 돕고 위로하며 살아야 한다는 가르침을 가장 잘 나타내 주고 있는 거란다. 너도 앞으로 살아가면서 병들고 불쌍한 사람들을 만나면 예수님이라고 생각해야 한다."

아, 드미트리나 마마가 나를 돕는 것도 그런 가르침을 따르는 것일까? 최재형은 이콘 앞에 설 때마다 그들의 얼굴을 겹쳐 보곤 했다.

상트페테르부르크의 생활은 마치 꿈을 꾸고 있는 것처럼 지나갔다. 세례를 받고 성당 모임에 나가고 성가를 부르고……. 자신도 모르는 새 몸과 마음도 바뀌어갔다. 가장 놀라운 일은 마마와 선장이 자신을 보는 눈이 달라졌다는 것이었다. 더 이상 불쌍한 소년을 보는 눈이 아니었다. 대부모가 되면서부터 달라지기 시작했지 싶었다.

"우리 아들입니다."

마마는 궁금해 하는 사람들에게 그렇게 소개하곤 했다. 말할 때의 얼굴빛이 환했다. 똘똘한 아들 하나를 얻었다고 말할 때, 표정을 보면 정말 그렇게 느끼는 듯싶었다. 그런 일이 반복되면서 사람들은 세 사람을 진짜 가족처럼 대했고 최재형도 점차 당연한 일로 여기게 되었다.

"아나스타시아를 만나러 갈 것이다."

마마로부터 아나스타시아라는 이름을 듣는 순간, 마음이 복잡해졌다. 아, 소외감과 질투에 가까운 감정들이라니? 말도 안 되지. 그동안 눈에 보이지 않았지만 엄연히 마마와 블라디미르의 가슴에 또렷하게 살아있는 존재였던 것을, 어쩌면 그동안 누려온 애틋한 자리는 바로 아나스타시아의 자리였던 것을……. 최재형은 정신이 번쩍 나는 느낌이었다.

"아나스타시아요?"

"네가 아나스타시아와 잘 지내면 좋겠다."

거울에 옷맵시를 돌려보며 모자를 챙기는 마마의 표정에 설렘이 보였다.

이미 마마는 만반의 준비를 해두고 있었다. 마차를 대기시키고 기다리던 블라디미르가 어서 나오라고 소리쳤다. 모스크바로 갈 것이라 했다.

최재형은 바로 눈앞에 서 있는 게 숨을 쉬고 있는 사람이라고 믿을 수 없었다. 눈이 부셨다. 숨도 멎었다. 마차를 타고 오는 동안의 고단함은 아나스타시아가 눈앞에 나타나자 순식간에 사라졌다.

"싸이렌이 노래를 하면 뱃사람들은 혼이 빠져 바다로 뛰어들었단다."

지중해를 지나며 마마가 들려주던, 여성의 얼굴에 독수리의 몸을 가졌다는 싸이렌 이야기가 떠올랐다. 아, 싸이렌도 저렇게 예쁜 얼굴이었을까? 그래서 뱃사람들이 혼을 빼앗겼을까? 오디세이조차도 유혹에 빠지지 않기 위해 자신의 몸을 기둥에 묶었다고 하지 않던가? 그때는 남자가 되어가지고 그렇게도 자제력이 없었나? 했었다. 그러나 아나스타시아를 보고 있자니 남자라면 누구나 귀마개와 몸을 묶을 기둥이 필요했겠구나 싶었다. 저렇게 예쁜 얼굴을 보았다면 당연히 혼이 빠지지. 어찌 멀쩡할 수 있었겠어? 게다가 노래까지 잘 했다잖아. 아나스타시아가 입을 열면 마치 그 싸이렌처럼 황홀한 소리들이 흘러나올 것만 같았다.

최재형은 몇 번이나 눈을 씻고 아나스타시아를 훔쳐보았다. 마마는 마차에서 내리자마자 아나스타시아를 향해 달려가더니 아나스타시아의 손을 잡고 나무 아래로 가 의자에 앉았다. 한 손으로는 연신 머리를 쓰다듬었다.

누가 저렇게 완벽한 조각품을 만들 수 있단 말인가? 깎아놓은 것 같은 얼굴이 백옥처럼 희고 밝았다. 웃는 모습은 더 아름다웠다.

어서 인사를 시켜주었으면, 최재형은 이제나 저제나 하며 기다리고 있었다. 침이 마르고 목도 타는 것 같았다. 몇 번이나 물을 찾았다. 그러나 블라디미르도 최재형에게 서재에서 잠깐 기다리라 하고 나간 후 신경도 쓰지 않는 눈치였다. 마치 최재형의 존재 자체를 잊은 것처럼 돌아보지도 않았다.

"재형이는 저녁 식사 때 인사를 하는 것이 좋겠다. 아나스타시아가 우선 우리와 먼저 시간을 좀 보낸 다음에 소개를 하자는구나, 쏘냐가."

마마가 생각난 듯 다가와 낮은 소리로 조심스럽게 말했다. 약간 흥분한 듯 얼굴빛이 발그레했다.

"네. 그때까지 제가 할 일이 있으면 말씀해 주세요."

"그냥 서재에서 혼자 책을 읽고 있으렴. 지금 저녁을 준비 중이라니 오래 걸리지는 않을 거다."

마마는 서재 문을 열어둔 채 정원으로 나가 아나스타시아와 공놀이를 했다. 블라디미르는 튕겨나가는 공을 따라다니며 줍느라 힘들어 보였다. 최재형은 책에 집중할 수가 없었다. 간간 들려오는 아나스타시아의 웃음소리에 가슴이 뛰었다.

마마가 왜 그렇게 조심스러워하는지 이상했었다. 드디어 아나스타시아와 식탁에 마주 앉게 되었는데 기쁨은 잠시, 누군가 눈앞에서 분홍빛 휘장을 확 걷어내는 느낌이었다. 벌떡거리던 가슴이 거짓말처럼 멈췄다. 거리를 두고 먼발치에서 보던 천사의 모습이 일그러지기 시작했다. 포크를 떨어뜨리고 공연히 접시를 돌려대는 모습이 영락없는 어린아이였다. 물을 마신 후 컵을 탕, 소리 나게 내려놓다 물을 흘렸다. 음식을 접시 밖으로 밀어내고도 아는지 모르는지 닦을 생각을 하지 않았다. 치우기는커녕 팔꿈치로 뭉개버렸다. 최재형은 속으로 필시 머리가 모자라는 게야. 라고 생각했다.

그래서 마마가 그리 긴장했구나, 그래서 그렇게 조심스러웠구나. 아, 나보다 아나스타시아는 더 불쌍하구나. 아나스타시아를 목숨보다 귀히 여기는 마마는 어떨까? 아나스타시아를 쳐다보는 저 애끓는 눈. 아, 마마 또한 불쌍한 사람이었구나.

야윈 팔다리, 어딘가 초점이 다른 시선, 사람을 똑바로 보지 못하는 눈. 그런 아이를 자기 자신과 온전히 하나로 여기는 마마와 블라디미르…….

그들 세 사람을 보면서 최재형은 마음이 아팠다.

아나스타시아를 돌보고 있는 사람은 이고리라 했다. 이름 그대로 아나스타시아를 보호하고 있는 사람이었다.

이고리는 블라디미르와는 오래 된 친구 사이였다. 상선의 주인인 코젤스키가 아끼는 과학자이기도 했다. 그는 특히 세계의 광물에 관심이 많았다. 코젤스키 덕에 지구 곳곳을 다니며 광물과 지질을 연구할 수 있었는데 동굴 탐사 중 사고로 한쪽 다리를 잃었다. 일 년 이상을 특별한 일 없이 요양원에 머물며 아내를 돕고 있었다. 덕분에 수학을 좋아하는 아나스타시아는 좋은 시간을 보낸 듯했다. 아나스타시아는 이제 모스크바 외곽의 이 작은 마을을 떠날 것이라 했다. 흑해 연안의 한 마을에 아나스타시아 같은 병을 잘 보는 사람이 있다는 것이었다.

"겸손한 건지 모르지만 꼭 낫는다는 보장은 없다고 하더구만, 잘 생각해서 결정하게. 공연히 먼 길을 가느라 고생하고 실망만 클 수도 있네."

"딱히 한 가지 방법으로 고칠 수 있는 병이 아니라는 말은 고칠 방도가 거의 없다는 말 아닙니까?"

마마가 말했다.

"사람마다 증상도 다르고 고쳤다는 사람들의 처방도 다 다르니 말이지."

블라디미르의 목소리에 평상시와 달리 힘이 없었다. 이고리와 그의 처, 쏘냐 역시 크게 호전될 것을 기대하는 눈치가 아니었다.

"그래도 하는 데까지 해 봐야지요."

마마는 한동안 눈가를 지그시 누르고 있더니 의자를 밀며 일어섰다. 티끌만한 희망이라도 보이면 매달려야 한다, 포기는 있을 수 없다는 강한 의지가 보였다. 블라디미르는 마마의 결정을 기다리고 있었던 듯 이고리를 향해 고개를 끄덕였다. 안내를 부탁한다는 말이었다.

마차는 여러 마을을 지나갔다. 황량한 풍경이 한동안 계속되기도 했다. 아나스타시아는 말을 거의 하지 않았다. 아나스타시아 옆자리에 앉아 마차를 타고 이동하는 동안은 고역이었다. 손톱을 물어뜯고 마마의 옷자락을 손가락에 감아 잡아당기는 짓을 반복했다. 하는 짓마다 답답하기 짝이 없었다.

마을에 들어가 저녁을 먹고 잠자리에 들기 전까지의 시간이 그나마 숨을 돌릴 수 있는 시간이었다. 마마는 잠시도 아나스타시아에게서 눈을 떼지 못했다. 최재형 역시 아나스타시아가 잠들기 전까지는 신경이 곤두섰다. 혹시 위험에 처할까, 다칠까 마음이 쓰였다.

아나스타시아는 뭘 물으면 대개는 유치한 대답을 하거나 들었는지 못 들었는지 모를 반응을 보였으므로 최재형은 점점 말을 걸기가 꺼려졌다.

"너희 두 사람은 이제 남매나 다름없다. 서로 아껴주고 의지하면서 살아야 한다."

마마는 둘이 잘 지내기를 바랐다. 최재형이 아나스타시아를 잘 돌보아 주고 도움이 되어 주었으면 하는 눈빛이었다.

마마의 그런 눈빛을 보면서 최재형은 처음으로 마마의 선량함을 의심했다.

— 아, 내게 베푼 것들이 다 지금 이 순간을 위해서였던 건 아닐까? 마마는 앞으로 내가 어떻게 해야 할 것인지 묻고 있는 것이다. 은혜에 보답하는 길이 무엇인지 생각해 보라고 은근히 채근하고 있는 건 아닐까? 그러면 그렇지. 나같이 보잘 것 없는 동양의 남자 아이에게 아무 바라는 것 없이 그렇게 친절할 리가 없지. 세상에 공짜가 어디 있을라고?

그러나 곧 머리를 저었다.

내가 왜 이런 생각을 할까? 마마 같은 천사를 보고 속셈이 있을 것이라고 의심하다니? 벼락 맞을 일이지. 그래, 설사 그런 속셈이 있다 치자. 그게 뭐 나쁜가? 부족한 자식을 둔 부모라면 누구나 도와줄 사람을 만들어 두고 싶을 것이다. 부족한 자식을 두고 죽을 일을 생각하면 애가 탈 것이다. 누군가에게 뒷일을 부탁하고 싶을 것이다. 당연한 일이다. 그걸 무슨 흑심이라도 되는 것처럼 생각하다니, 나야말로 생각이 모자라는 것이다. 배은망덕한 것이다.

세례 때, 마마는 '하느님이 너를 선택하셨다.' 하고 말했다. 네 안에 하느님이 사시는 것이다. 그러니 다른 사람이 네게 편히 다가올 것이고 쉬었다 갈 것이다. 하기도 하였다.

아나스타시아가 내게 도움을 받고 편히 쉴 수 있기를 바라는 마마의 마음을 모른 체 할 수는 없다, 말을 걸고 싶지 않아도 내가 먼저 다가가야 한다. 말을 걸어주어야 한다.

그런데 저 답답한 아이에게 어찌해 주어야 하는 걸까? 그래, 어렵게 생각할 것 없다. 마마가 내게 해 주었던 것처럼 하면 될 것이다.

최재형은 지난 시간을 더듬어 보았다. 배 안에 도둑처럼 스며든 황당한 아이를 마마는 구박하거나 내치기는커녕 감싸주고 공부까지 시켜주었다.

"아, 너는 예수님인지도 모른다. 예수님은 항상 나를 먼저 선택하고 섬길 것을 명하신단다."

마마의 친절은 이해할 수 없는 말들과 함께였다. 상트페테르부르크에 도착해서도 여전히 자상하고 다정했다. 성당에도 데리고 다니고 자식처럼 대해 주었다.

어쩌면 저 불쌍한 아나스타시아가 내게는 예수님일지도 모르겠다, 그 예수님이 마마에게 했던 것처럼 나를 선택하여 섬길 것을 명하고 있는 것인지도 모르겠다.

최재형은 자신의 자리에 아나스타시아를 세우고 자신은 마마의 자리에 서 보았다. 기분이 묘했다. 분명한 건 나쁘지 않다는 사실이었다. 마음 밑바닥에서 알 수 없는 무엇인가가 올라오는 것도 같았다.

최재형은 아나스타시아에게 노을이 깔리고 있는 농촌 풍경을 그려보자고 제안했다. 뜻밖에도 아나스타시아가 선선히 따라 와 옆자리에 앉았다. 갈색 말과 곧게 쭉 뻗은 나무가 노을이 깔린 하늘과 어우러져 아름다웠다. 아나스타시아가 그림에 몰두하는 모습은 그 어느 때보다 보기 좋았다. 마마도 흐뭇하게 바라보았다. 그러나 다 그린 그림에는 노을을 나타내려 한 듯 보이는 몇 가닥의 줄들과 엉성한 나무 한 그루만이 비스듬히 서 있을 뿐이었다. 노을은 회색이었고 나무는 노란색으로 범벅이 된 동그라미였다. 그것도 몹시 찌그러져 삼각형처럼 보이는 줄기가 없었다면 나무라는 것을 알 수 없을 정도였다. 마마는 그것도 대견한 듯 블라디미르에게 보여주고 이고리에게도 들어 보였다. 저 희고 예쁜 얼굴, 깎아 놓은 듯 사랑스러운 모습이 무슨 소용인가. 머릿속에 아무 것도 들지 않은 걸. 최재형은 아나스타시아 뒤로 보이는 하늘이 하얗게만 보였다.

그러나 마마가 수학문제를 내었을 때 최재형은 자신의 머릿속이 하얘지는 걸 느꼈다. 망치로 얻어맞은 느낌이었다. 마마는 쉬운 문제를 최재형에게 주고 어려운 문제들을 빽빽하게 써넣은 문제지를 아나스타시아에게 주었다. 최재형은 당연히 글씨가 크고 듬성듬성한 쪽을 아나스타시아에게 줄 줄 알고 빽빽한 문제지를 향해 손을 내밀었다가 무안해졌다. 마마는 살짝 손을 한 번 흔들어 보이고는 아나스타시아에게 주었다. 무안한 건 잠시였다. 아나스타시아가 물 만난 고기처럼 낯빛이 환해져서는 문제를 풀기 시작하는 것이었다. 쓱쓱 어려움 없이 문제들을 풀어나가는 모습 어디에도 머릿속에 아무 것도 들지 않은 하얀 소녀는 찾아 볼 수 없었다. 하얀 하늘은 자신이 지고 있었다. 바보는 바로 내가 아닌가? 아, 마마가 포기하지 않는 이유가 있었구나. 진심으로 아나스타시아를 고칠 수 있다고 믿고 있구나. 최재형은 마마의 표정에 서린 희망을 이해할 수 있었다.

블라디미르는 달랐다. 흑해 쪽으로 가는 동안 이고리와 나누는 말 속에도 아나스타시아 이야기는 많지 않았다. 블라디미르가 흑해 쪽으로 가는 이유는 아나스타시아의 치료 때문만이 아니었다.

블라디미르의 목적지는 요양원보다 멀리 있었다. 흑해를 건너갈 것이라 했다. 목적은 돈이었다. 이고리는 광산을 인수하기는 했지만 자금이 모자라 빚을 졌고 힘에 겨웠다. 이고리는 블라디미르가 투자를 해 준다면 곧 커다란 이익을 창출해 낼 수 있을 거라고 설득하는 중이었다. 블라디미르도 투자할 생각이 있는 듯했다.

"이고리는 이미 광산으로 실패한 경험이 있잖아요?"

마마는 블라디미르가 광산에 투자하는 것을 반대했다.

"실패 없이 성공이 있을 수 있나? 실패도 경험이니까 도움이 될 것이야. 그리고 아나스타시아를 위해서야. 우리가 없어도 살 수 있게 해 주어야 하잖아?"

"그러니까 더 신중해야지요. 이미 가진 것 안에서 계획을 짜 봐요. 그러다가 아무 것도 할 수 없게 되면 어떻게 해요?"

"아니, 요양원 하나는 확실하게 세워 두어야 해. 낡은 집과 얼마 되지 않는 돈으로는 안심할 수 없어."

누군가 돌보지 않으면 살 수 없는 아나스타시아를 위해 요양원을 세우고 할 수만 있다면 더 많은 돈을 벌어야 한다는 말이었다.

아나스타시아를 위해 요양원을 세우고 있다니, 아나스타시아는 좋은 부모를 두었구나, 행복한 아이로구나. 아니지. 부모가 아무리 좋으면 뭐하나? 고치기 어려운 병에 걸려 있는데. 자신이 스스로 건강하게 살 수 있어야 행복한 것이지. 아, 저 아이는 부모의 삶까지 고통스럽게 만드는 존재로구나. 저 아이는 마마에게 딸이면서 예수인 것일까?

아나스타시아는 다른 사람이 자신을 어떻게 생각하는지 알 필요도 없다는 듯 자신만의 세상을 돌아다녔다. 천방지축인 아나스타시아를 보고 있으면 최재형은 아나스타시아가 아닌 마마가 불쌍했다.

마마는 반대해 봤자 소용이 없으리라는 것을 알았다. 이미 두 남자의 계획은 상당히 진척된 상태였다.

이고리는 라테라이트라는 돌이 무한한 가능성을 가지고 있다는 말을 여러 번 강조했다. 일단 돌처럼 단단히 굳어지면 흙으로 돌아가지 않기 때문에 곳곳에서 벽돌로 쓰이고 있다는 설명을 덧붙였다. 프랑스의 광산학교에서도 관심을 갖고 연구 중이라고도 했다. 금보다 귀해질지도 모른다는 기대를 가지고 있었다.

"흑해 건너에 있는 광산인데 광산 주인이 재미를 못 봐서 방치해 둔 곳이야. 폐광이나 마찬가지라 싸게 살 수 있었지. 이건 아직 비밀인데 이고리가 그곳에서 광석 이상의 가치를 지닌 새로운 보석을 찾았거든, 영국에 가져가면 큰돈이 될 것이야. 코젤스키도 가져오기만 하면 얼마든지 팔 수 있다고 했어."

블라디미르는 광산이 실패할 경우를 두려워하는 마마를 안심시키기 위해 자세한 설명을 덧붙였다.

"코젤스키까지 투자하는 거예요?"

"아직은 코젤스키까지 끌어들일 생각은 없어. 다만 그가 보석에 안목이 있으니까 지난번에 작은 것을 한 번 보여줘 봤거든. 가치가 있는 것인지 알아볼 겸 해서 말이지."

"가치가 있다고 하던가요?"

"유명한 보석상들이 눈독을 들이고 있다고 하더라구."

"혹시 아나톨리아지역에서만 난다는 푸른빛의 보석을 말하는 거예요?"

"아니, 아니야. 그런 것 하고는 비교가 안 되는 보석이야. 그 보석만의 근사한 특징이 있는데 보는 방향마다 다른 색으로 보인다는 거야. 게다가 그 빛이 아주 매혹적이거든. 아직 전혀 알려진 바가 없는 신비한 보석이라고 할 수 있지."

블라디미르는 흑해를 건너갔다가 상선이 출항하기 전까지 돌아오려면 시간이 빠듯할 것이라며 서둘렀다.

블라디미르가 돌아왔을 때 블라디미르의 흥분이 최재형에게까지 느껴졌다. 블라디미르는 이고리와 함께 가방에 담아온 보석을 마마에게 열어 보였다. 최재형의 눈에는 그저 돌이었다. 본격적으로 채굴을 시작한 건 아니지만 코젤스키에게 건네주기로 약속이 되어 있었기 때문에 우선 가지고 온 것이라 했다. 가공하면 보는 방향마다 다른 빛으로 사람을 사로잡는 특별한 보석이 될 거라는 설명이 장황했다. 처음으로 블라디미르가 바보같다는 생각이 들었다. 마마 역시 건성이었다.

마마는 아나스타시아와 함께 당분간 흑해 근처의 요양원에 머물 것이라 했다. 돌아가면 곧 출항이었다.

마마 없는 출항이라니…….

최재형은 잡고 있던 기둥이 사라진 것처럼 허전했다.

【칼을 들고 튀어나온 원주민이 니콜라이를 겨눈 채 다가가고 있었다.
니콜라이와 불과 한두 발짝 거리였다】

3
니콜라이

"이번에 돌아가면 난 배에서 내릴 생각이야."

"집으로 들어가려고?"

"군인이 될 거야."

"아, 그래, 군인 가문이라고 했었지……."

니콜라이의 할아버지가 훌륭한 군인이었고 황제의 표창까지 받았다는 것을 드미트리에게 들어 알고 있었다.

"세계를 한 번 제대로 돌아보고 싶었거든. 뱃사람들이 도움이 될 것 같았지."

— 아무리 집안이 좋으면 뭐하나? 사람이 좋아야지.

속에서 치미는 말은 그랬다. 니콜라이와 헤어지게 된다면 당연히 속이 시원해야 했다. 그런데 마음 한구석이 서운한 건 또 무슨 조화란 말인가?

"그래도 배에서 가장 많은 시간을 함께 있었는데……."

니콜라이가 먼저 속마음을 보여주었다.

— 흠, 넌 너 하고 싶은 대로 다 했으니 풀고 말고 할 것도 없겠지만 피해자의 마음이야 다르지.

최재형은 혀를 굴려 침을 바르며 입술에 남은 피딱지를 떼어 내었다. 니콜라이의 주먹이 날아온 자리였다. 분명 드미트리가 얼굴을 가격하지 말라고 당부했음에도 불구하고 대련 중에 입술을 향해 강한 주먹이 들어왔다. 무슨 일로 심통이 났는지 모르지만 심사가 사나워 보였다. 금세 피가 뚝, 뚝 떨어졌다. 이가 나가지 않은 게 다행이었다.

니콜라이의 은근한 시기심이 느껴질 때가 종종 있었다. 똑같이 수학 문제를 풀었는데 최재형만 답을 내었을 때도 그랬고 푸시킨의 시를 암기했을 때도 그랬다. 최재형을 향한 드미트리의 칭찬도 니콜라이를 씩씩거리게 했다.

"나쁜 일은 열을 세기 전에 잊는다!"

니콜라이는 자신의 강점으로 뒤끝 없는 성격을 꼽았다. 하지만 불만이 조금씩 쌓이고 있는 것은 어쩔 수 없었고 불만은 대련 기회를 통해 터져 나오곤 했다. 입술을 찢은 주먹도 바로 그런 것이었다.

커다란 딱지를 떼어내자 다시 피가 배어 나왔다. 니콜라이가 일어서더니 공연히 두 손을 깍지 낀 채 팔을 머리 위로 올렸다 내렸다 하며 몸을 풀었다. 피를 닦아내고 손가락으로 눌러 진정시키는 최재형의 모습을 보고 있자니 마음이 불편한 모양이었다. 미안한 마음을 말로 하지는 못하겠고 딴청을 부리는 거였다.

배는 벌써 아프리카 남단을 향해 나아가는 중이었다. 수에즈 운하를 통과하면 빠를 것을 굳이 아프리카 남단을 돌아가는 데는 이유가 있었다.

배에 탄 사람치고 금을 좋아하지 않는 사람이 없었다. 얼마 전부터 다들 말이 없어진 걸로 봐서 상트페테르부르크로 갈 때처럼 돌아가는 길에도 아프리카 정박지에 내려 금을 챙길 셈을 하고 있는 것이 틀림없었다. 이미 거래선이 있어서 그쪽에서도 기다리고 있을 것이었다.

"곧 남아공에 닿을 거야. 남아공이라는 나라는 처음에 네덜란드 사람들에 의해 정복되었지만 1815년 영국이 접수했지. 아직은 제대로 된 금광이 없는데다가 원주민들은 금을 돌보다 조금 귀한 것 정도로 여긴단 말이지. 그러니까 우리 같은 사람들에게 몫이 돌아오는 거야. 선주, 코젤스키가 얻은 정보에 의하면 곧 금광이 여기저기 생길 것이래. 코젤스키도 처가와 함께 참여할 모양이더라구. 처가가 빵빵한 집안이거든. 영국이 정식으로 금을 캐내기 시작하면 다른 사람들은 얼씬도 못하게 할 걸. 그런 일이 벌어지기 전에 원주민들에게서 싼 값에 금을 사는 거지."

니콜라이가 히죽 웃으며 자신의 금주머니를 보여 주었다. 내용물이 시원찮아 쭈글쭈글했지만 니콜라이는 신주단지 모시듯 했다. 상트페테르부르크로 갈 때 챙긴 것이었다. 가문이 좋은 것도 금 앞에서는 다 소용없어 보였다.

"아무것도 모르는 사람들에게서 거저와 다름없이 가져가는 거 아니야?"

"야, 그래도 우리는 양심적인 거야. 어쨌든 거래를 하는 거구. 독한 놈들은 사람 자체를 잡아다가 팔아먹는단 말야."

"에에?"

"노예상인들은 아프리카에서 엄청 챙겨 갔을 거야."

"사람을 팔아?"

"그러엄, 넌 카카오 농장 노예들이랑 미국 목화밭에서 일하던 노예 이야기도 못 들어 봤냐?"

"마마에게 얼핏 들어 본 것 같아. 지금은 노예가 없어졌다던데."

"어림없는 소리, 유럽 열강들이 여기저기 식민지를 만들어 두었는데 체력 좋고 지구력이 강한 흑인 노예가 사라지겠냐? 원주민을 쓸 수 있으면 좋겠지만 원주민들이 몰살되다시피 한 곳이 많거든. 그리고 점령지의 광산과 농장에서 생산되는 부를 착취하기에는 흑인 노예가 그만이니까."

"저 사람들은 그냥 당하고만 있나?"

"아니면 어쩔 건데? 무기가 벌써 다른데. 세상은 강한 놈이 끌고 가게 되어 있는 거야. 힘없으면 먹히는 거지. 너 우리 배가 지금 가고 있는 바다 속 세상을 상상해 본 적 없지?"

"응? 글쎄……."

"우리가 모르는 채 수면 위로 가고 있어서 그렇지 저 아래는 지금 치열하게 먹고 먹히는 중일 거다."

"큰 고기가 작은 놈들을 잡아먹는다고?"

"기본 중에 기본이지. 정어리 떼는 돌고래가 쫓고 그 돌고래는 또 범고래가 쫓고, 먹이사슬이 다 그렇게 연결되어 있거든."

"그거야 동물 세계니까……. 사람이라면 좀 달라야지. 사람 자체를 물건처럼 거래하다니, 너무 한 거 아닌가?"

"당연히 너무 하지. 우리는 하느님을 믿으니까 아무리 큰돈을 벌게 해 준대도 그런 짓은 못하는 거고. 금이야 뭐 우리에게는 금이지만 저들에겐 돌이니까."

유럽인들은 대부분 하느님을 믿는 사람들 아니야?

그렇게 묻고 싶었지만 생각이 흑인들에게로 먼저 갔다. 금을 좀 나은 돌로만 여긴다고? 그들은 왜 스스로를 지킬 생각을 못하는 걸까? 제 나라에 그렇게 많은 금이 있는데, 금을 국제적으로 거래하면 부를 얻을 수 있을 텐데. 그 부로 공장을 세우고 문명을 일으킬 수 있다는 생각을 하는 사람이 아무도 없다는 말인가? 최재형은 답답했다. 왠지 남의 일 같지 않았다.

아직 남아공에 닿은 것 같지 않았는데 선원들이 내릴 준비를 했다. 최재형은 곧 떠날 것이니 꼼짝 말고 배에 있으라는 명을 받았다. 남아공에서는 이틀 정도 머물 예정이지만 이곳에서는 잠시 약속된 물건 몇 가지만 싣고 내린 후 떠날 것이라 했다. 금을 거래하기로 원주민들과 약조가 되어 있나 보다, 그리 생각했는데 상자를 내리는 선원들의 모습이 어딘가 조금 달라 보였다. 평소보다 유달리 조심스럽고 표정도 굳어 있었다. 며칠 전, 아프리카에 절대 총을 공급하지 않을 거라던 니콜라이의 말이 생각났다. 니콜라이의 표정이 뭔가 숨기는 사람처럼 보였던 것 같기도 했다.

"총을 팔면 왜 안 되는데?"

"영국이랑 프랑스 같은 나라들이 알면 곤란해지지 않겠어?"

"그건 또 왜?"

"아프리카는 총으로 무장하면 안 되지. 누군가 저들에게 무기를 가져다주면 유럽 열강과 총을 겨눠야 할 걸."

말은 그렇게 했지만 이렇게 비공식적으로 배를 대는 것은 뭔가 수상한 거래가 있을 수 있다는 뜻이기도 했다.

상자마다 다른 물품들이 들어 있었다. 가다가 인도나 중국에서 내릴 것도 있고 러시아까지 갈 것도 있었다. 러시아까지 갈 상자들은 제일 안쪽에 쌓여 있었다. 섞이지 않게 작은 통로를 두어 경계선으로 삼았다. 짐 무더기들은 마치 하나의 나라 같았다. 선원들은 실제로 짐을 나라 이름으로 불렀다.

'남아공 낙타바위'라고 써 붙여 놓은 상자들을 끌어내는 중이었다. 생각보다 묵직했다. 최재형이 들어보려고 낑낑대는 것을 드미트리가 번쩍 들어 어깨에 올렸다.

"너도 가 볼래?"

드미트리가 어깨에 짐을 올린 채 고개를 돌려 물었다.

"그렇지만 선장님이 남아 있으라는데요……."

"가 보고 싶으면 가자. 평생 다시 와 보기 힘들 수도 있으니."

최재형은 혼자만 따돌리는 기분이 들면서 공연히 울적해지던 참이었다.

나중에 혼날지도 모르지만 혼날 때 혼나더라도 따라가 볼까? 적어도 몇 시간은 걸릴 텐데, 선장은 선실에 들어앉아 나오지도 않고 있는데. 드미트리가 허락한 일인데 선장인들 뭐 어쩌려고? 그래, 따라가 보는 거야, 여기까지 와서 땅을 디뎌보지도 못한다는 건 말이 안 되지.

"저도 갈래요."

"대신 내가 보이는 곳에만 있어야 한다."

함께 가자는 소리에 뜻밖의 기운이 났다. 몸이 붕 뜨는 기분이었다.

해안에 닿아 주변을 살펴보니 왜 낙타바위라고 하는지 알 것 같았다. 다른 곳과 달리 해안에 모래는 거의 없고 바위가 많았다. 가까이 있는 바위들 중 제일 높은 곳이 낙타의 머리 모양으로 보였다. 낙타바위의 턱을 받치고 있는 듯한 형상의 바위도 알렉세이의 키를 훌쩍 넘었다. 배는 되지 싶었다. 두 바위 사이의 공간은 마치 양반 집 대문처럼 높았다. 낙타바위의 한쪽은 절벽이었고 반대쪽으로는 모래해안이 시작되고 있었다.

"이 근처에서 경치 구경을 하고 있으렴. 바위 위에 올라가면 저 멀리까지 볼 수 있을 게다."

드미트리가 최재형에게 손짓으로 바위를 가리키며 말했다. 더는 따라오지 말고 이곳에서 기다리라는 소리였다.

"니콜라이는 소똥 밟지 말고."

"에이, 설마 또 그렇게 재수가 없을라고요?"

"재수가 없긴? 이곳 사람들한테 소똥이 얼마나 요긴하게 쓰이는데? 집 지을 때도 섞어 쓰고 청소할 때도 소똥을 풀어서 한다잖아."

"맞아, 그러면 벌레가 안 생긴댔어. 여기서 소똥은 귀하신 몸이야."

드미트리의 말에 알렉세이가 끼어들었다.

"그럼 또 한 번 밟아 볼까요?"

니콜라이가 능청을 떨었다. 모두 기분이 좋아 보였다. 선원들은 바닷가에서 한참을 걸어 풀밭이 있는 곳까지 갔다. 나지막한 언덕 경사면에 있는 커다란 삿갓처럼 생긴 지붕이 눈에 들어왔다. 원통 위에 삿갓을 씌워 놓은 것처럼 보였다. 집이라기엔 꼴이 우스웠다. 기다리고 있는 사람들이 대여섯 명은 되어 보였다.

상자가 들어가고 선원들도 모두 안으로 들어갔다. 원통 같은 집이 안은 제법 넓은 모양이었다. 더는 선원들의 모습을 볼 수 없게 되자 최재형은 낙타바위의 꼭대기로 올라갔다. 바위와 바위를 건너뛰면서 오르는 재미에 좀 더 높았으면, 싶은 마음도 들었다. 아쉬움도 잠시, 끝없이 뻗어 있는 풀밭을 보고 있자니 속이 다 시원했다. 드미트리의 말대로 먼 곳까지 잘 보였다.

낙타바위는 곳곳에 구멍이 뚫려 바위 아래쪽이 훤히 보였다. 바위 제일 윗부분은 밑에서 볼 때와 달리 평평하고 넓었다. 최재형이 몸을 눕히자 폭은 좁았지만 길이는 넉넉했다. 누워서 보는 하늘은 환상적이었다. 푸르고 맑은 하늘에 구름이 느릿느릿 흘렀다. 구름은 엎드린 거인의 형상처럼 보이다가 산처럼 일어서기도 하고 강물처럼 풀어지기도 했다. 바다 쪽에서 시원한 바람이 불어왔다.

얼핏 잠이 들었던가? 사람소리가 들려왔다. 아득한 곳에서 들려온다고 느꼈는데 바로 밑에서 들려왔다.

파벨과 니콜라이였다.

"여기서 기다렸다 다 같이 가요."

니콜라이가 일행을 기다리자 했지만 파벨은 먼저 배에 오르고 싶은 눈치였다. 파벨이 니콜라이가 손을 뗀 자루를 혼자 옮겨 볼 셈으로 낑낑거리다 균형을 잃었다. 다시 힘을 내어 겨우겨우 몇 발짝 나가는가 싶더니 자루를 팽개치듯 내려놓았다. 엉덩이를 뒤로 빼고 모래밭에 털썩 주저앉는 모습이 우스꽝스러웠다.

니콜라이가 낙타바위 바로 아래 서 있었다. 흥이 나는지 콧노래를 흥흥거렸다. 최재형은 엎드린 채 숨을 죽였다. 니콜라이가 주머니를 앞으로 돌리는 것으로 보아 곧 비밀을 엿보게 될 것만 같았다. 니콜라이는 주머니를 열어 보면서 연신 흥흥거렸다. 먼저보다 훨씬 많은 금이 들어 있었다. 파벨도 주머니를 만지작거렸다.

니콜라이가 바다를 향해 돌아서서 두 팔을 벌리고 소리를 지르는 모습이 마치 포효하는 짐승 같았다. 세상을 다 얻은 것 같은 외침이었다. 하늘을 향한 얼굴에 빛이 쏟아졌다.

낙타바위 오른쪽에서 뭔가가 움직였다고 느꼈다. 가파른 바위들이 완만한 곡선을 그리며 휘돌아 낙타바위에 이어져 있는 곳이었다. 각도가 안 맞아 제대로 볼 수 없었다. 고개를 빼어 내려다보니 칼이 보였다. 칼을 들고 튀어나온 원주민이 니콜라이를 겨눈 채 다가가고 있었다. 니콜라이와 불과 한두 발짝 거리였다. 니콜라이는 모래 위에 서 있고 놈은 무릎 높이 정도의 바위를 딛고 있으니 설사 니콜라이가 낌새를 채고 돌아본다 해도 바로 가슴에 칼이 들어갈 판이었다. 어떻게 이런 일이? 칼에 닿아 번쩍이는 햇살이 눈을 찔렀다. 순간, 정신이 번쩍 났다. 동시에 몸을 날렸다. 생각이라는 걸 할 겨를이 없었다.

정신을 차리고 보니 칼이 니콜라이의 발밑으로 튕겨나가 있었고 최재형은 원주민의 손에 목덜미를 잡힌 채였다. 목이 조여 딱 죽을 맛이었다. 뭐가 어찌 돌아간 것인지 알 수 없었다. 손아귀가 어찌나 다부진지 용을 써 봐도 꼼짝을 할 수가 없었다. 니콜라이가 재빠르게 칼을 주워드는가 싶었는데 목덜미에서 힘이 빠졌다. 언제 칼을 던졌던가? 칼에 맞은 놈이 비틀비틀 바다 쪽으로 두세 발짝을 떼다가 거꾸로 쑤셔 박혔다. 니콜라이가 달려들어 덮쳐눌렀다. 편해진 목을 이리저리 움직여 보는데 파벨이 달려왔다.

상선 바로 아래 붙어 있는 작은 배가 보였다. 젊은 사내 둘이 타고 있었다. 놈들은 절벽이 있는 해안 쪽에서 배를 타고 나타난 것이 분명했다. 파벨과 니콜라이가 총을 겨누자 피투성이가 된 제 패거리를 구해 싣지도 않은 채 도망가기 바빴다.

"아니, 저것들이 언제 배를 붙여 놓았지?"

배 안에 있던 선원들이 그렇게 위험한 상황이 되도록 아무도 낌새를 알아채지 못하고 있었다며 가슴을 쓸어내렸다.

"하아, 그러게 말이야. 좀 싸게 먹으려다 목숨 내놓을 뻔했네, 그려."

상선으로 돌아온 선원들은 서로의 안부를 확인했다.

"그러니까 이런 외진 곳에서 거래를 하는 게 아니랬지?"

블라디미르는 앞으로는 남아공에서만 거래를 하라고 일침을 주고는 안으로 들어가버렸다. 드미트리는 혹시 다른 놈들이 숨어들었을지도 모르니 배 안을 샅샅이 뒤져보라고 지시했다. 다행히 두 번 세 번 뒤졌으나 아무도 발견되지 않았다.

"네가 내 목숨을 구해 줄 줄이야, 고맙다는 말을 뭐라고 해야 할지 모르겠다. 하지만 내 확실히 약속할게. 아니, 하느님 앞에 맹세할게. 앞으로 네 목숨은 열 번이고 백 번이고 내가 구한다!!"

니콜라이가 마지막 말을 큰소리로 외치자 여기저기서 구한다, 구한다, 소리를 따라 외쳤다. 박수도 터져 나왔다.

"그러게, 그때 블라디보스토크에서 꼬맹이를 태운 게 이런 때를 대비해서 하느님이 시키신 일이었나?"

"그놈이 니콜라이를 해치웠다면 어디 그냥 갔겠나? 분명 그 다음은 우리 차례였을 거야."

"놈들이 벌써 밧줄을 걸어 놓았더라구. 작은 배에 타고 있던 두 놈이 그걸 타고 우리 배에 오를 셈이었던 거지."

"정말이지 꼬맹이 아니었으면 큰일 날 뻔했어."

선원들이 돌아가며 한 마디씩 했다.

"저도 정말 놀랐어요. 결국 그자를 해치운 건 니콜라이잖아요, 꼭 저 때문만은 아니에요."

인사로 하는 말이 아니었다. 칼은 집는가 싶었는데 날아갔고 숨 한 번 삼키기도 전에 강도가 악, 하고 외마디 소리를 질렀다. 그렇게 빠르다니, 니콜라이가 다시 보였다. 최재형은 왜 선원들이 그렇게 몸 단련을 열심히 하는지 알 것 같았다.

"녀석, 겸손하기는. 칼을 든 사람에게 맨몸을 날린 너보다 더 용감한 사람 있으면 나와 보라고 그래. 모래 바닥에 굴렀으니 망정이지 바위 위로 넘어졌으면 어쩔 뻔했어? 넌 여기서 젤 용감한 사람이야."

블라디미르도 지나가다 눈에 띄기 만하면 머리를 쓰다듬었다. 머리카락이 이리저리 헝클어져도 싫지 않았다.

"어른들 말 틀린 게 하나도 없다더니 내가 금주머니 때문에 방방거리다 뒤통수 한 번 제대로 맞았다. 옛다, 이거 너나 가져라."

니콜라이는 금주머니를 최재형에게 던져주고 공을 집어 들었다. 상트페테르부르크에서 세례 받은 직후 '이제 형이라고 불러, 말도 편하게 하고.' 할 때와도 또 달랐다. 정이 듬뿍 배어나왔다. 가볍게 공 위에 몸을 올리고 이쪽저쪽 중심을 옮겨 가며 땀을 빼는 모습이 듬직했다. 한두 번 본 것도 아닌데 새삼스러웠다.

어, 어, 하며 금주머니를 돌려주려 하자 드미트리가 다가와서 손에 꽉 쥐어 주었다. 알렉세이도 손을 얹어 토닥이며 아무 말 말고 받으라고 했다. 최재형이 처음으로 갖게 된 복주머니였다. 꺼내 볼 때마다 눈이 부셨다.

【 혼혈 존이 자리를 박차고 뛰어나가 개썰매에 올랐다. 최재형도 옆자리에 올랐다.
샅샅이 뒤졌지만 빅토르를 찾지 못했다 】

4
북극에서

크리스마스 직전에 다녀갔던 블라디미르가 겨울이 다 가기도 전에 다시 찾아온 것은 뭔가 특별한 일이 있다는 소리였다. 점심이나 함께 해야겠다며 루슬란과 함께 나가더니 돌아올 줄을 몰랐다. 상점에 크게 바쁜 일이 있는 것은 아니지만 최재형은 블라디미르를 따라나서지 않았다. 뭔가 긴한 의논이 있는 듯 보였기 때문이었다. 무슨 일일까? 시간이 길어질수록 궁금증이 더해갔다.

지난 삼 년, 루슬란의 무역회사에서 근무했던 시간들은 배를 타고 바다를 누비던 칠 년 못지않게 많은 것을 가르쳐 주었다. 세상을 헤쳐 나갈 자신감이 생겼고 누구에게 무엇을 팔고 무엇을 남길 것인지, 팔려간 것들이 언제 어떻게 되돌아올 것인지 보이지 않는 길들과 끈을 볼 수 있게 되었다. 니콜라이에게서 받았던 복주머니는 상점 일을 하면서 한 해가 다르게 커졌다. 형은 이제 조선인들 사이에서 최재형이라는 이름은 신기한 이야기를 달고 다니는 이름이 되었다고 말했다.

벌써 저녁 먹을 시간이 다 되어가고 있었다. 아침 겸 점심을 먹고 나온 최재형은 슬슬 시장기가 돌았다.

"루슬란과 의논할 일이 좀 있었다."

잠시 장부를 뒤적이는 사이 블라디미르가 불쑥 들어섰다.

"의논이라면?"

"음, 그동안 북극해의 아나디리강 쪽으로 가서 금을 캘 준비를 하고 있었다. 혼자 추진하기에는 좀 버겁고 해서 루슬란과 동업을 할 생각이었는데 처남만 데려가 달라는구나."

아나톨리아에서의 광산이 그렇게 허무하게 끝났는데도 여전히 광산에 대한 꿈을 버리지 못하는 것 아닌가 걱정이 앞섰지만 최재형은 내색하지 않았다. 아나톨리아의 광산 실패로 이고리는 모든 것을 잃었고 블라디미르는 상선을 더 이상 타지 않았다. 코젤스키와 상종하지 않겠다는 결심이 분명했다.

블라디미르가 겉으로는 흠, 코젤스키도 잘못 안 거겠지. 그도 보석상들에게 놀아났을 거야, 했지만 그건 딱히 들이밀며 따져 볼 물증이라고는 없으니 하는 말이었다. 마음을 다잡기 위해 사력을 다하는 모습이 안쓰러웠다. 몸을 움직일 수 없을 때까지 말을 달리기도 하고 며칠씩 산속을 헤매다 돌아오기도 했다.

이고리의 입장은 또 달랐다. 블라디미르와 달리 재산이랄 것도 없는 사람이 블라디미르의 두 몫을 투자했었다. 자신의 전부를 잃은 셈이었다. 무엇보다 과학자로서의 타격이 치명적이었다. 새로운 보석, 아직 지구상에 보고된 적 없는 광물을 찾아냈다고 동료들에게 알리면서 부러움을 샀었다. 그가 줄타라고 이름 붙였던 그 보석은 알려지지 않았던 보석임에는 틀림없었지만 매장량이라는 말도 쓸 수 없을 만큼 소량이었고 가치도 인정받지 못했다. 이고리는 보석상들이 눈독을 들인다는 말도 금보다 귀한 보석으로 등극할 것이란 말도 헛말이었단 말이지? 하면서 술병을 집어던졌다. 그 광산을 인수하라고 정보를 준 게 바로 코젤스키였기에 코젤스키에 대한 감사는 원망으로 바뀌었다. 원망은 음흉한 계략이었다,로 바뀌고 죽여버리겠다는 험악한 경고까지 낳았다. 몇 번이나 코젤스키를 찾아가 행패를 부리다 쫓겨난 후 러시아로 돌아와 술독에 빠져 살았다.

밤낮 비틀거리던 그가 거리에서 얼어 죽은 후 마마는 가급적 광산 이야기는 꺼내지 않으려고 애썼다. 이고리의 가족을 위하여 그 쓸모없는 광산을 코젤스키가 사들였다고 들었다. 블라디미르의 지분은 삼분의 일이었다. 코젤스키는 블라디미르에게 지분을 유지하겠는가 물었지만 코젤스키를 믿을 수 없게 된 블라디미르는 손을 떼기로 했다. 블라디미르가 되찾은 건 투자액의 반의 반도 되지 않았다.

이고리의 옛 동료로부터 몇 년 내로 순수 금속 알루미늄을 얻는 방법을 찾아낼 것 같다는 말을 들었을 때 블라디미르는 며칠 동안 이고리의 이름을 부르며 땅을 쳤다.

프랑스의 한 대학에서 바짝 매달리고 있는데 곧 성과를 얻을 것 같다고 했다. 그들이 방법을 찾아내기만 한다면 산소와 알루미늄과의 결합이 강해서 좀체 금속으로 환원되지 않는다던 그 광산의 보오크사이트는 코젤스키에게 막대한 수입을 안겨주게 될 것이라 했다. 싼값으로 알루미늄을 얻게 된다면 앞으로 알루미늄 시대가 열릴 것이라는 말이었다. 그 광산의 보오크사이트는 산화알루미늄 60%를 함유하여 알루미늄 원료로 유일하게 이용되는 퇴적암이라는 것을 상선 사람들도 알게 되었다. 사람들은 뒤늦게 이고리를 동정했다.

이고리가 죽었을 때 사람들은 불평을 토닥이며 말했었다. 이고리는 코젤스키를 찾아가 행패를 부렸지만 그 쓸모없는 광산을 얼마라도 쳐주어 가족에게 살 길을 열어 주었으니 코젤스키는 은인이라면 은인이라고. 하지만 블라디미르의 생각은 달랐다. 코젤스키에게 남모르는 계산속이 있을 거라는 거였다. 이고리가 생각할수록 불쌍하다는 거였다. 최재형은 어쩌면 그래서 블라디미르가 더 포기하지 못하는지도 모른다고 생각했다.

"북극에서 금광을요?"

"그래, 금도 많고 백금도 많은 곳 아니냐?"

"하지만 추워서 사람이 살 수 없다던데……."

"북극이 춥기야 말도 못하게 추운 곳이지만 에스키모도 있고 자유인들도 꽤 살고 있다. 고래가 오고 금이 있으니 남자들에게는 아주 매력적인 땅이지. 악조건 때문에 오히려 기회가 있는 것이기도 하고."

"드미트리와 알렉세이도 함께 가나요?"

"북극 사정에 밝으니까. 그들의 도움이 없으면 일이 어려울 거다. 그리고 두 사람 다 땅에서만 살자니 좀이 쑤셔서 죽겠다는 눈치더라."

그러면 그렇지, 바늘 가는데 실이 안 갈 리가 없지.

그 두 사람은 상선을 타기 전에 포경선을 탔었다. 블라디미르가 상선을 더 이상 타지 않게 되면서 두 사람도 각자의 길을 찾아갔었다. 알렉세이는 고향의 농장으로 돌아갔고 드미트리는 모스크바에서 작은 상점을 내어 생계를 꾸려가고 있었다. 드미트리의 상점은 규모가 큰 블라디미르에게 많은 것을 기대는 형편이었다.

드미트리는 블라디미르가 속을 터놓을 수 있는 유일한 사람이기도 했다. 그의 말대로 블라디미르는 물론 알렉세이와 드미트리도 바다를 안 보고 살 수 있는 사람들이 아니었다. 모험이 없는 안일한 삶은 삶이라고 생각하지 않는 사람들이었다. 드미트리는 상선을 타던 그 시절에도 줄곧 북극의 금을 탐하곤 했었다. 블라디미르가 의욕을 잃고 삶을 따분하게 여기기 시작하면서 북극 이야기가 자연스레 오고 간 듯싶었다.

블라디미르가 최재형에게 너도 함께 가자, 하는데 순간, 머리가 띵했다.

"수입도 늘었고 병영에 가서 통역 일도 한다고 들었다. 하지만 이번 기회에 새로운 삶을 개척해 보는 거야. 어때? 언제든 돌아올 수 있고 있는 동안 자유롭게 왕래할 수도 있으니까 북극이라 해서 겁먹을 건 없어."

자유롭게 왕래할 수 있다고? 겨울은 감옥이나 다름없을 텐데? 어떻게 해야 하나?

머릿속에서 빠르게 저울질이 시작되었다. 상점이야 어차피 독립해 나갈 생각이었다. 그동안 번 돈을 몽땅 투자해 얀치혜에 만든 목장이 문제였다. 가족들에게만 맡기기에는 마음이 놓이질 않았다.

블라디미르는 아버지보다 더 아버지 같은 사람이었다. 블라디미르가 아니었다면 러시아에서의 삶은 없었을지도 몰랐다. 그의 배에 오른 후, 두 번이나 상트페테르부르크까지 다녀왔다.

루슬란의 무역회사에 취직을 하기 전까지는 늘 함께였다. 상트페테르부르크에서도 블라디보스토크에서도 그의 집에서 아들처럼 지냈다. 마마 덕에 러시아인 못지않은 교육도 받았다. 칠 년이나 함께 살았고 함께 세계를 돌았다. 그동안 움직인 거리를 다 합하면 지구 두 바퀴는 되지 않을까? 한 곳에 머물면서 사는 삶과 무게를 내어 비교하자면 이십 년은 족히 견줄 만할 것이었다. 배에서 내린 후 루슬란의 상사에 취직을 시켜준 것도 블라디미르였다. 그의 말을 따랐다가 낭패를 본 적이 있던가? 그가 가자고 할 때는 이미 계산이 끝난 후일 것이었다.

두렵고 꺼려지는 마음 저쪽에서 북극해가 묘한 마력으로 다가왔다.

어린 날, 상선에서의 기억들도 이제는 그리움이었다. 가끔 한 번씩 마음을 휘젓는 그때 그 바람이 가슴 한쪽에서 슬슬 일어나고 있었다. 어찌 살아남을까 쩔쩔 매던, 발가벗겨 내던져진 것 같았던 낯선 세상. 그 추웠던 시절……. 그곳에 드미트리와 알렉세이와 블라디미르가 있었다. 드미트리와 알렉세이는 선장 부부가 양부모를 자처하기 전까지 든든한 후견인이었다. 그들과 함께인데 어딘들 못 가랴?

"젊을 때 기회를 잡아야지, 또 아나? 새로운 삶이 열릴지? 이곳은 걱정 말게. 우리 조선 사람들이 다 한 마음인데 뭘 걱정하나? 농장이고 상점이고 일이 없어서 못하지 사람이 없어서 못하겠나?"

옆집 김 씨가 형을 거들고 나섰다. 듣고 보니 농장 일도 걱정할 필요가 없는 것이었다. 블라디미르 말대로 필요하면 돌아오면 될 일 아닌가.

*

북극은 황량한 곳이었다. 아, 나무 한 그루 서 있을 수도 없구나, 새가 노래하는 일도 없겠구나. 이끼 정도가 겨우 명맥을 유지할 수 있을 뿐이구나.

한 마디로 버림받은 땅이었다. 세상의 끝에 와 선 느낌이었다.

세상에 이런 곳이 있다니!!

세계를 두 바퀴나 돌아본 최재형이었지만 북극은 참으로 놀라웠다.

"노보시비르스크 제도와 노바야젬랴의 북쪽으로 조금만 더 가면 여름에도 바다가 꽁꽁 얼어 있다네."

에스키모들 사이에서 금광부를 모집해 들이는 일을 맡은 빅토르가 말했다. 그는 루슬란의 처남이면서 오른팔이었다. 루슬란은 블라디미르의 제의에 고개를 저었다. 그러나 빅토르가 북극에 관심을 보이자 말리지 않았다.

"북극에도 물길이 있단다. 물길의 지류들이 얽히는 곳에 고래들이 자주 오는데 사람들이 기가 막히게 냄새를 맡지. 짧은 여름을 틈타 포경선이 몰려온단다."

드미트리가 어느새 씹는 담배를 구해 씹으며 말했다. 북극에 와 한두 주를 지내는 새 만난 사람들 중 많은 이들이 질겅질겅 담배를 씹고 있었다. 참으로 특이한 모습이었는데 어느새 드미트리도 그들처럼 담배를 씹고 있었다.

북극을 찾아드는 사람들은 천차만별이었다. 도둑이나 강도도 있었고 살인자도 있었고 완전한 자유를 꿈꾸는 사람도 있었다. 모험

가들은 소수였고 대부분은 고향에서 살 수 없는 무슨 사정이 있거나 일확천금을 꿈꾸는 사람들이라고 봐야 했다.

최재형은 도착한 지 채 일주일이 되기도 전에 벌써 이곳에서 살자면 가장 필요한 것이 개라는 것을 알았다. 떠돌이 개들이 많았고 금광부들이 왔다는 냄새를 맡은 개장수가 찾아왔기 때문이었다. 멀리서 빙빙 돌고 있는 굶주린 개들은 불쌍했다. 그리고 인간을 위협하는 존재이기도 했다. 그런 개들이 저렇게 많다는 것은 이곳에 살자면 반드시 개가 있어야 한다는 반증일 것이었다.

개장수는 북극해 지역을 돌아다니며 개를 팔아먹고 사는 '혼혈 존'이라고 자신을 소개했다.

'혼혈 존'은 백인과 에스키모 여인 사이에서 태어난 사람이었다. '혼혈 존'은 개를 팔기만 하는 것이 아니라 개를 교배하여 우수한 품종을 얻는 일도 했다.

바다가 얼어붙어 배가 움직일 수 없을 때도 개썰매는 움직일 수 있었고 거의 유일한 이동 수단이었다. 때문에 우수한 개를 구하는 일은 그 무엇보다 중요했다.

최재형은 그를 통해 개 열여섯 마리를 구입했다. 여름은 금세 지나갈 것이니 바다가 얼기 전에 개썰매를 확보해 두어야 할 것 같았다.

알고 보니 '혼혈 존'은 북극에서 썩기에는 아까운 사람이었다. 목소리가 좋다 싶었지만 노래를 그렇게 잘 부를 줄이야. 그가 북극의 하늘을 향해 노래를 부르기 시작하면 바다도 귀를 기울이고 듣는 것만 같았다. 북극 하늘에 나타나는 신비한 색이 노래에 맞춰 다양하게 움직이는 듯 보이기도 했다. 최재형이 태어나서 들어본 중 최고의 노래였다.

아, 마마가 이 노래를 듣는다면!!

마마에게 꼭 들려주고 싶었다. 들려줄 수 없는 게 안타까웠다. 눈을 감으면 마마가 옆에 앉아 노래에 취한 채 북극의 하늘을 바라보고 있는 것만 같았다. 생각만으로도 마음이 훈훈해져왔다.

"문명 세계에 나가도 일류 가수가 되겠어요."

"내 노래는 북극 밖으로 나갈 수 없어. 이 추운 북극의 영혼과 기운, 소리들이 나와 만나서 부르는 노래니까. 북극을 나가면 변질되어 괴상한 소리가 될 거야."

말만 그렇게 하는 것이 아니라 정말 그렇게 믿고 있는 듯 보였다.

"그러니까 사람도 노래도 북극의 일부라는 말이군요."

최재형은 그의 말에 일리가 있다 싶었다. 그리고 그렇게 말하는 그가 마음에 들었다.

그는 강아지를 훈련시키는 법도 잘 알고 있었고 가장 영리하고 힘 있는 녀석을 골라 우두머리로 삼는 능력도 있었다. 자신을 개를 진화시키는 사람이라고 말할 때는 자부심까지 내보였다.

'혼혈 존'이 소개해 준 에릭도 놀라운 인물이었다.

에릭은 북극의 평화가 깨지고 있다는 우려와 안타까움을 숨기지 않았다. 황금을 찾아 몰려왔다가 북극을 여지저기 마구 파헤쳐 놓고 떠나버리는 무책임한 사람들에 대해 분개했다. 자연에 순응하며 조용히 잘 살고 있는 에스키모들의 삶과 전통이 그들에 의해 망가지고 있다는 말이었다.

"혼혈 존더러 문명세계에 나가 노래를 불러보라고 했다지?"

"응. 그가 부르는 노래보다 더 좋은 노래를 들어본 적이 없어. 마마가 음악을 좋아해서 나도 꽤 많이 들었거든."

"혼혈 존이 나갈 리 없어."

"왜 무슨 일이 있었나?"

"으음……. 너도 문명권 사람이라 어떻게 들릴지 모르겠는데 우린 거부감이랄까 뭐 그런 것도 있고 두렵기도 하고 어쨌든 좀 조심스러운 입장이야. 혼혈 존은 특히 더 그래."

"문명세계 사람들이 어떤 존재들인지 의심스럽고 여기서 무슨 짓을 할지 두려운 거지?"

"간혹 북극에 온 미국인이나 유럽인들이 문제를 일으키거든. 에스키모들을 가혹하게 부려 먹어서 원성을 산 적도 많고."

어제 본 에스키모 소녀의 움푹 파인 허벅지가 떠올랐다. 동상에 걸린 유럽인에게 살을 떼어주었다는 말을 들었다. 흔한 일인 듯 주술사는 아무렇지도 않게 말했다. 최재형은 금을 캐겠다고 이곳에 온 일행들도 그들의 눈에 좋게만 비칠 리 없으리라는 생각이 들었다. 마음이 무거워졌다.

에릭에게는 보물 같은 지도가 있었다. 북극에는 식량공급이 어려운 지역들이 많았다. 에릭은 거친 벌판, 툰드라를 지나 아무도 가려고 하지 않는 외진 곳까지 물건을 싣고 다녔다.

늪이 많아 많은 이들이 목숨을 잃었다. 그러나 찾아보면 안전하게 다닐 수 있는 길이 있었다. 에릭은 그런 길을 알아두고 있었다. 수많은 이들이 길을 잃고 돌아오지 못하는 곳에 자기만의 길을 내고 그 길을 기억하고 있었다. 느낌의 촉으로 읽는 머릿속 지도는 온전히 그 자신만의 것이었다.

에릭은 최재형과 동갑이었다. 에릭도 조상이 도망친 노비였다고 했다. 영국에서 북극까지 왔을 때야 기막힌 사정이 있었을 것이었다. 술 몇 잔 기울이며 이야기를 나누고 난 후에는 최재형을 금세 친구로 여겼다. 최재형이 연어만큼은 신세 좀 지자, 그 외에는 신세 질 것이 없다고 말하자 그가 씨익 웃었다. 사람 일은 모른다는 거였다.

"그런데 너 조선이라는 나라에서 왔다고 했지?"

에릭이 물었다.

"응? 왜?"

"저기 브랑겔 섬에 작은 여자가 한 명 살거든. 그 여자도 조선에서 왔다고 들은 것 같아."

"뭐어? 조선인을 북극에서 봤다고? 그것도 여자를?"

"그렇다니까."

최재형은 믿기지 않았다. 잘못 알고 있는 것일 거라고 생각했다.

"얼음이 녹고 나면 정어리가 태평양에서 오는데 돈이 되거든. 각지에서 사람들이 몰려오지. 일본인, 중국인, 그리고 북극 섬에 사는 사람들이 정어리를 잡느라 여름내 법석을 떨어."

"그럼 그 여자도 정어리를 잡으러 왔다는 말이야?"

"정어리잡이에는 아주 싼 일꾼들이 따라 와. 그중 한 명이었을 거야. 섬과 만 곳곳에 일꾼들을 풀어놓는데 배가 올 때 보면 여자들이 꽤 되더라구."

"그럼 원양어선을 타고 왔다가 돌아가지 않는 사람도 있다는 거야? 이 악조건 속에서 살아보겠다고?"

"아니, 그건 아니야. 몇 해 전에 바다가 빨리 얼어붙기 시작한 적이 있었어. 그때 배가 서둘러 달아났거든."

"위험을 느끼고 되도록 빨리 북극해를 벗어나려고 했겠지."

"급하니까 그랬겠지만 외진 곳에 있던 사람들은 내버리고 가버렸어."

"그럼 그 불쌍한 일꾼들은 어찌 되었나?"

"이 황량한 땅에서 뭘 어쩌겠나? 큰 배도 겁이 나서 줄행랑을 쳤는데. 여름까지 기다리는 수밖에는 도리가 없지."

"먹여 주고 재워주는 사람이 있었나?"

"이 냉혹한 땅에서 사는 사람들이 불쌍한 사람들을 모른 체 하겠나? 모르긴 해도 이곳에 사는 사람들은 누구나 불쌍한 사람에게 몰인정하게 굴었다가는 하늘이 가만두지 않을 거라는 두려움을 가지고 있을 걸. 자연의 힘이 얼마나 막강한지를 누구보다 잘 아는 사람들이니까."

"그 조선 여인도 누군가의 도움을 받았다는 말이군. 그렇다 해도 다음해 여름에는 돌아갈 수 있었을 것 아닌가?"

"나도 그것이 이상하다 여기고 있었어. 은혜를 입었으니 갚아야 한다는 생각 때문인 것도 같고. 노바야시비리에 정착한 백인이 발견하고 자기 동굴에서 겨울을 나게 했다는데 봄이 와 배가 나타났어도 돌아가지 않았거든. 지금은 브랑겔 섬에서 살고 있는데 그런대로 잘 지내는 듯싶어. 브랑겔 섬에서 가장 좋은 동굴에서 살아. 그 동굴의 노인이 병이 들었는데 마침 노바야시비리에 정착한 백인과 친하게 지내는 터라 여자를 보내 준 모양이더라구. 간병도 하고 살림도 도우면서 살았어. 노인이 죽은 뒤로 이것저것 일을 해서 돈을 번다고 들었고."

"내가 만나 볼 수 있을까?"

"그곳에 가게 되면 의향을 물어볼게."

에릭의 말을 다 믿은 것도 아니고 별 기대도 하지 않았는데 여자 쪽에서 먼저 만나고 싶다는 의사를 전해왔다.

"낯설고 험한 땅이라……. 꼭 가겠으면 누구랑 함께 가도록 해라. 혼자는 안 된다."

블라디미르의 허락이 떨어지기는 했으나 조건이 붙었다. 누가 함께 가 줄 것인가? 걱정을 하고 있는데 알렉세이가 자신이 함께 가겠다며 자청하고 나섰다. 알렉세이가 북극에 익숙하니 그와 함께 간다면 안심이라고 하면서도 블라디미르는 그래도 조심, 또 조심하라고 몇 번이나 당부했다.

*

"북극에 와서 얼음이 녹는 소리 들어봤어요? 나는 얼음이 어는 소리도 들어봤어요."

여자는 얼음이 어는 소리를 들어봤다는 사실을 자신은 세상에서 제일로 엄청난 일을 경험해 봤다는 투로 말했다.

"녹는 소리는 들어봤지요. 그런데 얼 때도 소리가 나나요?"

여자는 눈썹만 꿈틀했다.

"소리가 나냐고? 얼음덩어리들이 서로 붙으며 커지면서 꽝, 소리와 함께 바다 전체가 얼음이 되거든. 불과 몇 분 만에 바다가 통째로 얼음이 되는데 만조는 얼음 덮개를 들어 올리려 들지. 두꺼운 얼음 밑에 거대한 힘이 압축되어가고 하늘이 떨리는가 싶으면서 우레 같은 소리가 귀를 찢어. 두꺼운 얼음 덮개를 뚫고 허공으로 솟아오르는 것이 바닷물이라는 사실을 믿을 수 없지. 바다 저 깊은 곳에서 수십 만 년을 웅크리고 있던 악마가 튀어 나오려는 것 같아. 가두어 두었던 악마가 날뛰기 시작하면서 세상이 산산조각날 것만 같고 종말이라는 말만 머릿속을 맴돌지. 한 번이 아니야. 깨지자마자 다시 얼고 다시 갈라져 사방으로 튀어."

에릭이 여자 대신 설명해 주었다. 상상만으로도 등에 칼이 꽂히는 느낌이었다.

"뭍에서는 바위가 부서져 굴러 떨어지고 모래가 날아다니고. 허공은 공포로 가득해요."

여자가 짧게 덧붙였다.

"흐음, 말만 들어도 몸이 얼어붙는 듯하군요."

최재형은 바로 눈앞에서 조선말을 쓰고 있는 여인을 보고 있으면서도 믿어지지 않았다. 마치 딴 세상 사람을 보고 있는 것 같았다.

"놀라는 것도 무리가 아니지요."

분명 유령은 아니다. 주위를 둘러보니 과연 조선인이다. 한복이 한 벌 있고 어떻게 구했는지 된장과 고추장도 있었다.

백인 남자들은 대부분 혼자였다. 원주민 에스키모 여자와 살 법도 한데 그런 경우는 거의 없었다. 백인 정착민 중 한 사람이 에스키모 여자는 냄새가 심해서 가까이 가기도 어렵다고 말하는 것을 들었다. 그것이 비단 에스키모 여자에게만 하는 말은 아닐 것이었다. 북극에서 만난 백인들은 대부분 인종이 다른 여인과는 선을 긋는 분위기였다. 동굴의 주인인 백인 남자가 여자를 같은 동굴에서 지낼 수 있게 허락했다면 남다른 매력이 있거나 특별한 무언가가 있을 것이었다.

여자는 수수한 얼굴이었으나 피부색이 밝고 건강해 보였다. 바혼이 채 안 되었지 싶었다.

백인 남자는 문명을 등지고 자유를 찾아 이 황량한 땅으로 들어온 사람이었는데 병이 들어 바깥출입이 어려워지면서 누군가의 도움 없이는 살 수 없게 되었다고 했다. 봄이 되어 노바야시비리의 백인이 의논할 일이 있어 브랑겔에 왔다가 그가 병든 것을 보고 여자를 데려다 주었다던가. 여자는 버림받은 그 해 겨울 노바야시비리에 있는 백인의 동굴에서 먹을 것과 온기를 얻어 살아남았기 때문에 그 백인 정착민의 부탁을 거절할 수 없었던 듯싶었다.

"봄이 오고 배들이 들어오고 있었지만 꼼짝없이 병자를 돌봐야 했지요. 뭐, 그럭저럭 살 만했고요."

여자가 남의 말 하듯 했다.

브랑겔의 백인이야 노인인데다 병자였으니 그렇다 치더라도 노바야시비리의 백인과 겨우내 한 동굴에서 지냈다면? 두 사람의 관계가 궁금했다. 브랑겔의 동굴로 보낸 걸 보면 남녀로 정이 든 건 아닌 듯싶었지만 물어볼 수는 없었다.

브랑겔의 백인이 여자의 간호를 받은 것은 일 년 남짓이라고 했다. 노바야시비리의 백인은 노인의 목숨이 얼마 남지 않았음을 알고 여자에게 곁을 지키게 한 듯싶었다. 노인이 죽으면서 그녀에게 그의 동굴과 재산을 남기고 죽었으니 고생은 보상을 받은 셈이었다.

그러나 이 극한의 땅에서 그것들이 다 무슨 소용이란 말인가?

"인근의 이웃들이 모두 인정하는 재산이니까 여자가 이곳에서 계속 살 생각이라면 크게 도움이 될 것이야."

에릭이 최재형의 생각을 읽었는지 이곳에서도 재산은 중요하다고 말했다.

동굴은 넓고 깨끗했다. 동굴 안에는 또 다른 동굴이 이어져 있었는데 식량과 땔감, 그리고 금과 모피가 들어 있었다. 그녀는 가지고 있는 모피와 금만으로도 평생토록 생필품으로 바꾸어 쓰는 데 문제가 없을 것 같았다.

"조선으로 돌아갈 수 있도록 도와 드릴까요?"

"아니, 돌아가지 않을 겁니다."

최재형의 물음에 여자가 딱 잘라 대답했다. 조선에서의 삶이 이곳보다 결코 나을 것이 없다는 속내를 읽을 수 있었다.

"그럼 이 혹한의 땅에서 계속 살겠다는 겁니까?"

"그래요. 난 처음에 나를 버려두고 간 배가 원망스러웠어요. 앞이 깜깜했죠. 하지만 사람이 자연 조건 때문에 죽는 건 아니더라구요. 자연은 아무리 가혹해도 이치나 순서가 있기 때문에 대처할 수 있지요."

사람과 사회가 이 혹독한 자연환경보다 더 고약하고 무섭다는 말이었다.

"여자 몸으로 이런 곳에서 혼자요?"

"조선에 가는 것보다 어쨌도 나을 것 같아요. 여기서 살아 볼래요. 보시다시피 난생 처음 재산이라는 것도 갖게 되었구요."

여자는 갖바치의 딸이었다. 부모가 천주교에 들었다가 순교한 후 어느 기생이 키워주었다고 간단히 제 인생을 열어 보이는데 가슴이 아렸다. 내 어머니도 기생이었고 아비는 노비였다고 말하고 싶었으나 입이 떨어지지 않았다.

"사고 싶은 배가 있어요. 혹시 도와줄 수 있겠어요?"

여자는 배를 사고 싶다고 했다. 자기를 버려두고 도망쳐버린 배 때문에 한이 맺혀 배를 갖고 싶은 걸까? 찾아오는 배를 만나야만 움직일 수 있는 상황이 여자를 불안하게 만들고 있는 걸까? 최재형의 머릿속에 이런저런 생각들이 스쳐 지나갔다.

"배를 사겠다고요? 왜요? 돌아가고 싶은데 돌아가지 못하는 일이 또 생길까 봐요?"

"그래서가 아니에요. 배를 사서 돈을 벌고 싶어요."

"돈을 벌겠다고요? 이곳에서요?"

저 작은 여자에게서 그런 말이 나오다니? 입이 다물어지지 않았다.

"노바야시비리의 백인이 어떻게 돈을 버는지 보았거든요. 놈이라는 도시에 가서 생필품을 사다 재 놓고 개썰매나 보트를 이용해서 배달을 해 주었는데 수입이 꽤 짭짤했어요. 그 사람이 놈에 가서 사다 파는 물건은 포경선보다 물건도 좋고 값도 싸서 주문이 많더라고요."

"그래서 그런 일을 해 보겠다고요? 에릭도 있는데요?"

"에릭은 우편배달부잖아요? 그도 물건을 공급하기는 하지만 식량이 필요한 곳에 식량을 공급하는 정도죠. 좋은 배가 있으면 분명 벌이가 될 거예요."

"에이, 이 좁은 바닥에서 벌이가 얼마나 될 거라고요?"

"만만히 볼 건 아니에요. 그리고 이곳에서는 별거 아닌 모피나 광물들이 문명 세계로 나가면 꽤 돈이 되니까요. 그 배라면 무난히 왕래할 수 있어요."

여자가 탐을 내는 배는 겨우내 유빙에 갇혀 있던 배였다. 포경선 하나가 고래를 충분히 잡지 못해 미적거리다가 다른 때보다 빨리 겨울이 들이닥치는 바람에 그만 빠져나가지 못하였다는 것이었다.

"그런 배가 있지."

에릭도 잘 알고 있었다.

"나중에 들으니 바닷가에 선장이 얼어 죽어 있었더라네요."

"그래서 그 배를 사고 싶다고요? 주인이 죽었다면서요?"

"선장이 주인이 아니래요. 선주가 따로 있다더군요. 아주 싼 값에 살 수 있을 것 같지 않아요?"

"그렇긴 한데 배가 온전할 것 같지도 않군요."

"그래서 부탁하는 거예요. 제게 있는 금으로 배를 사고 수리하는 일을 도와주시면 은혜로 알고 보답할게요. 질 좋은 모피도 제법 있고요."

"해 볼 만하고말고."

뜻밖에 알렉세이가 배에 관심을 보였다. 버려지다시피 한 배이니 흥정하기 나름이다, 배를 구입하기로 말한다면 다시없는 기회일 것이라고 거들고 나섰다.

여자의 부탁은 또 있었다.

"이상하게 들릴 수 있다는 거 알지만……. 남자가 있었으면 좋겠어요."

"예? 일꾼으로요? 아니면?"

"어느 쪽이든 좋아요. 물론 일꾼보다야 같이 살 수 있는 사람이 낫겠지요. 한두 해라면 모를까 이곳에 혼자 살기는 쉽지 않을 것 같아서요. 러시아로 이주해 온 동포 중에 이곳에 와서 살아볼 생각이 있는 사람을 알아 봐주면 좋겠어요."

저것이 여자의 입에서 나오는 말인가?

여자 말 대로 당황스럽기는 했다. 그러나 곧 그럴 수 있겠다, 어쩌면 저것이 현명한 처신이겠다 싶었다. 충분히 이해할 수 있는 말이었다.

남자를 구해달라는 이야기는 조선말로 했기 때문에 에릭도 알렉세이도 알아듣지 못했다.

"아무리 상황이 안 좋은 배라도 값이 상당할 텐데. 더구나 그런 배라면 수리하는 일도 만만찮을 거고."

최재형이 갸웃거리자 여자가 일어섰다. 모피가 가득 들어있는 저장고를 열어 보였다. 배는 어차피 버려진 배다. 이만하면 배를 인수해서 수리할 수 있지 않겠느냐는 자신감이 있었다. 모피를 들어내자 두 갈래로 이어진 또 다른 동굴이 나타났다. 단지에 금이 제법 있었다. 여자가 배 한 척을 흥정하겠다고 나올 만했다. 죽은 백인 남자가 처세술이 좋은 사람이었던 듯싶었다. 동굴 내부도 찬찬히 다시 살펴보니 보통 동굴이 아니었다. 오랫동안 궁리하여 세심하게 설계하고 다듬었다는 것을 알 수 있었다.

"에릭이 함께 하면 큰 힘이 될 텐데."

동의를 구하며 돌아보니 에릭의 표정이 굳어 있었다. 뭔가 할 말이 있는 것이 분명했다. 담배를 들고 밖으로 나서자 에릭이 따라 나왔다.

"저 여자가 여기서 혼자 살 수 있다고 보나?"

"어려운 일이지. 위험이 많고 자연 환경도 혹독하니."

죽지 못해 사는 게지, 라는 말이 따라 올라왔으나 에릭 앞에서 차마 할 말이 아닌 것 같아 삼키고 말았다.

"여자가 아직 모르고 있는 모양인데 그 배는 얼마 전에 몇몇 백인 정착민들이 사들였어. 그 배가 쓸 수나 있을지 의문이지만 에스키모의 배나 작은 보트로는 한계가 있으니까 재력이 있는 사람들이 공동으로 배를 사들였단 말이지. 어제 선주가 손 털고 나가는 걸 봤어."

"여자가 실망하겠는 걸."

"어쨌든 배는 이미 남의 것이고 여기는 자연사 하는 경우보다 사고로 죽는 일이 많은 험한 땅이라는 것만 알아 둬. 여자가 아직 뜨거운 맛을 못 봐서 저러는 모양인데 '지옥의 블리자드'도 만만치 않아."

"지옥의 블리자드?"

"일확천금의 꿈을 안고 북극으로 왔다가 빈털터리가 된 떠돌이들이야. 살인과 강도짓을 일삼는데 더 이상 꿈도 꾸지 않고 죄의식도 없기 때문에 잔악하기 짝이 없어. 여자 혼자 살다가는 언제 무슨 일을 당할지 몰라. 더구나 재산까지 있어봐, 표적이 되기 십상이야."

에릭의 말은 결국, 여자가 조선으로 돌아가는 것이 현명한 일 아니겠느냐는 것이었다. 최재형의 생각도 다르지 않았다.

여자에게 에릭이 한 말을 전해 주었다. 여자는 맥이 빠진다는 표정이었다.

"재산이라는 게 다 뭡니까? 여기가 어디 사람 살 곳입니까? 저야 대부께서 금을 캐겠다 하시니 따라왔고 회사와 함께 움직이고 있으니 괜찮지만 여자 몸으로 살 곳은 아닌 듯합니다. 차라리 블라디보스토크에 가서 사십시다. 그곳에 가면 좋은 사람도 알아 봐 드리지요."

최재형이 말했다.

"도둑, 사기꾼, 매춘부, 도박꾼……. 온갖 종류의 악당들이 늘 광부들을 뒤따라 들어오고 있다는 걸 알지 않습니까? 노동의 대가를 엉뚱하게 다 써버린 광부들이 비참한 죽음을 당하는 걸 수도 없이 보지 않았습니까? 이곳은 위험한 곳입니다. 제 나라보다 살기 좋은 곳이 어디 있습니까? 돌아가시지요."

에릭도 속마음을 숨기지 않았다.

"아니, 여기 남겠어요. 어디 가도 삶의 조건들은 비슷하죠. 조선이 내 조국이기는 하지만 하루도 살 만한 곳이라고 생각해 본 적 없었어요. 춥고 황량한 곳이지만 난 이곳에서 살아볼 거예요."

줄곧 여자의 입매가 유달리 단정하다고 생각했는데 결의를 보이며 꼭 다물자 아무도 열 수 없는 문이 되었다.

"결심이 그렇다면 내가 돕겠소."

알렉세이가 앞으로 나서며 말했다. 여자는 놀라는 빛이었으나 금세 무표정한 얼굴로 돌아갔다.

"하, 참…… 이 무슨 고집인지……. 꼭 남겠다면 나도 돕겠습니다. 별 수 없지요."

에릭이 알렉세이에게 손을 내밀며 말했다. 돌아가라고 말할 때와 달리 눈에 애정이 담겼다. 싫지 않은 표정이었다. 북극을 파헤치고 에스키모들의 삶을 망치고 돌아가 버리는 금광부들이나 포경업자들과는 다른 부류의 사람들이라고 믿는 때문일 거였다.

"배가 그리 클 필요는 없잖아?"

최재형이 에릭에게 물었다. 그동안 곰곰 생각해 보니 여자의 말에 일리가 있었다. 아나디리 유역과 브랑겔 섬의 풍부한 금은 투기꾼들을 불러 모았지만 파헤쳐지고 난 후 남는 건 소문의 껍데기뿐이었다. 금광을 열었다가 성공한 사람은 고작 한두 명뿐이었다.

직접 금을 캐는 것보다 에스키모와 금광부들에게 필요한 물건을 공급하거나 파는 것이 더 나을 수도 있다는 생각이 들었다. 극지에 사는 사람들에게도 좋은 일일 것이니…… 그렇다면…….

최재형은 생각을 굳혔다. 금광만을 목표로 삼고 힘을 쏟을 일이 아니었다.

"어디까지나 내 생각이긴 한데 저 배를 산 백인들과 손을 잡는 것도 한 방법일 거야. 완아가 혼자 따로 하는 것보다 나을 수도 있어. 그렇게만 된다면 신변 안전에도 도움이 될 거고."

에릭이 말했다. 에릭은 여자의 이름이 완아라는 것도 알고 있었다. 그동안은 부를 필요가 없었고 묻지도 않았던 여자의 이름이었다.

"백인들이 나를 받아줄까요? 그럴 수만 있다면 그게 좋겠지요."

그러나 에릭이 찾아갔을 때 백인들은 단칼에 딱 잘라 거절했다.

블라디미르가 여자에게 배는 포기하라고 말했다. 대신 금광에 참여하면 서로 좋을 것이라고 권했지만 여자는 배를 고집했다. 알렉세이가 블라디미르를 잡고 뭔가 한참을 이야기했다. 블라디미르를 움직이기 위해 설득하려는 것처럼 보였다. 배를 포기하지 못해서인 듯싶었다.

"놈에 작은 배가 있기는 한데……."

블라디미르의 입에서 신음처럼 말이 배어 나왔다. 드미트리가 블라디미르라면 배를 구할 수 있을 것이라고 눈짓을 보내왔다.

놈에는 옛 상선의 선주 코젤스키의 작은 배가 있었다. 코젤스키는 영국에 거주하며 남아공의 금광에 매달리고 있었으므로 북극해 쪽 일은 잘료제프가 맡아서 하고 있었다. 잘료제프는 오랫동안 함께 상선을 탔던 친구 아니던가. 블라디미르가 마음만 먹으면 언제든지 빌려 쓸 수 있는 배였다. 줄곧 블라디미르가 마음을 돌려 함께 일할 수 있기를 바라고 있는 코젤스키였다. 화해의 기회가 될 수도 있을 것이라며 드미트리는 알렉세이 쪽에 힘을 보태고 싶어 했다. 그러나 여전히 이고리에 잡혀 있는 블라디미르의 마음은 조금만 건드려도 성을 내곤 했으므로 선뜻 말을 꺼내기 어려웠다.

알렉세이 때문일까? 쉽게 열릴 것 같지 않던 블라디미르의 마음이 움직였다. 블라디미르는 알렉세이의 아내가 다른 남자와 떠난 일을 두고 마치 자신의 잘못인 양 힘들어 했다. 배 타는 남자들의 아내가 바람이 나 돈을 들고 다른 남자와 도망치는 일이야 흔한 일이었다. 그럼에도 알렉세이가 블라디미르를 따라 상선을 타지 않았더라면 그런 일을 겪지 않았을 거라는 생각을 떨쳐버리지 못했다. 알렉세이가 여전히 아내를 기다리고 있다는 것을 알고 있기에 더 마음을 썼다. 은밀히 행방을 찾아보기도 했다. 몇 번 만난 눈치였지만 여자를 데리고 오지는 못했다. 여자 쪽에서 마음이 영 떠난 모양이었다.

며칠 궁리 끝에 블라디미르는 드미트리와 알렉세이를 놈으로 보냈다. 코젤스키의 배를 일단 한 일 년 써보자는 것이었다. 배를 사들이는 일은 그 다음에 생각해 봐도 늦지 않을 것이라는 판단이었다. 입 밖에 내어 말을 하지는 않았지만 블라디미르도 금광 못지않은 수익이 날 수도 있다는 계산을 하는 듯싶었다.

최재형과 알렉세이는 여자가 내놓은 풍부한 자금으로 목재와 각종 연장, 다이너마이트, 초, 식량, 약재 등을 대량으로 구입했다. 북극에서 살자면 꼭 필요한 물품들이었다. 루슬란의 안목도 도움이 되었다. 알렉세이는 꼼꼼하게 물품들을 관리했다. 배는 활동범위를 넓혀 가면서 북극해 곳곳에 물품을 공급하고 주문을 받아냈다. 유라시아 대륙에서 가장 북쪽인 첼류스킨 곶까지도 갔다. 연어가 돌아다니는 섬들의 에스키모들에게 생필품을 주고 모피나 생선을 받았다. 다른 곳에 사는 에스키모나 사냥꾼, 정착민들에게 가서 신선한 먹거리와 생필품을 주면 모피나 금을 받을 수 있었다. 에릭이 함께 해 주어 일이 수월했다.

어떻게 알았는지 북극을 찾아 온 이들이 먼저 수소문해 찾아왔다. 북극 정착민과 에스키모들도 생필품을 주문했다. 에릭은 외진 곳에 사는 에스키모들에게까지 필요한 생필품을 배달해 주고 모피를 받아왔다. 에스키모들의 안전을 확인하고 돌보는 일에도 최선을 다했다. 환자가 있다거나 식량이 떨어진 곳이 있다는 소식을 듣게 되면 몸을 사리지 않았다. 북극의 지킴이 역할을 자청하는 모습이 믿음직스러웠다. 괴혈병이 많은 에스키모들을 위해 완아는 콩과자와 레몬주스를 만들어 보냈다. 반응이 좋았다. 감자에만 의존해 오던 에스키모들에게 크게 도움이 되고 있다며 에릭이 활짝 웃었다.

금과 모피가 쌓여 갔다.

에릭이 생필품을 주고 받아오는 모피는 특히 질이 좋았다.

"저기, 루슬란이 말이야. 지난번에 에릭이 가져왔던 그 모피, 그게 아주 그만이래. 그 모피를 집중적으로 취급했으면 좋겠다고 해."

블라디보스토크에 다녀온 빅토르가 흥분을 감추지 못했다. 루슬란의 상점에서 북극의 모피가 비싼 값에 팔린다는 소식이었다.

"금보다 못할 거 없네."

드미트리도 알렉세이도 한껏 부풀어 연신 휘파람을 날렸다.

블라디미르도 예상 외로 선전하고 있었다. 금광부들도 성실하게 일했고 금도 기대 이상으로 캤다.

"빅토르가 모피를 빼돌리는 것 같아. 꼼꼼히 챙겨 봐."

하루는 드미트리가 다가오더니 무거운 표정으로 말했다. 최재형도 얼마 전부터 조금씩 모피가 새는 것을 감지하고 있었다. 블라디미르는 열 장 이내는 그냥 넘어가라고 말했지만 거래가 많아지면서 숫자도 점점 커지고 있었다. 얼마 전부터는 질 좋은 모피가 저질의 모피로 바꿔치기 된 정황도 드러났다. 블라디미르도 루슬란의 오른팔만 아니면 당장 조치를 취하련만, 하며 어금니를 물었다.

장부를 들고 완아를 찾았다. 맛있는 냄새가 진동을 했다. 동굴 입구에 불을 피워놓고 알렉세이가 연어스프를 끓이고 있었다. 에릭이 가져다 준 연어였다.

"자 이제 감자와 연어 뼈가 충분히 끓었으니 통통한 연어 살을 넣고 더 끓여 줍시다."

알렉세이가 음식을?

상상도 못했던 일이었다.

"이제 향신료를 넣으면 끝인가요?"

"그래도 되지만 역시 끝마무리는 보드카죠. 보드카가 들어가야 맛이 제대로 난다는 거 아닙니까?"

여자도 알렉세이를 오래 전부터 알고 지내던 사람처럼 허물없이 대하고 있었다. 여자가 잘게 자른 초록색의 향신료를 넣자 알렉세이가 보드카를 부었다. 그런 다음 불 위에서 끓고 있는 연어스프가 마치 자신들이 만든 신비한 음식이라도 되는 듯 서로를 대견해 하는 눈으로 바라보았다. 조금 있다가 여자가 냄비 앞으로 다가가 숟가락으로 국물을 떠서 맛을 보더니 알렉세이에게 내밀었다. 천상의 음식이라도 되는 것처럼 지극한 몸짓이었다. 알렉세이는 여자가 입에 댔던 그 숟가락을 아무렇지도 않게 받아 맛을 보더니 엄지손가락을 들어 올리며 웃었다. 그 웃음이 하도 환해서 최재형은 눈을 부비고 다시 보아야 했다.

저 사람들이?

최재형은 뭔가 기분이 묘한 것이 그들 앞에 선뜻 나서기가 어려웠다.

최재형은 여자를 처음 보았을 때 노바야시비리에서 백인 남자와 한 동굴에서 겨울을 났다고? 동굴에서 겨우내 둘이 함께 있었다면? 목석이 아닌 이상……. 하는 생각부터 했었다. 알렉세이는 그런 생각이 들지 않는 걸까? 꺼림칙하지 않을까? 알렉세이의 표정을 살폈지만 어디에도 그런 마음은 보이지 않았다. 이해가 안 되는 건 여자 쪽도 마찬가지였다. 설령 알렉세이에게 현실을 다 무시할 만큼 정감이 간다 하더라도 시간을 두고 마음을 주고받아야 할 것 아닌가? 만난 지 얼마나 되었다고?

스프를 최재형에게 한 그릇 떠 주고는 자기들끼리는 마주앉아 먹었다. 옆눈으로 보니 연어 스프의 백미는 눈알이라며 서로 눈알을 먹어보라고 권하고 있었다. 어린 아이 같은 모습이었다. 두 사람 다 최재형은 안중에도 없는 듯싶었다. 이익금을 나누는 일에도 건성이었다.

"사랑은 첫눈에 알아보는 건가 봐."

알렉세이의 입에서 그런 말이 나오다니.

이것저것 궁금한 것들이 많았으나 물어볼 겨를도 없이 알렉세이는 여자의 동굴로 거처를 옮겼다. 남자를 알아 봐 달라는 여자의 청은 이제 잊어도 될 듯싶었다.

혼혈 존의 노래는 바다 저 멀리까지 퍼져 나갔다. 바다 속을 유유히 오고가는 고래들이 한 번씩 수면 위로 뛰어오르며 혼혈 존의 노래에 화답했다. 최재형은 순간순간, 꿈을 꾸고 있는 것만 같았다.

"요한 쿠쿠젤리스 성인의 성가는 천사의 소리에 견줄 만했다는구나. 그가 성가로 하느님을 찬양하면 양들도 풀 뜯는 것을 멈추고 성인의 성가를 들었다니까 상상이 되지?"

처음 상트페테르부르크의 성당에 갔을 때 마마는 쿠쿠젤리스 성인 이야기를 해 주었다. 마침 성가를 부르고 있는 일군의 사람들이 보였기 때문이었다. 얼마나 아름다운 소리였는지……. 최재형은 그 때 들은 성가, 그때 그 기분과 느낌, 행복감을 잊지 못했다.

마마가 혼혈 존의 노래를 듣는다면 마치 쿠쿠젤리스 성인의 노래를 듣고 있는 것 같다며 행복해 할 것만 같았다.

혼혈 존의 노래가 흐르고 있는 북극의 바다는 눈부셨다. 무수한 반짝임 저 멀리 떠 있는 배들을 보고 있자니 그리움이 몰려왔다. 가족들이 보고 싶었다.

완아가 뜻을 꺾었다. 배를 사는 일은 포기하겠다고 말했다. 블라디미르는 배를 계속 빌릴 수 있도록 노력해보겠다고 했다. 완아가 고집을 꺾은 것은 혼혈 존과 에릭 때문일 것이었다. 그들은 북극에서 너무 많은 거래가 이루어지는 것을 원치 않았다. 북극 사람들이 계속 자연의 일부로 살 수 있어야 하고 그 한계점이 지켜져야 한다고 못을 박았다. 완아도 고개를 끄덕였다. 대신 배를 빌릴 수 있는 한 에릭이 최선을 다해 도울 것이라 했다.

개 짖는 소리가 오늘따라 유난스럽다고 느꼈지만 최재형은 나가보지 않았다. 에릭에게 건네줄 물건을 챙기느라 하루 종일 이리 뛰고 저리 뛰었다. 에릭은 동떨어져 있는 동굴까지 다녀올 것이라며 여러 가지 물품을 요구했다. 개 짖는 소리가 쉽게 잦아들 것 같지 않았다. 무슨 일이 벌어지고 있는 거 아닌가, 불안한 생각이 들었지만 눈이 떠지지 않았다. 무척 고단했다. 몸살기까지 있었다.

빅토르가 보이지 않는다고 한 금광부가 드미트리에게 알렸다. 엇저녁 자신의 동굴에 오기로 해놓고는 오지 않았고 아침에도 아무리 찾아도 보이지 않는다는 것이었다. 그는 빅토르와 늘 붙어 다니는 사람이었다. 최재형은 두 사람이 저녁에 만나기로 했다는 말에 모종의 꿍꿍이가 있었음을 직감했다. 그런 그가 빅토르의 행방을 모른다면? 순간, 엇저녁 유난스러웠던 개소리가 떠올랐다.

혼혈 존이 자리를 박차고 뛰어나가 개썰매에 올랐다. 최재형도 옆자리에 올랐다. 샅샅이 뒤졌지만 빅토르를 찾지 못했다. 혼혈 존은 마지막으로 한 번 더 돌아보자며 늪지대로 향했다. 늪지대 근처, 바위 사이에서 묘한 기운이 느껴졌다. 주인이 떠난 후 버려진 개들이 무리를 지어 어슬렁거리고 있었다. 뒤늦게 소식을 들은 에릭이 달려왔다. 혼혈 존은 이미 사람을 믿지 않는 개들 앞에 섰다. 개들과 소통해 볼 것이라 했다. 하지만 개들은 충성을 바쳤던 주인에게 버림받은 기억 때문에 더 이상 인간을 믿지 않았다. 버티고 서서 미동도 하지 않았다. 공격할 의사는 없어 보였다.

"개들이 한 짓이 아니야. 개들은 이미 죽은 시체를 처리했을 뿐이야."

혼혈 존이 말했다.

"어떻게 알아?"

"내가 저 대장 녀석을 알거든. 눈가가 흰 누렁이 말이야. 충성심이 대단했던 녀석이야. 지금, 자신들이 죽인 건 아니라고 말하고 있어."

누렁이는 혼혈 존을 뚫어져라 바라보고 서 있었다.

에릭이 어이~ 여기~ 라고 소리쳤다.

개들에게 뜯긴 빅토르의 모습은 참혹했다. 에릭이 모포로 감싸 올렸다.

"지옥의 블리자드 녀석들에게 당한 것 같아."

에릭이 피 묻은 칼을 내밀었다. 해골이 새겨져 있었다. '지옥의 블리자드'의 칼이었다.

블라디미르는 최재형 못지않게 충격을 받았다. 루슬란에게 뭐라 말할 것인가도 걱정이었다.

"아무래도 네가 돌아가서 사정을 자세히 말하는 것이 좋겠다."

블라디미르가 말했다. 최재형도 그것이 자신의 할 일임을 알았다.

【 맞다. 네 생각대로다.
그 늙은 두루미는 소리를 내지 않기 위해 출발 직전에 입에다 돌을 하나 물었단다 】

5
두루미의 돌

"학교를 세우고 교회 건물을 짓자면 돈이 적잖이 들 터인데 감당이 되겠는가?"

정교회 건물을 짓고 학교를 세우겠다고 말하자 이동천이 눈을 크게 떴다.

"하지만 꼭 필요한 일입니다. 아직은 무리라는 생각에 미적거리고 있었지요. 그런데 힘을 주는 사람들이 있습니다. 니콜라이와 마마는 벌써부터 말이 있었고 완아도 자신이 할 수 있는 일이면 무엇이든 하겠다고 합니다."

"그것 참 고맙구먼. 흠, 그런데 그 완아라는 여인 말일세. 참으로 대단하이. 여자의 몸으로 그런 극한의 땅에서 살 생각을 하다니."

— 혹한 속에서도 오로라는 아름다워요. 목숨을 위협하는 혹독한 자연 환경이지만 한 번씩 지극히 평화롭고 아름다운 세계를 보여주어요. 북쪽에 나타난 다채로운 빛깔들은 또 다른 세상이 있어 그 세상의 한 자락을 펼쳐 보이는 것만 같지요. 해수면 바로 위에서 날

아다니는 작은 별들! 수평선에 나타난 다채로운 신기한 빛들! 말로 표현할 수 없는 황홀함! 신의 손이 그리는 다양한 그림……. 평생 살면서 이처럼 신비로운 세상을 보는 사람들이 얼마나 될까요?

모피와 함께 완아가 보내온 편지를 이동천도 읽어 보았다. 편지 속 내용이야 평화롭기 그지없지만 사실은 고달픈 삶을 스스로 위로하고 있다는 것을 모를 리 없었다.

"이곳 연해주도 얼마나 살기 힘든 땅입니까? 그런데 북극은 비할 바가 아니었습니다. 저는 줄곧 사람이 살 수 있는 한계선이 어딜까 하는 생각을 하곤 했습니다. 완아가 아무리 북극이 혹독하고 무서워도 사람만이야 하겠습니까? 하는데 마음이 아팠습니다."

"그러게나 말일세. 우리 조선이 자연 환경이야 얼마나 좋은가? 이곳 사람들이 조선에 가서 일 년만 살아보면 천국이 따로 없다 할걸세. 그러나, 사람이 어디 자연 환경만으로 살 수 있는 것이던가? 자연이 아무리 좋은들 무슨 소용인가? 백성들의 신음이 끊이질 않는데……. 그 완아라는 여인의 심정이 이해가 가네."

"완아는 갖바치의 딸이었으니 조선에서의 삶이 무척 고통스러웠을 것입니다. 억울한 일도 많았을 것이고요."

"헌데 어찌 글은 익혔누? 셈 하는 머리도 있더라면서?"

"천주교를 믿으면서 글을 익혔다고 합니다. 배포도 있고 말이고 생각이고 보통이 넘습니다. 운명을 바꾸자면 글을 배우는 것이 제일 급한 일이라고 여겨 저보다 더 서두릅니다."

"교육이라는 것이 어디 천민을 벗어던지는 데만 필요한 것이던가. 국가나 민족도 마찬가질세. 이 급변하는 시대에 백성을 보존하고 살아남자면 무엇보다 시급한 것이 교육이지. 흠, 자네, 들어본 적 있나? 중국에서 동치제 때 첨단 장비를 갖춘 영국 배를 사들인 일 말이야. 투르크가 주문하고는 인수해 갈 수 없게 된 터라 영국에서도 골칫덩이였었다고 들었네. 서로 죽이 맞아서 중국이 신식 배를 갖게 되었다, 그 말이지. 그런데 중국에서는 그 배를 움직일 도리가 없었지 뭔가."

"아니, 왜요?"

"배를 움직일 인재가 없었으니까."

"운항할 사람이 없었다는 말이군요."

"그 배가 어디 그냥 만들어졌겠나? 근대 과학문명이 발달하면서 나온 결과물 아닌가? 지도자라는 자들이 사서오경이나 외우다 과거에 급제하여 관직에 나가면 벼슬자리를 차고 앉아 갑론을박 하는 판이었으니 당연히 신문물을 움직일 기술자가 없었지. 배에 있는 설명서를 읽을 줄도 몰랐다니까."

"조선의 현실이 다르겠습니까?"

"그래서 문제 아닌가……. 중국은 그때 눈앞에 있어도 쓸 수 없는 배를 보고 자신들의 처지를 개탄하는 사람들이 많았네. 신학문을 받아들여야 한다는 주장이 나왔지. 실제로 수학은 물론, 물리, 화학, 천문 등 과학을 육성하기 위해 동문관이라는 기관까지 설치했네. 신식 교육이 절실했던 거지. 그러나 그러면 뭘 하나? 그래도 실상을 파악하지 못하고 허세를 부리는 고리타분한 사람들이 훨씬 더 많았는걸."

"그러니 서구 열강 앞에 험한 꼴을 당한 것 아니겠습니까?"

"정신 바짝 차리지 않으면 우리 조선은 그보다 훨씬 심하게 당할 걸세. 아, 조정에 있는 자들이 완아 같은 여인만도 못하네."

"저야 조선 전체를 걱정할 줄은 모릅니다. 다만 연해주로 살길을 찾아오는 이주민들이 늘고 있으니 그 걱정이지요."

이동천 앞에서 말은 그렇게 했지만 최재형은 조선이 망망한 바다 가운데 서 있는, 움직일 줄 모르는 배 같다는 생각이 들어 우울해졌다. 파도는 높아 가는데 어디로 나아가야 할지, 어떻게 해야 할지, 심지어 어떻게 하면 배가 움직이는지도 모르는 답답한 형편이었다.

교육이 희망을 줄 것이었다. 학교 설립을 서둘렀다. 조국이니 시대니 하는 거창한 목표는 내걸 것도 없었다. 이주 한인들이 어서 러시아 말부터 익혀야 문서를 읽고 억울한 일을 당하지 않을 것이었다.

러시아 학교가 얀치헤에 설립되어 한인 자제를 모집했지만 한인들은 부정적인 반응을 보였다. 러시아 국적을 취득하지 않으면 아무 것도 보장받지 못하는데도 국적을 어찌 바꾸느냐며 고집을 부리는 사람들이 많았다.

최재형이 러시아 학교에 입학할 당시에도 마찬가지였다. 최재형의 아버지는 내세울 것 없는 노비출신이었기에 자식을 러시아 학교에 보냈고 최재형은 첫입학생이 되었다. 최재형은 어린 나이에도 자신들을 보는 동포들의 눈이 곱지 않다는 것을 알 수 있었다.

그때 아버지가 말했다. 두루미처럼 돌을 입에 물자고,

"두루미처럼 돌을 물다니요?"

"자기가 원하는 바를 이루자면 참을 줄 알아야 한다는 말이다. 옛날이야기지만 실제로도 그렇다더라. 두루미가 살고 있는 옆 산 절벽에 독수리들이 둥지를 틀었단다. 독수리는 모든 새가 겁내는 맹금 아니냐? 회의 끝에 두루미들은 이사를 가기로 했는데 넓은 강과 들을 건너야만 했단다. 문제는 아무리 조심해서 날갯짓을 해도 독수리의 눈과 귀를 피할 수 없었다는 거다. 두루미들은 원래 날면서 소리를 내는 특성이 있다는구나. 그래 다른 두루미들은 다 공격을 당했는데 늙은 두루미 한 마리는 무사히 건너갔단다."

"어떻게요? 혹시?"

"맞다. 네 생각대로다. 그 늙은 두루미는 소리를 내지 않기 위해 출발 직전에 입에다 돌을 하나 물었단다."

"방법을 찾은 거군요."

"스승이 따로 있더냐? 그 늙은 두루미가 바로 우리의 스승이다."

그렇게 말하는 아버지를 노비라고 업신여기다니? 지혜롭고 속 깊은 사람을 알아볼 줄 모르는 허깨비들 같으니. 최재형은 그날 이후, 아버지를 하대하는 이웃 어른들을 보면 당신들은 독수리 앞에서 소리 지르며 날아가는 두루미들이라고 비웃어 주었다.

"아, 조선인으로 태어났으면 조선인으로 사는 거지, 세상 좀 쉽게 살겠다고 남의 나라 국적을 취한단 말이야?"

재남 아재와 진술 아재를 비롯한 몇몇은 마치 러시아 국적을 얻으면 매국노라도 되는 듯 성토했다.

최재형은 이제, 당신들은 소리를 참을 줄 모르는 두루미들이라고 속으로 비웃어 줄 수도 없었다. 어느새 한인사회를 이끌어 가야 하는 위치에 올라 있었다. 최대한 설득해서 함께 나가야 할 무거운 소명이 어깨를 누르고 있었다.

"예, 재남 아재 말씀 대롭니다. 러시아 국적을 얻어 살아도 조선인인 것은 변하지 않습니다. 다만 이 러시아 땅에 사는 동안은 러시아 법에 따라야 합니다. 남의 나라에서 먹고 살며 장래를 기약하기 위해서는 그 나라를 알아야 하지 않겠습니까? 분명히 말씀드리지만 러시아 교육을 받아도 크는 건 조선인입니다."

"저, 역시 러시아 국적을 취득하는 것이 조선인임을 부정하는 행위라고 생각해 본 적 없습니다. 러시아 땅에서 살자면 러시아 말도 배우고 국적도 취득해야 합니다. 이게 다 힘없는 나라 백성들이 겪어내야 할 일 아닙니까? 그러기 싫으면 아예 완아처럼 그런 절차가 필요 없는 북극 땅으로 가든가 조선으로 돌아가든가 해야겠지요."

이동천이 거들었다. 사람들의 반응은 여전히 미지근했으나 최재형은 이동천이라는 존재가 눈앞에 있다는 사실만으로도 든든했다.

그는 재러 한인들 사이에 영향력이 있는 인물로 꼽혔다. 남의 나라에 와 살고 있는 재러 동포들을 가장 힘들게 하는 것은 병고였다. 이동천은 박학했고 한의학에 밝았다. 벌써 여러 해, 재러 한인들의 병을 돌봐주었다. 재남 아재는 갑자기 쓰러진 후 꼼짝 못하게 된 적이 있었다. 이동천이 아니었으면 회생하기 어려웠을지도 몰랐다. 이후 재남 아재는 이동천만 보면 은인 운운하며 허리를 굽혔다. 추수를 하면 첫물은 꼭 이동천에게 싸들고 갔다. 사정을 곁에서 지켜본 진술 아재와 이웃들 역시 마찬가지였다.

최재형은 아내와 아기의 명을 그에게 맡겼다. 러시아 의사들이 몇 명이나 다녀갔지만 하나같이 고개를 저었다. 이동천도 장담은 못하고 다만 최선을 다하리라 했다. 결국 아내도 아기도 구하지 못했지만 그가 최선을 다했음을 알고 있었다. 서로 가끔 만나 안부 인사를 나누었을 뿐 그리 친근한 사이는 아니었으나 아내가 죽고 난 후 부쩍 가까워지고 따뜻해졌다. 학교 일을 적극 돕고 나선 것도 위로하는 마음에서 비롯된 것일지 몰랐다.

시간이 흐를수록 이동천은 든든해졌다. 학교 일에 더 없는 적임자였다. 동포 사회를 살피고 아이들을 학교로 이끌었다. 교육 과정을 점검하고 학교 운영 전반을 지휘했다.

"그래, 한인사회도 두루미의 돌을 물어야지."

아버지가 했던 말을 일깨워주기도 했다.

*

이삼 년 새 학교가 확 늘었지만 아직 부족했다. 니콜라이와 완아가 2,000루블을 후원했다. 덕분에 얀치혜 니콜라예프스코예 소학교를 졸업한 학생들이 상급학교에 진학할 수 있도록 장학기금을 마련할 수 있었다. 아무리 급해도 그 돈은 손대지 않을 작정이었다. 그들이 사범학교에서 공부한 후 돌아와 모교의 교사로 활동할 것을 생각하면 상상만으로도 뿌듯했다.

최재형은 한인들이 거주하는 지역마다 교구학교를 설립할 계획이었다. 32개의 한인마을에 러시아 소학교가 설립되자 누구보다 완아가 제일 기뻐했다. 에릭도 북극에서 못하는 일이라 더욱 부럽다며 힘을 실어 주었다. 모피 백 장을 후원한 것은 살아오면서 겪은 몇 안 되는 기쁜 일 중 하나라고 스스로 자랑스러워했다.

최재형은 장학금용으로 돈을 떼어 은행에 맡겼다. 은행에 맡긴 돈의 이자로 매년 한 명씩 상트페테르부르크와 모스크바에 유학생을 파견할 생각이었다. 우선권을 주고 싶은 아이가 있었다. 유지민이었다. 영리하고 적극적이었다. 그러나 그의 아비는 러시아식 교육을 받게 하지 않겠다고 고집을 부렸다. 집에서 자신이 직접 가르칠 것이라 하였다. 논어까지만 배우면 살아가기에 충분할 것이고 자신이 그 정도는 할 수 있다고 자신했다. 안타까웠지만 학교에 나오지 않는 아이를 강제로 끌어낼 수는 없는 노릇이었다.

제1차 러시아 읍장 대회에 참가하기 위해 상트페테르부르크에 가야 했다. 가는 김에 장래가 보이는 학생을 한 명 데리고 가고 싶었다. 유지민을 점찍어 두고 있었으므로 아쉽기 짝이 없었다. 유지민이 안 된다면? 누구를 데려 간다? 최재형은 몇 명의 아이들을 떠올려 보았지만 한 명을 고르기가 쉽지 않았다.

"고민할 게 뭐 있냐? 엘레나를 데려가렴. 총기도 있고 무엇보다 배우고 싶어 하는 마음이 대단하다더라."

"엘레나요?"

최재형은 여자 아이는 생각해 본 적 없었다.

"노보키예프스크에서 상점을 운영하는 김 표트르 알렉산드로비치의 딸이다. 아직 유학생을 보낼 만한 자금이 충분히 준비되지 못했다고 들었다. 어차피 숙식을 마마에게 부탁해 도움을 받을 거라면 여자 아이도 나쁘지 않다. 아나스타시아도 좀 그렇다고 들었고."

형이 하는 말에 일리가 있었다. 아직 체계적으로 일을 추진할 형편이 못되니 당분간은 마마의 도움을 받을 수밖에 없는 입장이고 마마가 먼저 부탁해 온 일이기도 했다. 곰곰이 생각해 보니 엘레나가 간다면 마마와 아나스타시아에게도 괜찮을 듯싶었다.

"김 표트르 알렉산드로비치가 딸을 그 먼 곳으로 보내려 할까요?"

"그 사람은 개명한 사람이야. 아들딸 구분 없이 잘 가르치고 싶어

하는 사람이니까 흔쾌히 허락할 거야."

"개명한 사람이라고요? 지난번에 고지식한 사람이라고 하지 않았어요?"

"아, 그거야 돼지 때문에 나온 말이었지. 전부 고기 많이 나는 돼지를 키우기로 했는데 그 사람만 돈도 되지 않는 조선 돼지를 키우겠다고 우기니까 답답하더라구."

"육질이 좋으니까 그랬겠지요. 좀 다른 고집이 있는 사람이군요. 좋습니다. 말을 넣어 보지요."

첫 유학생은 그렇게 정해졌다.

엘레나는 사랑스러웠다. 흰 피부에 앞가르마가 눈에 띄었다. 눈매가 초롱초롱했다. 총기 있어 보였다. 어려운 공부도 능히 감당해내겠다 싶었다.

상트페테르부르크의 건축물들 앞에서 감탄하는 모습을 보고 있자니 그 옛날 자신의 모습을 보는 것 같았다. 유학이 별건가? 뭐 대단한 학문을 익힐 것인가? 극동의 좁은 마을을 떠나 보는 것만으로도, 오고 가며 지구 곳곳의 자연과 사람 사는 모습을 보는 것만으로도, 넓고 아름다운 도시를 보는 것만으로도 몸과 마음이 한 단계 성큼 올라서는 일인 것을……. 최재형은 블라디보스토크로 돌아가면 더 많은 아이들에게 새로운 세상을 만날 수 있는 기회를 주리라 마음먹었다.

나이로 봐서야 아나스타시아가 엘레나를 보살펴 주어야 맞는 일이었다. 그러나 엘레나는 아나스타시아를 한눈에 알아보았다. 자신이 그녀를 도와주어야 한다는 것도 보는 순간 알아챈 듯싶었다. 다행인 것은 아나스타시아가 거부감을 보이지 않는 것이었다. 엘레나가 내미는 음식을 웃으며 먹었고 장미가 그려진 침대에서 자라고 먼저 잡아끌기도 했다. 흑해 연안에서 돌아온 후 아나스타시아는 요양원 생활을 접고 집에 와 있었다. 마마는 아나스타시아가 훨씬 좋아졌다고 말했지만 최재형은 거의 변화를 느끼지 못했다.

"자기 자신 안에 갇혀 사는 아이잖니……. 흑해 요양원에서 돌아온 후 의사표현이 많아졌단다. 남이라는 존재를 많이 의식하고 반응을 보이니 분명 나아진 거다. 엘레나를 반기는 것 같구나. 엘레나까지 힘들게 할까 봐 걱정이 되지? 하지만 엘레나를 봐라. 여간 다부진 아이가 아니다. 잘 지낼 거다. 그리고 우리는 의사의 의견을 존중할 생각이다. 아나스타시아가 다시 요양원으로 가는 편이 낫다고 판단되면 그렇게 할 것이다."

최재형은 어린 엘레나를 혼자 남겨 두고 오는 것이 썩 탐탁치는 않았다. 마마가 걱정할 것이 뭐 있느냐고 말했지만 몇 번이고 돌아보았다. 오히려 엘레나는 담담하게 손을 흔들어 주었다. 최재형의 그런 마음을 다 알고 있다는 듯한 여유까지 보였다.

*

학교가 늘고 학생들이 늘어나면서 몇몇 사람의 후원금만으로는 턱없이 부족하였다. 안정적인 기금이 필요했다.

생각해 보니 고민하고 있는 그 모든 일은 한인사회가 전체적으로 생활수준이 높아져야 가능할 것이었다. 최재형은 궁리 끝에 학생을 보내 준 집에 편지를 썼다.

"아니, 돈을 빌려가라고 했다면서요?"

형수가 기가 막힌다는 표정을 지었다. 형수는 아이들을 돌보랴 농장 일 거들랴 일이 많았다. 아내가 넷째 아기를 낳다 죽고 난 후 형수의 도움이 절실해졌다. 가출하던 때의 일은 전생의 일이라도 되는 듯 까마득하기만 했다. 형수도 최재형도 약속이라도 한 것처럼 그때 일은 들먹이지 않았다. 형수가 없었다면 도저히 아이 셋을 키우지 못했을 것이었다.

"학생을 하나라도 더 받아들이겠다는 속셈이냐? 배우겠다고 오는 놈만 가르치면 되는 거지 배우러 오라고 애걸복걸할 게 뭐냐? 게다가 가뜩이나 재정이 어렵다면서 돈까지 빌려주겠다니 나도 이해가 안 되는구나. 그리고 돈이란 빌려주려면 갚을 힘이 있나 봐야 하는 게지. 쥐뿔도 가진 것 없는 사람들에게 돈을 빌려줘서 어쩌자는 거냐?"

형은 펄쩍 뛰었다. 이동천도 눈을 동그랗게 떴다. 그러나 최재형은 학교에 자식을 보낸 사람이면 누구나 돈을 빌려갈 수 있다고 공언했다.

"대신 돈을 빌려 무엇을 할 것인지 계획서를 써내야 합니다."

단서를 붙였다.

정말 아무 것도 없는 집에 돈을 빌려줄 것인가? 몇몇 사람들이 반신반의 하면서도 어른 손으로 쓸 수 없으면 아이의 손으로 계획서를 써냈다. 최재형은 꼼꼼히 읽어보고 이런저런 당부와 함께 빌려주었다. 제한을 둔 것도 아닌데 많은 돈을 빌리겠다는 사람은 없었다.

겨우 아홉 사람이 찾아왔을 뿐, 더는 빌리러 오는 사람이 없었다. 무엇을 꺼리는 걸까? 최재형은 일일이 찾아다니기로 했다.

"돈을 빌려드린다는 말 못 들으셨습니까?"

"아, 돈을 빌리면 갚아야 할 텐데 까먹으면 어쩌누?"

"왜 까먹을 생각부터 합니까? 빌린 돈을 밑천 삼아 돈을 벌면 되잖아요?"

"돈을 아무나 버남? 땅 파고 씨 뿌려 거두는 일 말고는 할 줄 아는 게 없는데."

"왜 일이 꼭 농사뿐이라고 생각합니까? 장사도 할 수 있고 뭔가 만들어 팔 수도 있잖아요?"

"에이, 나는 내 주제를 아네."

아예 손을 내젓고 돌아서는 사람들이 대부분이었다. 최재형은 맥이 빠졌다.

"난 암만 생각해 봐도 뭔 계획을 세워야 할지 모르겠구먼. 빌려서라도 돈을 벌어보고 싶은 욕심은 있는데 욕심뿐이니 어쩌나? 빌려주는 입장에서도 뭔가 뜻을 둔 데가 있어서 이런 일을 하려는 것일 텐데……. 기왕 좋은 맘으로 돈을 빌려주기로 맘을 먹었다면 뭘 하면 좋을지 아예 계획도 세워줘 보믄 안 되겠나?"

방우 아재가 솔직하게 도움을 청해왔다. 찾아와 그런 말을 해 주니 반갑고 고마웠다.

"그럼, 우리 농장에서 송아지 한 마리 받아다 키워 보십시오. 잘 키워내시면 소가 필요할 때 다시 사들이겠습니다."

"그거 딱 좋구먼. 송아지 값만 빌려주면 내 제대로 키워 보겠네."

방우네 아재가 송아지 값을 빌려 송아지를 사갔다는 말에 너도 나도 송아지를 데려가겠노라 줄을 섰다. 결국 수십 마리의 소가 농장에서 크지 않고 각 사람들의 집에서 크게 되었다. 여러 가정이 농장의 일부가 된 셈이었다.

형은 여유가 생긴 농장에 대신 우유를 많이 생산할 수 있는 소를 기르자고 하였다. 우유는 고기 못지않게 중요했다.

송아지가 소가 되어 돌아왔을 때 누구보다 좋아한 건 형이었다. 형은 농장 일손도 덜고 소도 튼실하게 잘 컸으니 꿩 먹고 알 먹은 거라며 싱글거렸다. 가정에서 키워 낸 소들은 농장에서 큰 소에 비해 결코 못하지 않았다.

덕분에 군부대의 고기 납품이 순조로웠다. 반응도 좋았다. 육질이 좋다는 평가가 나왔다.

문제는 대부분의 사람들이 정을 듬뿍 주어 기른 소를 내놓자니 마음이 짠해서 눈물을 훔치며 돌아가는 것이었다. 어른은 또 그렇다 치더라도 눈이 붓도록 우는 아이들을 달래 보내고 나면 한참동안 마음이 좋지 않았다. 남의 나라에 와 살면서 정을 붙일 데가 없는 아이들이 짐승이라 여기지 않고 한동안 정붙인 소였기에 더욱 그랬다.

니콜라이가 그런 집들은 버터와 치즈를 만들게 하면 어떻겠느냐고 말했다.

"버터 공장을 세우라고요?"

"고기를 공급하는 것 못지않게 버터, 치즈를 공급하는 일도 중요해."

머지않아 납품을 하겠다고 달려드는 자들이 여기저기서 튀어나올 것이고 치즈 공급을 빼앗기면 육류와 우유 쪽도 야금야금 잠식당할 것이라는 말이었다.

맞는 말이었다. 연결되어 있는 것을 보지 못하면 다 뺏길 수 있었다. 서둘러 치즈와 버터를 생산할 필요가 있었다.

돈을 빌려 닭이나 돼지를 키운 집들도 많았다. 최재형은 돼지고기와 닭고기 납품도 늘렸다. 연어의 산란철에는 연해주 강으로 거슬러 올라오는 연어를 잡도록 지원했다. 연어 알은 러시아인들이 빵과 함께 먹는 주요 식품이었기 때문에 확실한 돈이 되었다.

유실수를 심는 사람도 있었다. 좋은 생각이라 여겨 최재형도 동참했다. 한인 마을의 생활수준이 조금씩 높아지고 있다는 느낌이 들었다. 관상목도 더 심고 유럽의 마을처럼 화단도 가꾸고 공원도 만들리라. 마음은 자꾸 앞서 나갔다.

마침 러시아 정부가 극동의 방위력 증강에 힘쓰고 있었다. 고기 소비가 감당하기 버거울 만큼 늘어났다. 최재형은 고기를 대주는 일을 최우선으로 여겼다. 일이 커지면서 감당해야 하는 일들이 늘었다. 고기를 처리할 사람을 구하는 일도 만만치 않았다.

"아하, 칼이 갈 길이 어딘지를 잘 봐두라고. 익숙하게 다루려면 소 한 마리가 머릿속에 훤해야 하는 거야."

천두남이 칼을 지그재그로 자유로 돌려가며 힘을 주면 얼마안가 살과 뼈가 분리되어 떨어졌다. 천두남의 신기에 가까운 칼질을 보고 있으면 정말 대단한 기술이구나, 싶었다. 아무리 하찮은 일도 경지에 이르면 존경받아 마땅하다는 생각이 들었다. 천두남이 없었으면 납품 물량을 다 처리할 수 없어 남에게 떼어 주는 일이 생겼을지도 몰랐다. 저걸 언제 다 하나 싶은 일을 적재적소에 사람을 부려가며 척척 해냈다. 하늘이 보내준 사람이 틀림없었다.

천두남은 칼질하랴 초보자를 데려다 칼질을 가르치랴 고단한 날들이 이어졌다. 쉴 틈이 없었다. 그런데도 얼굴에 빛이 났다.

"뼈가 다 다르니 집중하지 않으면 칼이 튀어 다친다니까. 이것이 온 세상 전부다 여기고 집중해야 해."

엄하게 훈련을 시켜도 칼질이 서툴러 배를 찔리고 손가락을 다치고 초보자들은 사고가 끊이지 않았다. 치료는 이동천의 도움을 받았지만 응급처치는 그의 몫이었다.

"백정이라고 무시당하고 살았는데 그런 내가 이렇게 대접을 받고 살게 되다니 꿈만 같소."

몸이 부서져도 상관없다는 빛이었다. 오래지 않아 제법 많은 이들이 숙련된 솜씨로 일을 해냈다. 보이지 않는 자산이었다.

러시아 정부가 더 많은 군대를 파견하기 위해 막사를 짓고 다양한 사업을 추진하고 있는 것은 하늘이 준 기회였다. 일을 따내는 것도, 진행하는 것도 니콜라이 덕을 톡톡히 봤다.

여기까지 오는 동안 크고 작은 난관이 어디 한두 번이던가. 어려울 때마다 니콜라이는 자기 일처럼 적극적으로 도왔다.

니콜라이가 군복과 건재도 큰 수입원이 될 것이라는 말을 지나가는 말처럼 건넸다. 아, 그렇게만 된다면……. 사업 범위를 넓혀야겠다고 생각하고 있던 차였다. 최재형은 간절한 마음이었지만 니콜라이 앞에서는 애써 태연한 척했다. 초조한 빛을 보이면 일을 그르칠 것만 같았다.

서둘러 그쪽 방면에 안목이 있는 사람들을 찾아보았다. 의외의 솜씨꾼들이 숨어 있었다. 기술을 썩히고 있는 기술자도 많았다.

며칠 후 니콜라이가 싱글거리며 물었다.

"군복을 납품하라면 할 수 있겠나?"

"물론이지요."

최재형은 당장 하겠다고 덤벼들었다.

군복을 납품하게 되면서 최재형은 사업이 궤도에 들어섰다고 느꼈다. 제법 큰 수입원이 새로 확보된 것이었다. 일자리의 폭이 넓어진 것이 무엇보다 기뻤다. 다양한 일자리는 동포 사회의 든든한 자산이 될 것이었다.

막사를 짓는 일도 욕심이 났다.

"그게 덩치도 크고 남는 것도 많겠지만 그건 내 손 밖의 일이라서……. 이반한테 말은 넣어 두었는데 반응이 없네."

니콜라이는 도울 수 없음을 안타까워했다.

"고위급 사람들이 지난번에 구입한 모피가 아주 마음에 들었던 모양이야. 어쩌면 막사를 짓는 일을 따낼 수 있을지도 몰라. 이반의 부인이 특히 모피에 만족하는 눈치더라구. 친지들에게도 사다주고 싶다 하던 걸."

완아가 에릭 편에 보내온 모피를 두고 하는 말이었다.

"모피가 힘을 쓰네."

초조함 속에서 일주일이 지났을 때, 니콜라이가 싱글거리며 드디어 막사 짓는 일을 따내게 되었다고 알려주었다. 자기 일처럼 기뻐했다.

"형, 정말 고마워. 이 은혜를 어떻게 갚지?"

최재형은 처음으로 니콜라이를 꽉 껴안았다. 이번에는 감사의 말을 꼭 이렇게 해야 할 것 같았다.

"은혜는 무슨? 내 목숨을 살린 게 누군데. 그런데 혹시 아직도 나한테 맞은 자리가 아픈 건 아니지?"

"그때가 언제라고 아직도 아플까? 하긴 처음에는 형이 무섭고 힘들었었지. 하느님은 사랑한다는 말을 정말 어렵게 하시는 것 같지 않아요?"

"허, 그런가? 내가 나쁜 일은 열을 세기 전에 잊는 사람인 거 알지?"

니콜라이가 웃으면서 넘치도록 술을 부어 주었다. 최재형은 나는 셋을 세기 전에 잊을게요. 하는 말은 눈으로 했다.

알렉세이가 생필품을 바꿔가면서 북극 소식을 전해 주었다. 가장 안 좋은 일은 혼혈 존의 일이었다. 혼혈 존이 문명세계로 갔다가 돌아왔다고 했다. 그리고는 더 이상 노래를 부르지 않는다고 했다.

"무슨 나쁜 일이라도 당했나요?"

"사실 혼혈 존도 자기 노래를 문명세계에 선보이고 싶은 욕심이 있었던가 봐. 마침 미국인 한 사람이 북극에서 썩기에는 노래가 너무 아깝다면서 다른 두 명의 에스키모와 함께 뉴욕으로 데려갔어."

"그런데요?"

"그중 한 명이 기후변화 때문인지 일찍 죽었는데 그 죽은 사람을 박제로 만들려고 하더라는 거야."

"아니, 사람을 박제로요?"

"박제로 만들어 자연사 박물관에 전시를 하면 돈을 벌 수 있다고 하더래. 그런 꼴을 보고도 미국에 있을 수 있었겠어? 충격을 받고는 당장 돌아오고 말았어."

"사람의 탈을 쓰고 어떻게?"

"이제 북극에서도 혼혈 존의 노래를 더는 들을 수 없게 되었어."

그런 꼴을 당한 혼혈 존이 노래를 부르고 싶을 리 없었다. 하지만 시간이 지나면 북극은 혼혈 존의 노래를 되찾게 될 거라고 최재형은 믿었다.

모피는 모피 자체로 돈이 되기보다 인맥을 끌어내 주었다. 러시아 기후의 특성상 모피는 꼭 필요한 물건이었다. 완아의 모피는 질 좋은 모피를 찾는 고위급 군인, 관료들을 계속 연결시켜 주었다. 토목공사와 군복 공급을 따낸 것은 복이 넝쿨째 굴러 들어온 셈이었다.

극동주둔 러시아 육군과 해군에 식량 군복 건재 등을 공급하는 회사를 설립할 수 있었던 것은 여러 사람의 도움이 있어 가능한 일이었다. 최재형은 군납업자로 성공을 거두면서 얀치헤는 물론 곳곳의 한인 마을에 6년제 중학교를 설립할 꿈도 꾸게 되었다.

*

"조선 조정을 친러파가 좌우하게 되었다고요?"

"제가 듣기로는 일본이 날로 영향력을 강화하고 있다던데요?"

"1894년 갑오개혁 이후 계속된 친일 개혁파의 내각이 무너졌대."

"러시아가 프랑스, 독일과 함께 청일전쟁 승리의 대가로 일본이 가져갔던 랴오둥 반도를 기어이 반환케 했잖아? 그러니 자연스레 배일친러 경향이 싹튼 거지."

김명걸이 하는 말이 꽤 구체적이었다. 그는 이범진이 가장 신뢰하는 인사였다. 처음에는 믿어지지 않았다. 베베르와 이범진이 바빠졌다는 소식과 러시아가 조선에 영향력을 갖기 시작했다는 소식이 거의 동시에 들려왔다.

조선에 친러 바람이 분다? 이런 기회를 남하정책에 힘을 쏟고 있는 러시아가 놓칠 리 없었다. 그러나 베베르와 몇몇 인사가 중전 민씨에게 접근하여 친러정책 실시를 권유하는 꼴을 두고 볼 일본도 아니었다.

우려했던 바가 현실로 나타났다.

"미우라 고로 일본 공사가 결국 낭인들로 하여금 경복궁에 침입하여 민비를 암살케 했다는 거야."

"민비시해와 단발령이 반일 감정을 폭발시켜 전국적으로 의병들의 봉기가 이어지고 있대."

조선에서 날아온 비보에 한인사회는 침통하기 짝이 없었다.

이범진은 민비 시해 이후 신변의 위험을 느끼고 있는 고종을 돕기 위해 다각도로 방법을 모색하고 있었다.

김명걸이 전하는 바에 의하면 이범진은 고종에게 일단 러시아 공사관으로 옮기고 후일을 도모하시라고 건의하고 있다는 것이었다.

"러시아가 우리 마음 같겠습니까? 호랑이 피하려다 사자 굴로 들어가게 되지 않겠습니까?"

"러시아는 적어도 삼국 간섭 때처럼 프랑스나 독일과 연계하고 의논하여 행동할 걸세. 경제적 이권 요구는 어느 정도 각오해야겠지. 하지만 일본이 가진 야욕하고야 비교가 되겠나?"

김명걸의 말은 이범진의 생각이었다.

이범진은 춘생문으로 고종을 빼돌리려던 계획이 발각되어 실패하고 나서도 포기하지 않았다. 친미파였던 이완용, 이윤용 등과 논의하여 다시 고종에게 접근했고 고종은 동의했다. 왕과 왕세자가 궁녀의 가마를 타고 극비리에 러시아 공사관으로 향했다. 아관파천이었다.

바람 앞의 등불 신세 아닌가?

최재형은 학교를 세우는 일도 군대 납품사업도 다 순조롭게 풀리고 있었지만 조국에서 들려오는 소식에 그만 맥이 빠졌다.

이 무슨 일인가?

— 리태왕 전하께서 을미년에 로국영사관으로 파천하신 후 널리 로만 국경에 정통한 인재를 기르실세……. 천거를 받아 뽑히었으니 최재형은 하루 빨리 귀국하여 국사를 도우라.

조서가 수차례나 내려왔다.

"조선 정부에 러시아어 통역 가능한 자가 필요해졌다, 그런 말이지."

김명걸은 조선에 들어와서 필요한 역할을 맡아 달라는 이범진의 당부가 간곡했다는 말을 조심스레 꺼냈다. 김명걸은 도헌으로서의 일이 결코 소홀히 할 수 없는 중요한 일이라는 것도, 교육 사업과 군납업이 활기를 띠고 있다는 것도 누구보다 잘 알고 있는 사람이었다.

"지금 조선으로 가라는 것은 한참 속력을 높여 달리고 있는 말더러 당장 그 자리에 멈추어서라고 하는 것과 다르지 않지요."

"알지. 알고말고. 허나 러시아 문화에 누구보다 밝고 무엇보다 러시아어에 능통하니 지금 같은 시기에 조선을 위해 일할 적임자라는 것이지."

"도헌 일을 어떻게 하고 간단 말입니까?"

"나라가 먼저 아닌가? 큰일을 하려면 어쩔 수 없는 일 아닌가?"

"어쩔 수 없는 일이라고요?"

러시아어 가능자는 이제 수도 없이 많아졌다. 벌써 조선에 가서 관직을 받았다고 거들먹거리는 자들이 마을마다 한둘은 있었다. 통역이야 자신이 나서지 않아도 누군가가 잘 해낼 것이다. 하지만 도헌 자리는 달랐다. 언어 실력만으로 감당할 수 있는 자리가 아니었다. 방임상태였던 이주 한인들이 얼마나 어렵게 살아남았는지 조선 정부에서 누구 하나 아는 이가 있을까? 도헌 자리는 최재형 개인만을 위한 것이 아니었다. 이주 한인들이 이제 겨우 마련한 바람막이였다.

러시아 당국이 얀치헤촌을 중심으로 새로운 행정 단위인 얀치헤남도소를 설치하고 서양식 사무실인 도소실을 건축한 건 1895년이었다. 한인 촌락에 대해 당국이 관심을 갖고 있다는 반증이었다. 촌락에 있는 한인을 관할하고 모든 부세를 수납하는 일을 담당하는 도헌에 임명된 게 겨우 일 년 전의 일인데 그만두고 조선으로 들어가야 한단 말인가?

러시아 국적을 얻지 못한 이주 한인들의 삶은 고통스럽고 불안했다. 그동안은 한인자치기구의 이익을 대변할 길이 없었다. 도헌 자리라도 지키고 있어야 억울한 일을 막아주고 도와줄 수 있을 것이었다.

한인 이주에 대한 법적 문제가 처음 거론된 것은 1884년 조로수호통상조약이 체결되면서였다. 조로수교가 이루어지기 전에 노령으로 이주한 한인들은 러시아 국적을 취득할 수 있게 되었고 가족당 15데샤치나의 토지를 할당받을 수 있었으나 실질적인 변화는 1895년 9월부터였다. 군인과 공무원에 등용될 수 있는 특전과 토지를 무상 분배 받을 수 있는 권한이 주어졌다.

러시아 국적을 취득하지 못한 한인이주민들은 농토를 분여 받지 못해 원호나 러시아인들의 토지를 빌려 소작해야 했다. 소작료가 대부분 4할을 웃돌았다. 살기 어려웠다. 온 식구가 매달려 황무지를 개간하고 겨우 소출이 나기 시작하면 러시아인이 불쑥 나타나 내 땅이라고 주장하며 쫓아내는 경우가 비일비재하였다.

최재형은 이주 한인들이 불량한 러시아인들로부터 피해를 입지 않도록 애썼다. 때로는 몸싸움까지 해야 했다. 개간해 놓은 땅에 나타나 소유권을 주장하는 러시아인들은 대부분 가짜였다. 러시아어를 모르는 한인에게 서류를 들이밀며 내 땅에서 나가라고 억지를 부렸다. 가짜 증인을 내세우는 자들도 있었다. 그러나 최재형이 나타나면 슬그머니 서류를 집어넣고 소리만 높였다.

"은급메달을 수여 받았다는데?"

"상트페테르부르크로 가서 전 러시아 읍장회의에 참석하였던 한인 지도자라는 걸."

패거리들은 어떻게 알았는지 자기들끼리 작은 소리를 주고받다가 꼬리를 내리고 사라지기도 했다.

소문이 퍼지면서 일이 수월해졌다. 러시아인들도 당국이 인정한 기관의 도헌을 무시하지는 못했다. 간혹 몸싸움 중에 부상을 입어도 문제 삼는 경우는 없었다. 점차 권위가 생겼다.

한인사회가 얼마나 어렵게 여기까지 왔는데……. 죽는지 사는지 관심도 없었던 백성들에게 이제 와서 필요한 일이 생겼으니 들어와 보라고? 도움이라고는 쥐뿔도 준 적이 없는 정부가 조국이 어려우니 들어와서 할 일을 하라고?

마음속에서 치솟는 말들은 다 부질없는 것이었다. 조국이 풍전등화이고 왕실이 살해 위험에 처해 있다는데, 들어와서 힘을 보태라는데 백성된 자가 달려가지 않고 무슨 불평을 할 수 있단 말인가?

최재형은 조선에 들어가서 직접 눈으로 보고 사태를 파악하리라, 그때 처신을 정해도 늦지 않으리라 생각했다. 김명걸의 말대로 일단 한양으로 떠나리라 마음먹었다.

"영감께서 나더러 함께 오라 하셨지만 내가 몸이 좋지 않으니 내 아우와 함께 가시게."

김명걸이 넘어져 허리를 다쳤다며 동생 김명수를 소개했다. 김명수는 김명걸과 달리 헛기침이 잦았다. 양반의 품위가 손상될까 우려하는 헛기침 같았다.

사람은 누구나 다 두 얼굴이 있다는 생각은 어려서부터 이미 깨닫고 있는 터였다. 그러나 김명수의 두 얼굴은 도저히 같은 사람이라고 믿어지지 않는 것이었다. 김명걸에게 소개 받을 때, 잘 다녀오마 인사를 하고 떠나올 때의 얼굴은 함께 길을 떠난 지 얼마 못가 사라졌다.

압록강을 건너기 전까지는 그럭저럭 걸음이 맞았다. 압록강을 건너면서부터는 몇 발씩 앞서나가려는 기색이더니 은근히 말을 내리기 시작했다. 잠잘 곳을 알아보라는 말투가 고압적이다 싶어도 자기는 이곳 사정을 잘 모른다는 뜻이겠거니 했다. 그러나 압록강 가까이에 거점으로 심어 놓은 박성삼의 집에서 묵던 날은 노골적으로 본색을 드러냈다.

"아침에 일찍 출발할 수 있도록 말을 손질해 두게. 차질이 없도록 해야 할 것이야."

명령이 당당했다.

그가 한 말이 박성삼에게 한 말이든 자신에게 한 말이든 최재형은 속이 편치 않았다. 꿈길까지 사나웠다.

"세숫물을 아직도 대령치 않은 게냐? 백정들 사이에서 호령하며 살아 근본을 다 잊었느냐?"

방문을 열고 내다보며 호령하듯 세숫물을 요구하는 김명수의 모습은 어린 날 보았던 양반 나리의 모습이었다.

노비 취급을 하시겠다?

역겨운 얼굴을 보이자니 이범진, 이범윤이 걸리고 참고 함께 가자니 속이 뒤집혔다.

엄인섭이 달려온 것은 뜻밖이었다.

"아, 늦지 않아 다행입니다. 이미 조선 땅으로 깊이 들어갔으면 따라잡기 어려웠을 것입니다."

"아니, 어쩐 일인가?"

"니콜라이 2세의 대관식에 참석하랍니다. 러시아 정부로부터 훈장을 받게 되었답니다. 황제가 직접 예복을 하사할 것이라고 합니다."

니콜라이가 서둘러 전하라고 엄인섭을 보낸 것이었다. 쉬지 않고 말을 몰아 뒤따라 왔노라며 한숨 돌리는 엄인섭의 모습이 반가웠다. 지금이 어느 때라고 양반 타령이냐고, 국 없이 밥 못 먹으면 어쩌란 말이냐고, 제 손은 어디 두고 세숫물을 대령하라 마라 쉰 소리냐고 일갈을 쏟아내려던 참이었다. 어찌하면 이 보기 싫은 인사를 따돌리나 궁리하던 차에 엄인섭이 발길을 돌릴 구실을 가지고 달려왔으니 여간 반가운 것이 아니었다.

"내가 바쁜 일이 생겼소이다. 조선에 들어가는 일은 훗날의 일일 것이니 여기서부터는 혼자 가시오."

최재형은 길을 되짚어 블라디보스토크로 돌아왔다.

— 내가 돌아가고 싶은 조국, 찾고 싶은 조국은 당신의 조국과 다른 것 같소.

그에게 할 필요도 없을 것 같은, 그는 죽었다 깨어나도 알아들을 것 같지 않은 말이 입안에 뱅뱅 돌았다.

【 딱 보니 엘레나가 자네를 좋아하는 눈치더라구. 생각해 봐.
황제가 하사하신 예복을 입고 거대한 식장에 참석하고 얼마나 훌륭하게 보이겠어? 】

6
엘레나

상트페테르부르크에서 다시 만난 엘레나는 처녀티가 났다. 2년 전의 엘레나가 아니었다. 인생의 꽃봉오리들이 탐스럽게 피어나고 있었다. 엘레나가 고개를 돌리는데 문득, 죽은 아내의 표정이 스쳤다. 엘레나의 긴 치마가 움직일 때마다 나는 소리에 눈앞에 있는 사물들이 조금씩 들썩거렸다. 공기 중에 미묘한 물결이 일어 잔잔하게 흔들리며 다가왔다. 물결에 밀려 한 걸음 뒤로 물러서는데 숨이 막혔다.

엘레나의 방에 들어가 본 최재형은 깜짝 놀랐다. 방에는 수많은 탈들이 걸려 있었다. 뿐인가? 바닥에도 탁자 위에도 탈들이 널려 있었다.

"놀라셨어요?"

"어, 뭐 좀."

"이 탈들은 다 아나스타시아와 놀면서 썼던 거예요. 아나스타시아가 곧 올가 요양원으로 올 것 같다고 해서 꺼내서 손질하는 중이었어요."

"아나스타시아를 위해서 만든 거야?"

"네, 처음엔 그저 재미로 하나 만들어 보았는데 아나스타시아가 쓰고 노는 걸 무척 좋아하더라고요."

"우리 조선의 탈을? 무섭다고 하지는 않던가?"

"저도 그게 이상했어요. 무섭다고 할 줄 알았거든요. 아마, 아나스타시아는 다른 얼굴을 하나씩 써보고 싶었던가 봐요. 자기 모습이 싫은지 다른 얼굴을 쓰고 춤을 추는 걸 좋아하더라구요. 아나스타시아가 그렇게 즐거워하는 모습은 처음 봤어요. 원래 탈이라는 게 버거운 현실을 붙들고 늘어져 보려는 사람들이 만들어 썼던 거잖아요? 꼴사나운 양반, 행패 부리는 관리, 행실 안 좋은 상놈 등등요. 뭐 여하튼 불의로 세상을 살아가려는 자들을 모두 잡아먹겠다고 날뛰어 볼 수 있는 건 탈 덕분이잖아요."

"저 탈들을 쓰고 춤을 추며 즐거워하더란 말이지? 아나스타시아가?"

"네, 그런데 그 모습을 보고 있으면 저는 공연히 슬퍼져요. 하지만 아나스타시아가 좋아하니까 저도 모르게 여러 가지 탈을 만들게 되네요."

최재형은 상상만으로도 울컥 솟구치는 것이 있었다. 아나스타시아도 속은 있었던 거다. 자신의 존재에 대해 누구보다 잘 알고 있었던 거다. 이런저런 탈을 써 보고 싶어 했다니 다른 인생을 꿈꾸어 보았다는 말 아닌가. 탈을 쓰고 슬픔을 표출해 보았다는 말 아닌가.

"어떻게 탈 만들 생각을 다 했누?"

"할아버지가 조선에서 탈 만드는 일을 하셨었대요. 그래서 아버지도 잘 만드시거든요. 저도 등 너머로 배웠구요."

"아, 그랬구먼."

"샌님이라는 탈을 보면서 아버지께 물은 적이 있었죠. 양반의 몰골이 왜 이리 생겼느냐고요. 아버지는 대답 대신 웃기만 했는데 이제 알 것 같아요."

분풀이로 양반의 얼굴을 우스꽝스럽게 만들어버린, 짓눌린 백성들의 마음을 알겠다는 말이었다. 그리고 그 마음이 아나스타시아에게도 자연스럽게 통했다고 믿는다는 말이었다.

그런 생각이 영글었다면 이제 엘레나는 성인이다. 시간들이 어떻게 그리 빨리 흘러갔을까? 수많은 문을 밀고 열면서 얼마나 힘이 들었을까? 최재형은 대견하여 다시 보고 또 보았다.

최재형은 아나스타시아를 데려오기 위해 마마와 엘레나와 함께 모스크바 교외에 있는 요양원으로 향했다. 아나스타시아는 다시 이고리의 아내, 쏘냐가 운영하는 요양원에 가 있었다.

"아나스타시아가 몇 달간은 줄곧 집에 있었단다. 엘레나의 공부에 지장을 주는 것 같아 미안하기도 하고 아무래도 요양원에 있는 것이 더 나을 것 같아 다시 보낸 것인데 변덕이 나는 모양이다. 부쩍 집에 가고 싶다고 떼를 쓴다는구나. 집에 마음을 두는 건 좋은 일이지. 변화라면 변화 아니겠니? 모두 엘레나 덕이다."

"제가 뭘 한 게 있다고요?"

성가신 일이 한둘이 아니었을 것은 불을 보듯 뻔한 일이었다. 그러나 엘레나는 싫은 내색이 없었다. 마마에게 신세를 지고 있는 마당에 그 정도 일이야 당연히 해야 한다고 생각하고 있는 듯했다.

"블라디미르가 세운 요양원도 이미 완공이 되었단다. 올가 고아원 바로 옆이다. 담도 없이 오솔길 하나로 경계를 삼고 있지. 무엇보다 도움을 주는 신부님이 계셔서 마음이 든든하다. 이젠 나도 늙었는지 아나스타시아를 더는 먼 곳으로 보내고 싶지 않구나."

마마는 눈에 띄게 비대해졌다. 러시아 여자들의 대부분이 날씬하고 귀여웠던 처녀시절이 있었을까 싶을 만큼 나이가 들면 뚱뚱해지는 것이 이상했다. 마마는 특히 더 심했다. 관절까지 망가져 몸을 잘 쓰지 못했다. 블라디미르가 북극을 서둘러 정리하고 돌아온 것도 마마 때문일 것이었다.

요양원은 세웠다기보다는 블라디미르가 인수해서 증축, 보수해 온 곳이었다. 바로 곁에 고아원이 있어 서로 도움이 될 것이라 믿었다. 이름도 그대로 성 올가 고아원, 성 올가 요양원이라 부르고 있었다.

"아나스타시아는 이고리네 요양원에 가면 집이 그립고 집에 오면 요양원이 생각나고 그런가 봐요. 왜 그럴까요?"

"다 함께 살면 좋겠다 싶은 게지. 아직은 내 생각일 뿐이다만 아나스타시아를 위해서도 그렇고, 쏘냐가 올가 요양원을 맡아 준다면 블라디미르도 마음이 편해질 것 같다. 이번에 가면 부탁을 할 참이다."

"아, 그리 되면 정말 좋겠네요. 아무래도 아나스타시아에겐 그분이 도움이 될 테니까요."

쏘냐에게도 좋은 일이 될 것이었다.

쏘냐는 이고리의 죽음 후 외로웠던 터라 그런지 흔쾌히 수락했다. 성 올가 요양원의 원장이 된다면 감사할 일이라며 눈물까지 글썽였다.

"모스크바와 상트페테르부르크의 성과 교회를 제대로 둘러 본 적이 있었나?"

"네, 마마가 다 구경시켜 주었어요."

"어디가 제일 마음에 들던가?"

"그라노비타야 궁이요. 여기저기 온통 벽화였는데 벽화들이 다 인상적이었어요. 바닥이 특히 아름다웠고요. 우리나라에도 그런 화려한 건축물들이 있을까요?"

"글쎄, 나도 남쪽에는 가본 적이 없는 터라 대답할 수가 없네. 나중에 기회가 되면 한 번 가보세나."

"그런데 황제의 의자 밑에는 탄원서를 보관하는 상자도 있대요. 억울한 일을 하소연하는 탄원서 말이에요. 누구나 창문을 통해서 직접 넣을 수 있다는데 그 말을 듣는 순간 부러운 마음이 들겠죠."

"부러웠다고?"

"네. 조선에 모스크바나 상트페테르부르크처럼 멋진 건축물들이 있을지 없을지는 모르겠지만 그런 상자가 없다는 것은 분명할 것 같으니까요."

"대신 신문고라는 걸 울린다고 들었는데……."

"저도 신문고 이야기는 들어봤어요. 그런데 울리기가 쉽지 않다던 걸요? 여기 러시아 친구들은 프랑스의 자유가 부럽다고 해요. 그 친구들을 보면서 저는 우리가 러시아만큼만 되어도 좋겠다는 생각을 했어요. 우리 조선은 러시아만큼도 자유를 모르니까요."

"왜 그렇게 단언하지?"

“제가 어리지만 어른들의 머릿속 생각이 어떤 것인지 어느 정도는 볼 수 있지요. 연해주에 있는 양반 나리들의 언행을 보아도 알 수 있고요.”

그럴 것이다. 러시아도 아직 유럽만큼은 날개를 펴지 못하고 있지만 조선 사회는 비교조차 할 수 없는 처지다. 대부분의 사람들이 자유를 경험한 적도 없다. 자유를 꿈꿀 줄도 모른다. 아, 엘레나와 이런 이야기를 나누게 되다니, 이것이 유학을 시킨 보람이구나, 최재형은 엘레나가 보낸 시간이 적어도 사오 년은 되는 것처럼 느껴졌다.

“공부는 할 만한가?”

“네, 그렇지만 이제 블라디보스토크로 돌아가고 싶어요.”

“아니, 왜?”

유학 생활에 만족하고 있는 듯 보였는데……. 돌아가고 싶다니, 최재형은 의아했다.

“나도 돌아가는 게 좋겠다고 생각한다.”

엘레나가 모임에 나가자마자 마마가 엘레나의 거취를 언급한 것도 뜻밖이었다.

“왜죠? 내가 모르는 무슨 일이 있나요?”

“꼭 무슨 일이 있다기보다……. 엘레나가 나가는 모임이 너무 급진적인 것 같은 생각이 든다.”

“급진적인 모임이라뇨?”

그럼, 황제의 의자 밑에 탄원서를 넣는 상자가 있대요, 하던 말이 그냥 나온 말이 아니던가? 최재형은 엘레나의 언행을 곰곰 되짚어 보았다.

“너도 알다시피 조국전쟁 이후 자유니 평등이니 하는 바람이 불고 있지 않니. 유럽처럼은 아니지만 우리 러시아에서도 일부 젊은 이들 사이에 카를 마르크스의 사상이 퍼져나가고 있다고 들었다."

"저 어린 엘레나가 그런 어려운 모임에 나간단 말입니까?"

"엘레나에게 사상이 어쩌고 하는 소리까지야 하겠냐마는 서서히 물들어 가지 않겠니? 나부터도 처음엔 눈이 번쩍 뜨이던 걸."

"저도 카를 마르크스라는 사람의 이론은 대단하다 여깁니다."

"그래, 생산력이 급속하게 발전하는 시대 아니냐? 당연히 생산관계에 모순이 생길 수밖에 없고 문제점들이 불거져 나오고 있지. 약자의 위치에서 보면 그의 이론은 예수님 말씀 못지않다."

"사실, 소유의 사적 성격을 부정하고 이룩하려는 새로운 사회가 실현되기만 한다면 얼마나 좋겠습니까? 참으로 매력적인 이론 아닙니까?"

"그래서 젊은이들의 영혼이 빨려 들어가고 있지. 하지만 기존의 사회를 부정하기 위해 필요하다면 폭력도 불사할 기세다. 누군가가 엘레나에게 계급투쟁이 변화를 이끄는 현실적인 힘이라고 하더란다."

"저 어린 소녀에게 그런 말을 해 주었다고요?"

"그러니 말이다. 문득문득 좀 두려운 생각이 들기도 하고 그렇구나. 부정을 실현할 사명, 운운하는 세력들이 등장하면 들불처럼 번질 것이다."

"그렇겠지요, 아무도 막지 못할 것입니다. 그들이 어떤 길을 갈지는 아직 모를 일이고요."

"난 엘레나가 물불 안 가리고 그 계급투쟁에 나설까 두렵다. 평등이니 정의니 하는 것들은 하느님 안에서 이루어져야 하는 거 아니겠냐? 폭력으로 이루려 한다면 지옥이 되고 말 것이다."

엘레나가 조선의 현실을 직시하기 시작하였고 사회주의 이론에 끌리고 있다는 말이었다. 유럽을 읽고 러시아의 심장 소리를 들었다면 변화는 당연한 것이다. 이런 정도는 이미 충분히 생각하고 있던 바였다. 하지만 마마의 걱정대로 어린 소녀를 급진적 물살에 휩쓸리게 둘 수는 없는 일이었다.

엘레나가 블라디보스토크로 가겠다면 데려가야 하는 걸까? 그래도 두고 가야 하는 걸까? 설득할 수 있을까? 밤새 뒤척여 봐도 결단을 내리기 힘들었다.

먼저 엘레나의 말을 직접 들어야 할 것 같았다.

"왜 공부를 중단하고 돌아갈 생각을 해?"

"도움이 되고 싶어서요. 지금 우리 한인사회에 중요한 일이 많잖아요. 그렇게 애쓰시는데 조금이라도 도울 일이 있으면 도와드리고 싶어요."

엘레나의 대답은 기다렸다는 듯이 튀어나왔다.

"날 돕겠다고?"

"네, 그럴 수 있으면 좋겠어요."

엘레나는 이미 마음을 굳힌 듯싶었다.

"내 그런가 싶더라니……."

엘레나가 찻잔을 들고 나간 후 마마가 슬며시 감추고 있던 말을 꺼냈다.

"딱 보니 엘레나가 자네를 좋아하는 눈치더라구. 생각해 봐. 황제가 하사하신 예복을 입고 거대한 식장에 참석하고 얼마나 훌륭하게 보이겠어? 그리고 무엇보다 조선인들 사이에서 기대가 클 거 아니야? 이래저래 엘레나에게 자네는 우주만큼 큰 존재로 보이는 거야."

예복을 걸어 펼쳐 놓고 요리 보고 조리 보고 하던 엘레나의 얼굴이 떠올랐다. 최재형 자신보다 더 기뻐하지 않던가. 설마 그 마음이 그런 마음이었을까?

"아이구, 나는 아이가 셋이나 딸린 홀아비에다 나이도 스무 살이나 많은 남자예요, 꽃다운 엘레나와 엮일 수 있나요?"

"사랑에 무슨 나이가 있어? 큐피트의 화살이 꼽혔는데."

마마는 최재형이 상처한 후 은근히 아나스타시아를 부탁하고 싶었다고 뒤늦은 고백을 했다. 초혼이야 차마 말할 수 없었지만 이제 아이가 셋이나 딸린 처지니 아나스타시아를 맞아 서로 의지하며 사는 것도 나쁠 것은 없지 않겠나 싶은 생각이 들더라는 것이었다.

마마의 말은 흘러다니는 노란 불빛 같았다. 이미 몇 번이나 만지작거리던 말 아니던가.

최재형은 누이로서 끝까지 아끼고 보살피겠노라고 말했다. 웬일인지 아나스타시아 이야기를 하면서도 마음이 편안했다. 처음이었다.

하나에서 열까지 마마의 도움을 받지 않은 적이 있던가? 그럼에도 최재형은 아나스타시아를 자신과 엮어보려는 마마의 마음을 읽을 때마다 마마의 순수와 자비를 의심했었다. 그래서 불편했었다. 마마도 알고 있었을 터였다. 마마가 이렇게 뒤늦은 고백을 하는 것을 보면 마마의 마음에도 한 매듭이 지어졌다는 소리였다. 고해성사를 한 것처럼 후련했다. 마마의 표정도 그랬다.

이 변화를 가져다 준 것이 엘레나라면?

후련한 마음에 화살처럼 꽂히는 생각이 있었다. 마마의 눈을 피하고 싶었다. 속마음을 들킬 것 같았다.

"그동안 내 욕심이 부담을 주었지? 한인사회를 끌어가기도 벅찬데 아나스타시아까지 짐 지울 수야 없지. 부족한 딸을 걱정하다보니 그런 생각이 들었나보다 여겨 주련?"

마마는 오히려 똑바로 눈을 마주하고 손까지 잡아당겼다.

"마마도 참, 무슨 그런 말씀을요?"

"그런데 이런 말을 하는 것이 어떨까 모르겠지만 솔직히 이번엔 엘레나가 탐이 나. 내가 갈수록 욕심을 부리지?"

마마는 최재형이 엘레나와 재혼을 한다면 아나스타시아 일도 한시름 놓을 것 같다는 생각도 솔직하게 털어 놓았다. 은근히 권하는 빛이었다.

"스무 살 차이 나는 거 아니에요. 저, 법적인 나이보다 실제는 한 살 많아요. 열아홉 살밖에 차이 안 나는 거예요."

"열아홉 살,밖,에,라고? 열아홉 살,이나 차이가 나는 거야. 그리고 스물이나 열아홉이나 그거나 그거나 아냐?"

그렇다면 더 엘레나를 데려갈 수 없는 일이다, 싶었지만 엘레나의 고집을 꺾을 수 없었다.

그런 말을 블라디보스토크에 가서도 할 것인가? 싶었는데 제 아비를 졸라 대고 형수에게까지 말을 넣을 줄이야. 애 셋 키워주느라 지친 형수는 입이 함박만큼 벌어졌다. 이미 형과 함께 만나서 이야기를 진전시킨 듯했다.

"김 표트르 알렉산드로비치가 자기도 니콜리스크 우스리스크에 가서 벼농사를 지을 수 있게 도와 줄 수 있겠느냐고 묻던데요."

형수가 그렇게 제의한 모양이었다. 그래 놓고 거꾸로 말하면서 웃었다. 그렇게 해주라는 압력이었다. 늙은 사위가 그 정도도 못하랴? 그런 뜻도 들어 있었다.

날아오는 도둑놈 소리를 어찌 감당할지 난감했다. 그런 속이 있어 유학을 시킨 것이었느냐는 눈길도 감당해야 할 것이었다. 형과 형수는 얼른 답을 하라고 성화였다.

"그래도……."

반 대답을 해놓고도 최재형은 망설였다.

"아, 당자가 마음이 있고 부모도 사람됨이 그만한데 무얼 망설이나? 혼사에 당자의 마음보다 중한 게 뭔가?"

관심이 없는 듯 보이던 이동천이 거들었다.

"어렵다면 어려운 혼산데……. 김 표트르 알렉산드로비치가 이동천의 말에 마음이 움직인 것 같기도 하고. 어쨌든 그 양반이 인심을 얻고 사는 건 분명하더라."

형은 이동천의 도움이 컸다는 말을 생각난 듯 덧붙였지만 최재형은 이동천이 중간에서 힘을 썼다는 것을 바로 알아챘다.

엘레나의 아비가 마적에게 당했다는 말은 입도 떼지 않았다. 블라디보스토크에 갔다 돌아오는 길에 자작나무 숲에서 마적 떼를 만나 봉변을 당했다는 것도, 반 주검으로 돌아와 두 달이나 거동을 못했다는 것도, 이동천의 치료로 겨우 회복했다는 것도 최재형은 혼인이 끝난 후에야 알았다. 속 깊은 이동천은 일부러 엘레나의 절박한 집안 사정을 말하지 않았을 터였다. 엘레나의 마음에 흠집을 내는 일인 것만 같았을 거였다.

【 아, 차르는 자비로운 아버지가 아니라 '잔인한 압제자'인 것을. 66개 도시에서 44만의 노동자들이 항의의 표시로 작업을 중단했다 】

7
피의 일요일

"아무래도 네가 한 번 가보면 좋겠구나."

"모이는 곳이 어디라던가요?"

"아니다, 너는 모르는 게 낫겠다."

마마는 최재형에게 부대로 돌아가기 전에 블라디미르를 만나고 가면 어떻겠느냐고 하다가 곧 마음을 바꾸었다. 혁명 세력이 어떻게 변할지 모를 일이라는 것이었다. 최재형만이라도 그런 일에 휘말리지 않기를 바라는 마음과 블라디미르를 곁에서 잘 도와주기를 바라는 마음 사이에서 안절부절못하고 있었다.

"저도 파파에게 무슨 일이 생길까봐 불안해요. 지난번에 또 쓰러졌다면서요?"

블라디미르는 북극 생활로 폐가 나빠졌다.

"몇 년 동안을 혹한기가 지나 배가 움직이기 시작하면 북극으로 내달았지 않니. 알렉세이에게 금광을 넘기고 난 후에도 가능한 한 북극에 머물고 싶어 이 핑계 저 핑계를 대더구나. 알렉세이가 북극의 호랑이들에게 당해서 거동을 못한다며 가고 에릭에게 정말 좋은 모피가 있다며 또 가고……. 폐도 나쁜 사람이 고집을 부리곤 해서 늘 걱정이었는데 이제는 그때가 그립지 뭐냐."

"파파가 혁명 일에 깊이 관여하지는 않을 거예요."

"나도 그러려니 한다만 그런 일은 한 번 발을 들이면 마음대로 할 수 없는 경우가 생기는 법이다. 게다가 폐렴을 독하게 앓은 사람 아니냐? 세월도 어수선하고 요즘은 북극에 있을 때보다 더 마음이 안 놓이는구나."

"가폰 신부 일행들이 골수파이기는 하지만 파파에게는 각별하잖아요?"

"아들처럼 아버지처럼 지냈으니 그렇기는 하지. 난 파파 때문에 네가 그들과 엮이게 될까봐 그게 더 걱정이다. 우리는 살고 싶은 대로 살 수 없는 처지다. 아나스타시아가 혼자 남는 일이 생겨서는 안 되잖니?"

"조심할게요. 보급품을 실어 보내야 해서 시간을 많이 낼 수도 없어요. 잠시 상황만 보고 갈게요."

"그러면 잠시 가 살펴보고 안 좋으면 마차로 모시기만 해라. 성올가 고아원으로 간다더라."

마마도 이제 마음이 많이 약해졌다. 최재형이 인근으로 배치 받아 오자 너를 이렇게 자주 만날 수 있다니, 전쟁도 꼭 나쁜 것만은 아니구나…… 하는데 마음이 아렸다.

블라디미르가 노동자 조직에 관여하게 된 것은 순전히 가폰 신부와의 인연 때문이었다. 혁명주의자들의 등장을 좋게만 보는 것도 아니었고 크게 사상적으로 관심이 있는 것도 아니었으나 가폰 신부가 위험에 빠지면서 도와줄 요량으로 그들 모임에 동참하게 된 듯 싶었다. 시작이야 어찌 됐든 대충을 모르는 블라디미르의 성격에 몸을 사릴 리 없었다. 블라디미르는 부쩍 노쇠해졌고 여전히 폐렴 약도 먹고 있었으므로 귀가가 늦어지면 마마는 안절부절못했다.

"아무래도 이번에 부는 바람은 어떤 대가를 치르더라도 러시아를 꼭 바꾸고 말 것만 같아."

"미국독립과 프랑스대혁명 이후 자유주의를 목격했으니까요."

세르게이와 콘스탄틴은 한 목소리를 내고 있었다. 불가에 모여 앉은 사람들의 표정이 착잡했다. 콘스탄틴이 최재형에게 의자를 밀어 주었다.

"1825년 데카브리스트 반란도 처음엔 나라를 움직일 듯 보였었지만 어디 힘을 썼나요? 그저 한 번 일어났다 스러지는 불꽃이었을 뿐이었죠."

"그때야 노비코프가 문학작품을 쏟아낸 이후 위로부터의 혁명을 꿈꾸었으니 민중의 힘을 끌어내지 못했지만 지금은 달라."

새 바람이 불어도 러시아를 바꾸지는 못할 것이라는 보리스의 말에 세르게이가 반박했다.

블라디미르는 잠자코 듣고만 있었다. 모인 사람들 중 가장 나이가 많았다. 이미 배를 지휘하던 선장이 아니었다. 금맥을 찾아다니던 북극에서의 활기 넘치던 모습도 찾아볼 수 없었다. 최재형의 기억 속에 있는 블라디미르는 그에게서 떠나는 중이었다. 숨소리도 불안했다. 연신 쌕쌕거렸다. 최재형은 블라디미르도 아나스타시아를 두고 죽을 수 없다는 생각으로 억척스럽게 살아왔다고 짐작하고 있었다. 아나스타시아는 마마에게는 물론 블라디미르에게도 평생의 짐이면서 삶을 지탱해 주는 힘이었다.

"나폴레옹을 물리친 후 상류층 자제들이 유럽의 자유사상을 접하면서 제정 러시아는 이미 조금씩 변화하기 시작했었다고 봐야 합니다. 지금 파업이 확산되고 있는 것은 그 변화가 드러나고 있는 것이지요. 절대군주 아래 시달리는 러시아의 비참한 현실을 부정하기 시작했다는 말 아닙니까?"

가폰 신부가 일어서며 말했다. 가만히 앉아 있지 못하겠다는 표정이었다. 뒷짐을 지고 서성거리다 다시 의자에 털썩 주저앉기를 몇 차례나 반복했다. 그는 이제 어디론가 떠나야 할 것이었다. 정부는 분명 사태의 책임을 그에게 물을 터였다.

러일전쟁이 시작될 때 누가 이런 일을 상상이나 했던가? 단지 어떻게 진행되고 있는 걸까? 나폴레옹도 물리쳤는데 설마 섬나라 일본이야 못 이길까? 만약 전쟁에서 밀린다면 어떻게 해야 하나? 사람들은 그저 이기고 지는 일만을 생각하고 이야기할 뿐이었다. 그러나 러일전쟁은 누구도 예상하지 못했던 또 다른 전쟁을 불러오고 있었다.

"암, 전쟁이고말고. 아, 그런데 이 전쟁은 아직 정체를 다 드러내지도 않았지만 어쩐지 오래 갈 것만 같아."

블라디미르의 표정에 막연한 불안감이 스쳤다.

러시아는 일본과의 전쟁에서 이기기 위해 군수품 생산에 박차를 가했다. 그러나 그 과정에서 엉뚱한 문제가 불거져 나왔다. 제대로 보수를 받지 못한 노동자들이 상트페테르부르크에 몰려들었다. 파업을 시도했다. 엉뚱한 데서 일이 터지는 바람에 전쟁은 전쟁대로 어려워졌다.

— 생산력이 급속하게 발전하는 시대 아니냐? 당연히 생산관계에 모순이 생길 수밖에 없다. 참을 수 없게 된 약자들은 사회를 바꾸기 위해 세력을 형성할 것이다. 어쩌면 폭력으로라도 자신들의 뜻과 이익을 관철시키려 할지 모른다.

마마의 말이 떠올랐다.

마치 예언처럼 현실로 나타나고 있는 것 아닌가 싶었다.

1904년 12월, 프티로프 공장 노동자들은 이대로 살 수는 없다는 울분을 쏟아냈다. 더 이상 감내할 수 없는 극심한 고통이 이어지고 있었다. 살길을 찾기 위해 모이고 머리를 맞댔다. 회사에 자신들의 요구안을 제출했다. 프티로프 공장은 페테르부르크에서 가장 크고 오래 된 공장이었다. 공장주는 요구를 들어 주기는커녕 주동자들을 해고해버렸다. 네 사람은 모두 페테르부르크 공장노동자 동맹의 회원이었다. 가폰 신부는 몇 년째 그들을 이끌어왔다.

1905년 1월 22일 비폭력시위가 시작되었다. 시위대는 황제의 초상화를 들고 거리로 나섰다. 이콘과 노동자들의 청원서도 가슴 높이까지 들어올렸다. 자비를 구하고 평화로운 타협을 구하는 시위였다. 게오르기 아폴로노비치 가폰은 노동자들의 시위를 직접 지휘했다. 다른 공장들도 동조하면서 파업은 페테르부르크 시 전체로 확산되었다.

일이 그렇게 될 줄은, 그렇게 많은 사상자가 날 줄은 그 누구도 예상하지 못한 일이었다. 당국이 발표한 사상자 수는 삼백이었다가 오백이었다가 왔다 갔다 했다. 그러나 사실은 훨씬 더 심각했다. 적어도 삼천 명이 넘는 사상자가 났다. '피의 일요일'이었다.

피의 일요일 사건 후 가폰 신부는 요주의 인물이 되었다. 회원들은 늦기 전에 떠나야 한다고 채근했다. 공장노동자 동맹의 회원들은 가폰 신부를 유럽 어느 곳에든 안전하게 숨겨줄 수 있는 인물로 블라디미르를 꼽았다. 가폰 신부는 올렉과 세르게이네 집을 옮겨 다니며 비밀리에 모임을 가졌다. 그러나 당국의 추적이 시작되면서 목숨을 장담하기 어려워졌다. 어느 누구의 집도 안전하지 않았다. 추적을 피할 곳을 찾아야 했다.

블라디미르는 성 올가 고아원밖에 없다고 판단했다. 잔디밭에 드문드문 자작나무가 서 있는 마당을 바라보며 고아원과 요양원이 비스듬하게 이어져 있었다. 평화롭고 조용한 곳이었다. 불쌍하고 나약한 사람들이 힘겹게 사는 모습을 보면 누구라도 뭔가 도울 일이 없을까? 그런 생각을 먼저 하게 되는 곳이었다. 만약 이런 곳에서 큰소리를 내거나 총을 꺼내든다면, 하느님 앞에 씻을 수 없는 죄를 짓고 있다는 자책감으로 스스로 용서가 되지 않을 것이었다.

게오르기 아폴로노비치 가폰 신부가 신부로서 첫발을 내디딘 곳이기도 했다. 블라디미르와 가폰 신부의 인연은 그때부터 시작되었다. 가폰에게도 블라디미르에게도 성 올가 고아원은 중요한 곳이었다. 모인 사람 모두는 이 공간이 마지막 은신처임을 알고 있었다.

"적어도 신부님 외에 세르게이와 콘스탄틴은 반드시 도피해야 할 것이야."

블라디미르는 입이 마르는지 계속 입술을 움직였지만 침이 돌지 않는 듯했다.

"영국으로 갈 수 있으면 좋겠는데요."

세르게이가 블라디미르를 보며 말했다.

"일단 프랑스까지는 길을 잡아 놨으니 그곳에 가서 기회를 보세."

프랑스까지도 길을 잡아놓자면 블라디미르는 한참 공을 들였을 것이었다. 돈도 적잖게 들었을 것이었다. 그걸 모를 리 없는 가폰 신부가 또 고개를 저었다. 고국을 떠나고 싶지 않다는 말이었다.

"신부님이야 저들이 함부로 하지 못하겠지만 모임에 나왔던 젊은이들 모두 사형을 면치 못할 것입니다."

"저들이 어떻게 나올지는 아무도 모를 일이지만 지금 가폰 신부님은 젊은이들에게 등불이고 기둥입니다."

밖으로 나가서 함께 후일을 도모하자는 설득에 결국 가폰 신부가 움직였다.

게오르기 아폴로노비치 가폰 신부는 혁명가는 아니었다. 성 올가 고아원에서 종교 교사로 공적 생활을 시작한 온화한 인물이었다. 신부의 길을 걷다보니 언제부턴가 노동자들에게 둘러싸이기 시작했다. 그는 노동자들에게 도박 안 하기, 싸움 안 하기, 술주정 안 하기 등 소소한 것들을 주문했다. 그러다가 종교적 · 애국적 사상의 고취, 노동조건과 노동자 생활 개선 등등의 일을 전개하면서부터 노동자들 사이에 신망이 높아졌다. 자신도 모르는 사이에 자신은 물론 주변 현실에도 변화의 바람을 일으키게 되었다. 스스로도 상상도 못한 일이었다.

고질병이 된 생활상 문제들을 개선하려는 그의 활동은 혁명가들로부터 노동자를 떼어놓고 싶어 하는 정부 인사들의 주목을 받았다. 사회를 위협하기 시작한 노동운동을 온건한 것으로 만들려는 당국의 의도에도 딱 들어맞는 일이었다. 때문에 당국은 그의 노동자를 대상으로 한 조직 활동을 묵인할 뿐만 아니라 지원까지 하고 있었다.

최재형은 그가 황제의 비밀경찰, 오흐라나의 첩자라는 말을 들은 적이 있었다. 정부 당국이 그를 지원한 것은 분명한 사실이었기 때문에 그런 말이 나왔을 것이었다. 오흐라나는 국내외의 혁명 조직을 감시하기 위한 비밀조직이 아닌가? 오흐라나가 차르정부와 노동자의 화합이 가능하다고 보고 가폰의 단체를 지원한 것이라는 말은 곧 가폰이 첩자라는 말로 바뀌었다. 솔솔 새나오고 있는 첩자설에 블라디미르는 그럴 리 없다고 고개를 저었다. 최재형은 마음 한편이 찜찜하기는 했지만 확인되지도 않은 말보다는 블라디미르의 말에 믿음을 두고 싶었다.

피를 불러온 그날도 노동자들을 선두에서 이끄는 가폰 신부가 한 일은 기도뿐이었다. 뒤따르는 노동자들은 성호를 그었다. 시위대의 첫걸음은 지극히 공손한 청원이었다.

— 폐하, 저희 성 페테르부르크의 노동자와 주민들, 처자식과 늙은 부모들은 진리와 보호를 구하기 위해 폐하께 갑니다. 저희들은 거지와 다름없는 비참한 처지가 되었으며, 억눌려 살았으며, 숨이 넘어가고 있나이다. 저희가 요구하는 것은 일하는 시간을 하루 여덟 시간으로 줄여달라는 것, 일당을 최소한 1루블만 달라는 것, 규정시간 이외의 노동을 없애달라는 것이 고작이나이다. 저희들은 구원을 바라고 있사오니 가련한 백성들에 대한 도움을 거부하지 말아주십시오.

걸음걸음이 공손한 기도였다.

하지만 노동자 대열이 동궁 앞 광장에 도착했을 때 지옥의 문이 열렸다. 그곳에서 그들을 기다리고 있는 것은 무자비한 지옥의 사자들이었다. 무장한 군대와 바리케이드가 왜? 설마 자비를 구하는 노동자들에게 총을 쏘려는 것인가? 웅성거림은 잠시, 광장은 총성에 뒤덮였다. 일제사격이 시작되었다. 믿을 수 없는 일이 벌어졌다. 순식간이었다. 사람들이 쓰러지고 대열은 흩어졌다. 기마대가 쫓겨 도망치는 사람들을 이리저리 몰아댔다. 시위대의 목숨은 작고 보잘것 없는 벌레처럼 하찮은 것이었다. 광장에 쌓인 하얀 눈 위에 사람들이 쓰러지고 밟혔다. 사람들이 흘린 피로 광장의 눈이 붉게 물들었다.

사태는 이것으로 끝나지 않았다. 러시아를 송두리째 들어 올리려는 거대한 물결의 시작이었다. 발포 소식은 빠르게 퍼져나갔다.

어떻게 자국의 백성들에게 그럴 수가 있는가?

분노하는 군중과 학생들이 모여들었다. 침묵하던 사람들도 군대의 야만적 행동에 비난을 퍼부었다. 다시 발포, 그리고 붉은 피.

사람들은 날아온 차르의 총탄에 피를 흘리면서 물었다.

우리가 과연 하느님의 사랑을 받는 귀한 자녀인가?

대답 대신 침묵하는 하늘, 하늘을 올려다보던 사람들은 차르의 전제정치 아래 비참한 생활을 하고 있었던 자신들의 모습을 보았다. 하루 12시간 이상 일하고, 더럽고 비좁은 방에서 뒤엉켜 먹고 자야 하는 비참한 존재였다. 정당한 보수는 받아본 적 없었다. 제멋대로 임금을 지불하는 공장주의 얼굴은 얼마나 뻔뻔한가? 그들의 편을 들어주는 정부의 얼굴은 얼마나 더러운가?

자비를 구하러 왔다가 총탄세례를 받다니.

아, 차르는 자비로운 아버지가 아니라 '잔인한 압제자'인 것을.

66개 도시에서 44만의 노동자들이 항의의 표시로 작업을 중단했다.

일본과의 전쟁이 민중들의 생활을 이처럼 곤란에 빠뜨리지 않았더라면…….

징집으로 일손이 달린 농촌의 불만이 높아지지 않았더라면…….

물가가 폭등하고 노동자의 실질임금이 25% 가량 떨어지지 않았더라면…….

그랬다면 그런 일이 일어나지 않았을지도 몰랐다. 여전히 차르는 자비로운 아버지라는 환상 속에 살 수 있었을지도 몰랐다.

그러나 마치 계획이라도 되어 있었던 것처럼 러일전쟁이 터졌고 또 다른 역사의 수레바퀴를 움직였다. 총파업은 러시아 전역으로 불붙듯 번져나가고 있었다. 모스크바. 페테르부르크. 바르샤바. 등등……. 러시아라는 이름 속에 숨어 있는 낡은 관행, 부정부패의 거대한 덩어리 아래 지렛대를 들이밀고 힘을 모으고 있었다.

최재형은 러시아의 변화를 지켜보면서 조선을 생각했다. 차르가 민중을 향해 총탄을 발사한 것이 걷잡을 수 없는 불길로 번지고 있었지만, 머지않아 큰 화를 불러올 조짐을 보이고 있었지만, 뭔가 달라지기 위한 힘 같은 것이 느껴졌다.

동학혁명을 막기 위해 외세를 불러들인 조선의 조정과 비교하랴? 반봉건 반외세를 외치는 동학이 들불처럼 번져나가자 감당할 수 없게 된 조정은 외세를 불러 불을 끄고자 하지 않았던가? 나라를 경영하는 자들이 보일 수 있는 최악의 행위가 아니던가?

농민, 상인 같은 직접 생산자들이 자립을 꿈꾸었다. 조세착취가 극에 달한 왕정의 개선을 희망했었다. 그랬는데……. 이대로는 안 된다고 폭정에 항거하여 들고 있어난 백성들이 오히려 외세를 불러오게 할 수는 없는 일이라며 스스로 깃발을 내렸다. 무엇이 불이고 물인지 모르는 조정과 비교하면 배운 것 없는 민중들의 생각은 숭고하기까지 했다.

조선의 변화는 요원해졌다. 프랑스의 민중과 다르고 러시아의 노동자들과도 다르다. 조선의 민중은 귀한 피를 흘리고도 역사의 수레바퀴를 움직이지 못한 것 아닌가. 그 꿈쩍 않는 수레를 외세가 움직인다면? 조선은 그 바퀴에 깔려 비참한 신세를 면치 못할 것이다. 생각할수록 참담했다.

당국은 가폰 신부와 그의 모임을 집요하게 추적했다. 가폰 신부의 양팔이고 날개였던 세르게이와 콘스탄틴도 표적이었다. 블라디미르는 함께 움직였다가 발각될 경우 다 같이 죽게 될 것을 우려하여 가폰 신부가 핀란드까지 무사히 빠져나갔다는 연락이 오면 두 사람도 뒤를 따르는 게 좋겠다고 말했지만 콘스탄틴은 가폰 신부를 혼자 보낼 수 없다고 고집을 부렸다. 만약의 사태가 생기면 몸으로라도 막아 가폰 신부를 보호하겠다는 말이었다. 아무도 더는 말리지 못했다. 세르게이도 죽어도 같이 죽고 살아도 같이 살겠다고 했다.

결국 세 사람은 함께 핀란드를 거쳐 프랑스에서 영국으로 건너가기로 의논이 되었다.

"안 되겠어. 놈들이 심상치 않아. 거리에 쫙 깔렸어. 배를 띄우는 거야 아무리 힘들어도 어찌 해 보겠는데 당장 항구까지 갈 수가 없겠어."

거리를 살피고 돌아온 블라디미르가 고개를 숙였다.

"신부님과 콘스탄틴만이라도 나갈 수 있다면 제가 방패가 되겠습니다."

세르게이는 각오가 된 듯 보였다.

"세르게이 같은 젊은이를 잃을 순 없지. 한 사람의 명석한 지도자가 수많은 민중들의 목숨을 살리는 때 아닌가."

블라디미르가 말했다. 궁리에 궁리를 거듭했지만 누구도 이렇다 할 묘책을 찾아내지 못했다. 차르가 군대를 풀어 그들이 갈 만한 곳은 다 뒤지고 다니는 판이었다. 밤새 애를 태웠지만 방법이 없었다.

"고아원 밖으로 나가는 것이 쉽지 않을 것 같습니다."

새벽을 뚫고 니콜라이가 왔다. 저들은 이미 갈 만한 곳은 다 뒤졌다, 아직 고아원은 의심하지 못하는 것 같지만 체포는 시간문제다, 니콜라이는 애써 침착하려 했다. 그러나 전하는 말은 절박했다.

"항구까지 그렇게 먼 거리는 아닙니다. 나가서 십자 거리 검문만 통과하면 괜찮을 겁니다. 일단 나가야 배를 탈 수 있으니 어떻게든 해봐야 하지 않겠습니까?"

"최악의 상황이 온다면 죽음을 각오하고 뚫는 수밖에요."

콘스탄틴과 세르게이는 당장이라도 뚫고 나갈 기세였다.

이미 기마대가 도착했다. 곧 문을 부술 듯이 흔들어댔다.

"이렇게 된 거, 정면 돌파 합시다. 아이들은 아직 자고 있지요?"

니콜라이가 물었다.

"그럼요. 만약을 몰라 방마다 커튼까지 잘 쳐두도록 당부해 두었습니다."

세르게이가 원장과 시선을 주고받았다. 니콜라이가 앞으로 나섰다. 니콜라이가 군대 내에서 탄탄한 지위를 얻었다고는 하나 대대적 수색의 표적이 된 가폰 신부와 콘스탄틴, 세르게이를 공공연히 빼돌릴 수는 없는 노릇이었다. 세르게이는 총을 허리춤에 찔러 넣고 손으로 다독였다. 말발굽은 요란했지만 기마대의 수는 많지 않은 듯했다.

"한 놈도 도망치게 해선 안 돼, 정보가 나가면 우리는 물론 고아원과 요양원까지 무사하지 못할 거니까."

니콜라이가 문을 여는 것과 동시에 총성이 울렸다. 기마대는 입을 벌린 채 고꾸라졌다. 세르게이의 총도 한몫을 한 듯싶었지만 순식간에 벌어진 일이라 누가 누구의 총에 맞았는지 알 수 없었다. 기마대는 네 명이었다. 니콜라이가 그 중 한 명의 옷을 벗겨 가폰 신부에게 던졌다. 세르게이와 콘스탄틴은 제 스스로 기마대의 옷을 벗겨 입고 말에 올랐다.

"차르의 기마대가 되어 탈출하게 될 줄이야."

"돌아올 때 제대로 돌아오면 될 것 아닌가."

콘스탄틴의 말에 쐐기를 박으며 니콜라이가 항구로 길을 잡았다. 동작들이 미리 계획해 두었던 것처럼 신속했다. 기마대가 들이닥치자 순간적인 판단과 순간적인 반응으로 일이 진행되었다.

"이런, 놈들의 일부가 가까이 있었나 보군. 벌써 말발굽 소리가 요란한 걸."

콘스탄틴이 두 갈래로 갈라지는 길 쪽을 가리키며 말했다. 과연 말발굽 소리가 빠르게 다가오고 있었다. 빽빽한 침엽수들 때문에 아직 이쪽이 보이지는 않을 것이었다.

니콜라이와 세르게이가 나무 뒤에 몸을 기댄 채 총을 겨누었다. 조금만 다가오면 발사할 태세였다.

"아, 루텐베르크의 말 아닌가?"

가폰 신부가 다가오는 말을 알아보았다. 루텐베르크는 가폰 신부의 동료이자 혁명가였다. 니콜라이와 세르게이가 숨을 쓸어내리며 총을 거두었다.

"기마대가 고아원 쪽으로 향했다는 소리를 듣고 달려왔습니다. 무사하셔서 다행입니다."

루텐베르크의 일행 두 명이 가폰 신부의 오른쪽에 바짝 붙으며 말했다. 부두까지 호위를 하겠다는 몸짓이었다.

블라디미르는 드미트리가 준비해 둔 핀란드 배가 기다리고 있다며 길을 잡았다.

"영감님은 그냥 계시지요."

루텐베르크가 블라디미르를 말리고 나섰다.

"네, 그렇게 하시지요. 연로하신 분이 위험에 휘말릴 필요 없습니다. 신부님은 저희가 모실 테니 위치만 알려 주십시오."

세르게이도 거들었다.

"아니오, 내 아직 그 정도 힘은 있소이다. 배에 태우는 것만큼은 내 일로 알고 있으니 아무 말 마시오."

블라디미르는 기어이 함께 부두로 향했다.

최재형은 그들이 떠난 후 곧장 부대로 복귀했다. 해군 소위에 임명된 후 통역관으로 일했었다. 후방에서 보급품을 담당하게 된 것은 니콜라이가 힘을 써 준 덕분이었다. 다행히 관리 능력을 인정받았다. 인맥을 넓힐 수 있는 계기가 되었다.

블라디보스토크는 러일전쟁이 끝나더라도 앞으로 계속 군사기지로 중요시 될 것 같았다. 군부대로 물품을 공급하는 일은 앞으로도 탄탄한 수입원이 되어줄 것이었다. 찌모페이와 친분을 쌓게 된 것은 행운이라면 행운이었다. 그는 곧 블라디보스토크 제6연대로 배치될 예정이었다. 찌모페이가 그곳에서도 물품을 담당하게 될 것이라는 말을 들었다.

"그곳에서 농장을 한다고? 이거 우리 인연은 보통 인연이 아닌걸."

그가 웃으며 손을 덥석 잡았다. 도움이 필요하면 기꺼이 도와주겠다는 소리였다.

"예, 좋은 인연이 되도록 노력하겠습니다."

최재형은 몸을 낮추었다. 규모가 커지고 있는 한인사회에 큰 힘이 될 것이었다.

"니콜라이가 찾고 있던데."

무슨 일일까? 착 가라앉은 찌모페이의 목소리를 듣는 순간 가슴이 철렁 내려앉았다.

블라디미르가 총에 맞다니?

최재형은 하늘에서 무수한 조각들이 떨어져 내리는 것만 같았다. 그 조각들은 하늘이고 구름이고 아버지였다.

"뒤따라 온 기마대의 총격이 있었네. 가폰 신부는 무사히 러시아를 빠져나갔지. 헌데 블라디미르가 총에 맞고 말았네."

함께 온 올렉이 먼저 입을 열었다. 니콜라이는 차마 입을 떼지 못했다.

가폰 신부 일행을 핀란드로 보내기 위해 배를 구하고 안내한 것이 그가 한 이 세상에서의 마지막 일이었다. 가폰 신부 일행을 보내고 돌아서다 총에 맞아 쓰러지는 모습을 떠나는 이들은 보았을까? 니콜라이와 루텐베르크 일행이 블라디미르를 쏜 기마대를 사살하고 블라디미르를 부축했다. 그러나 블라디미르는 집에 도착하자마자 숨을 거두었다.

아무 유언도 듣지 못했다. 그렇게 헤어지다니……. 그게 마지막이었다니……. 좀 더 잘 해 주지 못한 한이 눈물이 되어 떨어졌다.

슬퍼할 시간도 허락되지 않았다. 충격으로 쓰러진 마마가 일어나지 못했다. 블라디미르를 그렇게 보내고 쓰러진 마마마저 보낸 건 불과 하루 사이의 일이었다.

"너무 슬퍼하지 말게. 어쩌겠나? 사람이란 어차피 흙으로 돌아가는 법 아닌가."

위로하는 올렉도 니콜라이도 눈물범벅이었다. 블라디미르가 그렇게 떠나지 않았더라면 마마도 별 탈 없이 몇 해는 더 살았을 것이었다.

자유! 평등! 민중! 시위대가 내건 숭고한 이념 따위는 중요하지 않았다. 최재형에게는 블라디미르와 마마를 지키는 일이 중요했다. 자유도 평등도 다 그들 속에 있었다. 그들과 함께 존재하는 가치였다.

언제부턴가 그들은 자신의 일부였던 것을, 자신의 알맹이였던 것을 왜 몰랐을까?

"아, 아나스타시아가 천사를 잃었구나. 온전치도 못한 아이를 남겨두고 어찌 눈을 감았을까. 혹시라도 아나스타시아를 소홀히 하게 될까 봐 제 몸으로는 자식을 두지 않았던 사람인데. 그 깊은 사랑을 내가 어찌 대신할까……."

이게 무슨 말인가? 아나스타시아도 나와 다를 것 없는 처지였다니? 이고리의 아내, 쏘냐가 울면서 하는 말은 절절했다. 최재형에게는 충격이었다.

"마마에게 아기를 낳다 죽은 친구가 있었다. 아기를 도와 달라고 부탁을 하고 죽었다더라. 아나스타시아는 그렇게 해서 마마의 딸이 되었지만 마마는 한 번도 남의 자식이라 여긴 적 없었다."

옆에 서 있던 드미트리가 담담하게 말했다. 그게 뭐 놀랄 일이라고? 하는 말은 표정으로, 몸으로 했다.

아, 나란 놈은 얼마나 좁아빠졌는지. 걸핏하면 마마의 선량함을 의심하곤 하지 않았던가? 부족한 딸을 위해서 자신을 거두어 주는 것이라고 의심했었던 순간들이 주마등처럼 스쳐 지나갔다. 부끄러웠다. 얼마나 한심하고 어리석은가?

슬픔은 한동안 최재형을 놓아주지 않았다. 생각해 보면 아나스타시아가 남아 있어서 다행이었다. 평생을 보살필 수 있어서 다행이었다.

가폰 신부는 외국에서 차르에게 저주 섞인 편지를 보냈다.

노동자와 그 가족들의 순결한 피는, 오! 영혼의 파괴자인 그대와 러시아 민중 사이에 영원히 가로놓여 있을 것이다. 그대와 그들 사이의 도덕적 결속은 다시는 결코 존재하지 않을 것이다. 흘러야 할 그 모든 피가, 살인자여, 그대와 그대의 가족에게 흘러 떨어지리라.

최재형은 보낸 이는 가폰 신부였지만 글의 초안은 세르게이의 것이리라고 짐작했다. 차르의 총탄은 러시아 민중들이 오랫동안 품어온 차르에 대한 존경과 신뢰를 죽였다고 말하며 울던 세르게이의 모습이 담겨 있었다. 세르게이도 콘스탄틴도 세상에서 가장 평등한 나라를 만들 것이라는 꿈을 꾸고 있었다.

언젠가 반드시 돌아와 러시아를 움직일 생각이고 각오 아닌가? 러시아를 덮칠 높은 파도가 기세를 몰아 저 멀리서부터 달려오고 있는 중이라는 뜻 아닌가? 그들이 말하는 평등에 재러 한인들도 포함될까? 힘들게 일궈낸 농토와 재산을 저들의 평등을 위해 빼앗겨야 하는 건 아닐까? 최재형은 머리털이 쭈빗 일어서는 느낌이었다.

전쟁이 기울고 있다, 패색이 짙다는 말들이 돌았다. 전쟁이 끝나고 나면 러시아에 어떤 변화가 일어날지 알 수 없지만 남의 나라 땅에 둥지를 튼 사람들에게 결코 관대할 리 없었다. 최재형은 재러 한인들과 함께 어떻게든 이 고비를 무사히 넘어야 한다는 궁리뿐이었다.

【 이위종은 조선의 현실을 호소하기 위해서라면
지푸라기라도 잡아야 한다는 간절한 마음으로 연설문을 수정 보완하였다 】

8
헤이그 밀사

"영·미의 헌병노릇을 자청하고 나설 때부터 일본은 제몫을 챙기기 위해 야욕을 드러내고 있었던 겁니다. 아시아 이권을 지켜주는 대신 그들의 묵인 하에 조선과 만주를 장악하겠다는 거 아닙니까?"

"묵인 정도가 아닐세. 그들로부터 차관을 얻어내기도 했으니까. 표트르 세메노비츠, 자네, 일본에 한 번 다녀오지 않겠나? 가서 일본을 직접 보고 오게. 마침 금릉위께서 일본에 가 계시니……."

이범진은 최재형에게 일본을 방문해 보라고 권했다. 러시아 이름을 불러 권하는 것은 눈을 조선에만 두지 말라는 은근한 뜻이 있는 듯 보였다.

"형님! 금릉위는 친일파 아닙니까? 실패하고 일본으로 도망간 사람을 찾아가 본들 무슨 도움이 되겠습니까?"

이범윤이 즉각 반응을 보였다. 눈썹이 꿈틀하더니 못마땅한 얼굴로 삼일천하를 거론했다.

"지금 우리 조선은 우물 안 개구리다. 일본도 유럽의 열강도 언제든 늑대로 변할 수 있다. 그들과 어떻게 관계를 맺느냐에 따라 나라의 앞날이 크게 달라질 것이다. 해서 외교력이 중요하다는 거다. 청, 일, 러를 두루 꿰어야 조선의 나아갈 길을 찾을 수 있다. 그가 일본으로 간 것은 조선의 근대화를 이루기 위한 방편일 뿐이다."

"일본에 가면 뭔가 얻을 것이 있겠습니까?"

잠자코 듣고 있던 최재형이 물었다. 필요하다면 당장이라도 가겠다는 의지가 보였다.

"이미 대세가 기울었지만 헤쳐 나갈 방도를 찾아야지. 적을 알아야 싸워도 싸울 것 아닌가? 가 보면 또 다른 눈이 열릴 것일세. 여기서는 볼 수 없는 것들을 볼 수 있을 걸세. 그리고 일본 내에 있는 조선인들과 연락망을 짜 둘 필요가 있네. 앞으로 항일운동을 하자면 그들의 도움이 절실할 때가 올 것이야. 절대 끊어지면 안 되는 끈이네."

금릉위 박영효는 철종의 사위다. 이범진은 세계정세를 통관하는 인물로 박영효를 꼽았다. 유신개혁파로 민씨정권과 맞서다가 패했지만 외국에 망명하여 후일을 도모하고 있을 것이라 믿었다. 그쪽에서도 이범진에게 거는 기대가 있었는지 몇 차례 방문 요청이 있었다.

일본에 갔던 최재형은 몇 달 후에 돌아왔다. 서둘러 돌아온 눈치였다. 차림이 어딘가 달라져 있었다. 머리를 조금 더 치켜 깎았고 양복을 입은 모양새도 좀 달라 보였다. 눈빛은 더 깊어졌다. 이범진과 대화하는 동안 긴장이 느껴졌다. 조선의 운명이 그렇게 심각한 것일까? 짐작은 하고 있었지만 생각보다 훨씬 빨리 일이 닥칠 모양이었다.

"아무래도 조선은 일본의 식민지가 되고 말 것 같습니다. 러일전쟁 전부터 이미 조선을 일본의 권세 아래에 둘 것을 내각 회의에서 결정한 바 있었다고 합니다. 러일전쟁을 끝내면서 미국과 가쓰라 테프트 밀약까지 맺어둔 상태고요."

"밀약?"

이범윤의 눈썹이 꿈틀거렸다.

"미국의 필리핀에서의 독점 권력을 인정하는 대신 조선에 대한 일본의 독점적 지배권을 인정받았다는 것입니다. 일본은 이제 한반도 지배권을 차지하고 요동, 사할린 남부를 장악할 수 있게 된 것이지요."

"흐음, 포츠머스 강화 조약에 의해 러시아가 손을 떼었으니 일본의 야욕이 차츰 노골화 될 것이라 생각은 하고 있었지만……."

"이제 조선과는 형식적인 절차만 남았다고 생각하는 분위기였습니다. 일본의 특명전권대사 자격으로 이토 히로부미가 한양에 왔습니다. 그자가 앞으로 무슨 짓을 할지 모르겠습니다."

이범진에게도 이미 심상치 않은 소식들이 들어오고 있었지만 일본에서 돌아온 최재형이 전하는 소식들은 보다 자세한 것이었다.

"고종 황제에게 한일협약안을 제시하면서 조약 체결을 강압적으로 요구했다고 합니다. 궁궐을 포위하여 황궁은 공포 분위기에 싸여 있었으나 고종 황제는 집요한 강요에도 불구하고 조약 승인을 거부하였다 합니다."

조선에서 당도한 이야기들을 이어보면 위기감은 이미 현실이 되고 있었다.

"어전회의가 열렸는데 이완용, 이근택, 이지용, 박제순, 권중현이 책임을 황제에게 전가하면서 찬의를 표시하였다고 합니다. 분명 위협하고 매수에 나섰을 것입니다."

절망적인 소식이 당도하고 얼마 지나지 않아 조선에 통감부가 설치되고 초대 통감으로 이토 히로부미가 취임했다. 조선 내의 공사관들은 모두 철수하고 재러 공사인 이범진에게는 소환령이 떨어졌다. 이범진은 물론 이범윤도 응하지 않았다. 돌아가지 않았을 뿐만 아니라 이범진과 이범윤은 뜻있는 사람들을 모아 대책을 논의하기 시작했다. 러시아에서는 계속 이범진에게 신뢰를 표했고 애국적 노력에 감응했다. 체류비를 지급했다. 이범진은 공관을 버리고 아파트로 옮겨 여권 발급 등의 공사 업무를 계속하면서 독립운동 기지를 돕기 위해 사력을 다하고 있었다.

"아, 외교권이 없는 나라라니……. 눈, 코, 입을 모두 떼인 꼴 아닌가? 외교권이 어디 단지 외교권만을 뜻하겠는가? 조선은 이제 국권을 잃고 만 것이야."

"이것은 시작일 뿐입니다. 앞으로의 일이 어찌 될지……."

이범진 주변으로 사람들이 속속 모여들었다. 국가의 위급함을 절실히 깨닫고 민족을 위해 노력할 것을 다짐하는 인사들이었다. 러일전쟁에서 러시아가 패하기는 하였지만 일본을 상대하자면 앞으로 러시아의 도움이 음으로 양으로 필요할 것이라고 믿는 분위기였다. 러시아통인 이범진은 중요한 인물로 떠올랐다.

이범진은 최재형의 손을 힘주어 잡았다. 그의 도움이 절실하다는 표현이었다. 이범진과 최재형이 적극적으로 국권회복 운동에 뛰어들자 재러 동포들의 참여가 눈에 띄게 활발해졌다.

이범윤은 함경도 등지를 경유, 훈춘을 거쳐 다시 부하들을 이끌고 러시아로 돌아와 있었다. 그들의 생활을 유지하는 일이 보통일이 아니었다.

"만주군 총사령관이었던 리네비치 장군을 방문하고 싶습니다. 형님이 좀 도와주십시오."

"무슨 일로?"

"러일전쟁에서 공로가 있으니 대가로 200~ 500명 정도의 군인과 가족들에게 토지를 분배해 줄 것과 무상으로 거주권을 발급해 줄 것을 요청할 생각입니다."

"러시아 당국은 일본과의 외교적 마찰을 먼저 생각할 텐데 그런 요청을 해 본들 입김이나 들어가겠느냐?"

말은 그렇게 하였지만 이범진은 이범윤이 리네비치를 만날 수 있도록 주선했다.

이범진의 예상대로 이범윤은 지푸라기도 건지지 못했다.

"아무리 생각해 봐도 최재형을 찾아가는 게 좋겠다. 그가 주선할 수 있는 일자리들이 꽤 있을 거다. 지금 상태로는 오래 버틸 수 없다."

"그건 그렇지요. 경제적인 도움을 받을 수 있는 자이긴 한데 아무리 그래도 노비 출신이라……."

"그에게 이미 노비는 없다. 세상이 변했다. 그는 개명한 사람이다. 러시아어에 능통할 뿐 아니라 국제 사회를 보는 안목도 특별하다. 지구를 두 번이나 돌아본 사람이 조선에 최재형 말고 또 누가 있더냐?"

"그래도 전 그자의 당당한 모습을 볼 때마다 기분이 묘해집니다.

아무리 귀천이 없어졌다지만 노비가 양반과 한 자리에 앉다니요? 더구나 우리는 왕족이 아닙니까? 조선의 근간이 무엇입니까?"

이범윤은 내키지 않는 눈치였지만 자신이 거느린 수많은 의병들을 먹이고 재워야 했다. 도와 줄 수 있는 사람이 최재형뿐이라는 말에 이범윤도 더는 고집을 부리지 못했다. 결국 그의 재력에 기대게 되었다. 부자라고는 해도 개인이 감당하기 쉽지 않은 일이었다.

이범윤의 태도를 거만하다 할 법도 한데 최재형은 내색하지 않았다. 이범윤과 부하들의 편의를 봐주기 위하여 재러 한인들에게 의복과 식량 등을 지원해 줄 것을 요청하기도 하고 의병부대 조직을 위한 군자금을 모금하는 일에도 적극 협조했다.

"나는 세종대왕의 5남, 광평대군의 17대 후손이며 정 3품의 관리이다. 조선인이라면 나를 돕는 것은 당연한 일이다."

이범윤은 고맙다는 말보다 최재형이 노비 출신이라는 사실을 먼저 언급했다. 이위종은 최재형에게 함부로 대하는 이범윤을 보고 있으면 이범윤에게 저런 인격이 있었나 싶었다.

이범윤이 누군가. 그는 애국심에 불타는 의인이다. 1903년 10월 간도관리사가 된 이후 토문강과 두만강 사이에 거주하는 조선 농민들을 순찰하고 위로하면서 조선인 사이에서 구심점이 되었다. 정부의 힘이 미치지 못하는 지역의 동포들을 보호하기 위해 장정을 모집하고 사포대를 조직해 군사훈련을 시키고 모아산, 마안산과 두도구 등에 병영을 설치하고 행정체계를 수립하는데 성공하여 신망을 얻었다. 1904년 러일전쟁이 일어나자 사포대를 비롯한 군대를 이끌고 나가 공을 세우고 러시아 황제에게 훈장을 받기도 했다. 간도에 대한 청의 간섭을 배제하기 위해 백방으로 노력했으므로 청에서는 조선 정부에 그를 소환할 것을 강력히 요구하고 있었다. 1905년 정부가 소환명령을 내렸지만 응하지 않고 의병양성에 힘쓰고 있는 중이었다. 누가 뭐래도 간도와 연해주 일대에서는 영웅인 것이다.

이범윤은 자신이 조선 국왕의 대리인임을 강조하며 동포사회의 적극적인 지원을 얻어냈고 최재형을 비롯한 재러 한인들 사이에 지도자로 자리 잡았다.

대황제 폐하께옵서 나를 북간도 관리사로 임명하셨다. 따라서 나는 하바롭스크 순무사와 교섭하고 각 지역에 창의서라는 단체를 조직해 대한 독립을 회복할 터이니 강동의 여러 동포는 주의하여 조국을 회복하오, 선릉도 대한 강산이오, 인종도 대한인이니 아무리 타국에서 포식한들 어찌 조국을 모르리요, 차후로 조선인 홍범도를 의병 대장으로 하고 그에게 자금과 무기를 모을 것을 지시했으니 모든 조선인은 그가 무기와 탄약을 구하는 일에 순응해야 할 것이다.

연해주 지방의 모든 조선인은 우리의 목적을 달성하기 위해 연합해야 한다. 조국을 구하는 데 큰 공을 세우는 자는 조선으로 돌아가는 대로 큰 상을 받게 될 것이다. 황인은 언제나 황인이며, 남의 나라에 아무리 오래 살아도 백인이 될 수 없다는 점을 명심하라.

판무관 이범윤

"이것이 그 이범윤이라는 왕족이 내리는 통문이란 말이지?"

장미하일이 곰곰 생각을 곱씹으며 말했다. 수청지역에서 구심점이 되고 있는 인물이었다.

"말이야 맞는 말인데 어째 좀 그렇구먼."

단짝인 김항수의 표정도 어두웠다.

"그렇기는 뭐가 그래? 우리 같은 무지렁이들 하고야 근본부터 다르니 시키는 대로 해야지."

"그럴 수는 없지. 위압적인 자세도 그렇고 우리에게 자금을 내고 목숨을 걸라고 명령하는 건 안 될 일이야."

통문을 받아 본 사람들의 반응은 제각각이었다.

"불평이란 있을 수 없다. 조선인이라면 내게 협조하는 것은 당연한 일이다."

쐐기를 박듯, 이범윤이 자신을 돕는 것이 조선인이라면 당연한 일이라고 단언하자 마을 대표 몇몇의 낯빛이 변했다. 노골적으로 반발하는 사람이 나왔다.

"당연한 것이라고?"

"우리가 여기까지 오게 된 게 따지고 보면 저들 양반들 때문 아닌가?"

"무슨 말을 그렇게 하나? 가난을 떨쳐내고 살길을 찾아 온 것을."

"그 가난이 어디 하늘이 내린 것이던가? 다 저들 양반들이 고혈을 짜고 저들만 잘 살겠다는 생각으로 나라를 꾸려 그리 된 게지."

"그럼, 저들에게 책임이 있고말고. 상것들 생각해 주는 세상이었다면 멀쩡한 내 나라를 두고 이 추운 곳까지 뭐 하러 와? 가난을 피해 온 것은 맞지만 따지고 보면 양반을 피해 온 것이기도 한 거야."

"여기까지 와서 다시 저들을 섬기라고?"

불만은 점점 소리를 높이고 있었다. 최재형이 불평을 차단하고 나섰다.

"조국이 풍전등화입니다. 반상은 내부의 일입니다. 러시아가 자신들의 문제를 두고 피 흘리는 걸 보지 않았습니까? 우리도 자유와 평등을 찾아야지요. 하지만 그건 어디까지나 안에서 시간을 두고 풀어갈 일입니다. 지금 내부의 문제로 불화해서는 안 됩니다. 나무가 죽으면 가지가 어찌 살겠습니까? 우리는 당연히 의병활동을 도와야 합니다."

"어떻게 번 돈인데? 이 추운 시베리아 땅에서 살아남기 위해 우리가 얼마나 고생을 했는데?"

"우리 처지도 빡빡한데……."

최재형은 계속 우리를 지키는 일이라고 설득하고 다녔다. 드러내놓고 투덜거리던 목소리는 수그러들었지만 불평이 완전히 사라진 것은 아니었다. 재러 한인들의 처지도 빡빡했으므로 기부할 만한 처지가 못 되는 것도 사실이었다.

"국경지대에 있는 수천 명의 러시아 패전군인들도 일본에게 적대적인 입장입니다. 의병 조직에 도움이 될 것입니다."

최재형은 한 번 마음먹은 일은 최선을 다해 밀어붙이는 성격이었다. 의병들의 일이라면 생활에서 자금, 무기 구입까지 적극적으로 도왔다. 루슬란의 상점에서 함께 일했던 노비코프를 통하여 많은 무기를 공급해 줄 수 있었던 것도 몇 날을 궁리를 하고 발품을 판 결과였다. 노비코프, 데르자빈과 그의 동료들은 러일전쟁 이후 파면 또는 해산되었을 뿐 아니라 봉급도 받지 못해 생계가 어려운 처지에 놓여 있었다. 그들이 한인의 의병 결성을 후원하기로 한 것은 자신들의 입지를 회복하기 위한 방편이기도 했다. 노비코프, 데르자빈과의 오래된 친분 때문에 일이 쉬워진 것은 사실이었지만 최재형은 여러 번 찾아가 공을 들여야 했다. 조선 의병의 훈련을 맡아달라고 부탁했고 그들은 수락했다. 일자리와 명분을 준 것이었다.

그리고 납품할 당시의 인맥들을 동원하여 러시아 군인들로부터 상당수의 무기를 저가로 구입하거나 지원받았다. 덕분에 연해주 의병들은 다른 지역의 의병들보다 월등한 전투력을 갖추게 되었다. 최재형의 적극적 호응에 이범윤은 어깨를 펴게 되었다, 이범윤의 입에서 호형호제 하자는 소리가 나왔다.

*

"위종아, 인사 올려라."

이범진은 이준을 소개했다.

"둘쨉니다. 머리 굳은 나를 도와주느라 외국어 공부에 기를 써서 이제 러시아어는 물론 프랑스어와 영어 모두 실력이 그만합니다."

자랑을 겸한 소개였다.

"외국어에 능하다는 소리는 익히 들어온 터이고 이렇게 인물이 훤할 줄이야. 노리겐 남작이 우리 사위, 우리 사위 할 만하구만. 아버지를 따라 7세 때부터 세계를 순회했다지? 파리에서 중학을 졸업하고 군사학교도 다녔다 들었네. 자네가 있어 얼마나 든든한지 모르겠네. 우리의 뜻이 세계 사람들의 마음을 움직일 수 있게 번역 일에도 애써 주게."

이준은 흡족한 눈으로 이위종을 보았다.

얼마 전부터 기다리던 중요한 인물이 바로 이 사람이었나? 누군가가 고종의 밀명을 받고 찾아올 것이라 했었다. 정사 이상설과 함께 헤이그로 갈 사람이었다.

고종은 제2차 한일협약 체결의 부당함을 국제 사회에 알리려고 부단히 노력하고 있었다. 고종은 1906년 1월 29일에 작성된 국서에도, 1906년 6월 22일에 헐버트 특별위원에게 건넨 친서와 프랑스 대통령에게 보낸 친서에도 강제로 체결된 을사늑약이 무효임을 분명히 밝혔다. 1907년 4월 20일 헤이그 특사 이상설에게 준 황제의 위임장에서도 무효임을 강력히 주장했다.

이범진은 러시아 황제에게도 고종의 친서를 전달하고자 했다. 그러나 다녀와서는 맥이 빠져 한동안 말문도 열지 못했다.

"아무래도 러시아의 협조는 기대하기 어려울 것 같다. 언제까지 기다리고 있을 수는 없는 노릇이니 우선 김선명 동지가 있는 독일로 가라. 베를린에서 인쇄를 하고 헤이그로 가면 날짜를 맞출 수 있을 것이다."

김선명은 1907년 헤이그에서 제 2회 만국평화 회의가 열릴 것인데 26개국이 참석한다는 정보를 제일 먼저 이범진에게 알려 준 인물이었다. 이범진은 고종에게 이것이 을사늑약의 부당함을 세계에 호소할 수 있는 기회가 될 수도 있을 것이라고 고했고 고종은 밀사 파견을 서둘렀다. 누구를 보낼지 고심에 고심을 거듭했다. 이상설과 이준이면 해낼 것 같았다. 신임장과 러시아 황제에게 보내는 친서를 주면서 조선의 실상을 알리도록 밀명을 내리기까지 은밀하고 빠르게 진행되었다.

1907년 6월 25일 헤이그에 도착하면서 기대는 조금씩 불안으로 바뀌기 시작했다. 의장인 러시아 대표 넬리도프를 만나 신임장을 제시하고 조선의 전권위원으로 참석시킬 것, 일본의 협박 때문에 강제로 체결된 을사늑약의 파기를 회의 의제에 상정시킬 것을 요구했다. 반응이 신통치 않았다. 넬리도프는 곤란한 표정을 숨기지 않았다. 일본 대표들의 방해 공작이 집요하다는 것이었다. 세 사람 모두 신변안전에 유의하라는 충고까지 덧붙였다.

"넬리도프가 그리 말할 정도면 고종 황제께서도 곤욕을 치르고 계실 걸세."

이준이 고종의 안위를 걱정했다.

다른 나라 대표들을 만나 보았으나 제국주의 열강들의 눈은 싸늘했다. 연설은커녕 회의장 안에 들어가 보지도 못할 판이었다. 외교권이 없는 나라의 대표를 참석시킬 수 없다는 것이었다. 성공 가능성은 보이지 않았다.

아, 조국은 꺼져 가는 등불 신세가 아닌가.

이위종은 가슴이 미어졌다.

일이 실패하면 이범진도 타격이 클 것이었다. 아관파천 이후 고개를 떨어뜨리고 지내는 이범진이었다. 아관파천 후 고종은 일본군이 가만 두랴? 하면서 이범진을 미국공사로 내보냈었다. 고종은 이범진의 안전을 우려했고 이범진은 고종의 안전을 걱정했다. 이번 일이 실패하면 이범진과 고종은 엄청난 타격을 입게 될 것이었다.

"이 일을 빌미로 조선이 더 큰 화를 입게 될까 걱정입니다."

이상설은 조선에 불어 닥칠 파장을 염려했다.

"한양에서 코리아리뷰를 발행하던 허버트가 헤이그에 왔습니다."

김선명의 말은 세 사람에게 잠시 희망을 불어 넣었다.

"무슨 소식이라도 가지고 왔습니까?"

이준은 고종으로부터 온 소식인가 묻는 것이었다. 김선명은 고개를 저었다.

"한국대표의 참석을 위해 힘을 써볼 요량으로 스스로 온 것입니다."

"아, 그분의 도움으로 참석할 수 있다면!! 그렇게만 된다면!!"

이상설도 이준도 상기된 표정이었다. 그러나 허버트의 노력도 결과를 얻지 못했다. 허버트가 실패하자 세 사람은 크게 위축되었다. 그래도 희망을 버리지 않는 사람은 허버트였다. 여기저기 말을 넣어 보고 사람을 만나러 다녔다. 이위종은 아무 상관도 없는 나라의 처지를 위해 애쓰고 있는 그의 모습에 가슴이 먹먹해졌다. 그가 보고 있는 건 기자 한 사람이 아니라 바로 양심이고 정의고 자비였다. 아무리 악한 세력이 판을 치는 세상이 되더라도 선은 결코 사라지지 않을 것이라는 믿음이 힘을 내게 했다.

이위종은 지푸라기라도 잡아볼 심산으로 회의장 근처를 맴돌았다. 기자인 듯한 한 사람이 이위종에게 다가와 말을 걸었다.

"한국에서 온 왕자 맞지요?"

왕자? 이위종은 헛웃음을 물었다.

"난 왕자가 아닙니다. 주러시아 대한제국 공사관의 2등 참사관일 뿐입니다."

그는 자신을 네델란드 신문사의 기자라고 소개했다.

"그런데 여기서 뭘 하십니까? 왜 이 평화회의에 파문을 던지려 하십니까? 여기서는 세계의 평화와 정의를 구현하려는 목적으로 조약을 맺게 됩니다."

기자는 이미 이위종 일행에 대해 주시하고 있었다고 말했다.

"우리가 이곳에 온 목적도 법과 정의를 찾기 위해서입니다. 일본이 강제한 1905년 조약은 조약이 아닙니다. 그것은 저희 황제의 허가를 받지 않은 채 체결된 하나의 협약일 뿐입니다. 이 조약은 무효입니다."

"일본은 힘이 있다는 걸 잊으셨군요."

"약소국의 희생은 어쩔 수 없다는 말입니까? 일본이 힘이 있기 때문에요? 그렇다면 당신들의 정의는 겉치레에 불과할 뿐이며 기독교 신앙은 위선일 뿐입니다. 왜 차라리 솔직하게 총, 칼이 당신들의 유일한 법전이며 강한 자는 처벌받지 않는다고 고백하지 못하는 겁니까?"

이위종은 자신도 모르는 새 목소리가 격해졌다. 격해진 목소리는 공허한 울림만 남겼다.

아, 이곳에서 정의와 법과 권리에 대해 말해봤자 무슨 소용이 있겠나?

이위종은 숙소에 돌아와 밤새 뒤척였다.

"네덜란드 신문사에서 일하고 있는 친구로부터 흥미로운 이야기를 들었는데 오늘 저녁에 함께 만나 보시지요."

이틀 후였다. 아침 일찍 찾아온 허버트가 하는 말은 뜻밖이었다.

"흥미로운 이야기라니요? 무슨 이야깁니까?"

"네덜란드 신문사의 윌리엄 스테드라는 친구가 만국평화회의를 계기로 개최된 국제협회에서 조선의 실상을 호소할 기회를 얻어내었습니다."

"공신력이 있는 회의입니까?"

"만국평화회의만이야 하겠습니까? 하지만 세계 언론인들에게 조선의 비통한 현실을 알릴 수 있으니 세계에 보도가 될 것이고 작은 효과나마 건질 수 있지 않겠습니까?"

윌리엄 스테드! 이틀 전에 만났던 바로 그 기자였다. 그날 나눈 이야기들이 7월 5일자에 대서특필되었다며 허버트가 만국평화회의보를 내밀었다. 스테드가 말은 그렇게 하면서도 속으로는 도울 궁리를 하고 있었던 거였다.

이위종은 조선의 현실을 호소하기 위해서라면 지푸라기라도 잡아야 한다는 간절한 마음으로 연설문을 수정 보완하였다. 밤새 다듬고 확인했다. 을사조약이 강제로 체결당한 경위와 일본의 침략상을 낱낱이 지적하여 폭로, 규탄하고 협조해 줄 것을 간곡하게 호소해야 했다.

7월 9일, 세 사람은 각국 기자단의 국제협회에 초청받았다. 이위종은 이 자리에서 코리아의 호소라는 제목으로 연설을 했다. 프랑스어로 했다. 기자단 사이에서는 즉석에서 만장일치로 한국을 동정한다는 결의문을 통과시켰다. 연설문 전문은 스테드에 의해 평화회의보에 게재되었다.

— 일본인들은 항상 큰 목소리로 얘기합니다. '우리는 조선에서 일본의 국익만을 추구하는 것이 아니라 모든 세계 문명인으로서의 일을 하는 것이며, 개방정책을 유지하며 모든 국가에 동등한 기회를 보장한다.' 고 말합니다. 그러나 러일전쟁 이후 그들은 변합니다. 놀랍게도, 원통하게도 그들은 모든 나라에 대한 정의롭고 평등한 기회 대신 추하게, 불의하게, 비인도적으로, 자기 욕심대로, 야만적인 정책을 펴기 시작했습니다. ……우의와 형제애를 말하면서 그

뒤통수를 치는, 강도보다도 더 비열한 짓이었습니다……. 조선인들은 아직 조직화되지 않았습니다. 그러나 그들은 저토록 무자비하고 비인도적인 일본 침략의 종말을 고하기 위하여 하나가 되어 가고 있습니다. 일본은 반일정신으로 무장한 2천만 조선인들을 모두 죽여 없애는 것이 쉽지 않다는 것을 깨닫게 될 것입니다…….

언론인들과 시민활동가들을 상대로 매우 깊은 인상을 남겼다는 평가가 나왔다. 감명을 받았다는 말도 들렸다. 각국 언론인은 물론 만국평화회의의 각국 대표들에 의해 각국 신문이 조선의 사정을 논하게 되었다. 조선에 대한 여론이 일어나는 기미가 보였다.

과연 성과가 있을까? 잠시 기대에 부풀어 보기도 했다.

그러나 그것으로 그만이었다. 뛰어 넘을 수 없는 한계가 있었다.

'사실, 만국평화회의라는 것도 속을 들여다보면 열강의 식민지 쟁탈전에 따르는 분규를 해결하기 위한 국제법 회의가 아닌가?'

이상설은 하늘을 보았다.

헤이그까지 달려와서 극동의 작은 나라, 조선의 미약함만 확인한 꼴이었다. 참담했다.

김선명이 엘리자베따가 많이 아프다는 말을 전해왔다. 떠나올 때 아내, 엘리자베따는 아픈 걸 참는 기색이었다. 줄곧 마음에 걸렸었다. 혹 이범진에게 무슨 수가 있을까 싶기도 하고 세 사람이 앞으로 해야 할 일도 의논할 필요가 있을 것 같았다. 이위종은 혼자 상트페테르부르크로 향했다. 활동비도 바닥이 난 상태였다.

"20일 전만 해도 희망을 품고 살아 있던 사람인데……."

상트페테르부르크에서 돌아온 이위종은 이준의 죽음 앞에서 바늘 구멍도 허락하지 않는 어둠을 보았다. 온몸의 피가 다 빠져나갔다고 느꼈다. 죽은 것은 조선이라는 생각이 머리를 치고 지나갔다.

"발견되었을 때는 이미 싸늘하게 식어 있었네."

허버트는 타살 쪽에 무게를 두는 눈치였다.

"그는 벌써 열흘 넘게 음식을 입에 대지 않았네."

이상설은 분을 참을 수 없어 스스로 죽은 것이라고 말했다. 그랬다. 그는 육신이 죽기 전에 이미 죽은 것이었다. 이위종은 따라 죽지 못하는 자신이 미웠다.

"약한 생각 말게. 우리라도 살아남아 할 일을 해야 할 것 아닌가?"

이상설은 의연하고자 애썼다.

"지금 죽지 못하는 우리도 실은 그와 함께 죽은 것일세. 앞으로 남은 삶은 자신의 것일 수 없을 터이니……."

언론인 김주명도 지금부터의 삶은 조국을 위해 바쳐야 하니 이준의 죽음과 다를 것 없는 것이라고 말하며 눈물을 훔쳤다.

이대로 주저앉을 수는 없었다. 이상설과 이위종은 영국을 거쳐 8월 1일 미국으로 향했다. 미국 대통령, 시어도어 루즈벨트를 만나 을사조약이 무효임을 알리고 도움을 요청하기 위해서였다. 그러나 루즈벨트는 이상설과 이위종을 만나주지 않았다. 이위종은 이상설과 함께 9월 1일 다시 헤이그로 돌아왔다. 파리, 런던, 베를린, 페테르부르크 등에서 구국연설회를 개최했다. 할 수 있는 한 무슨 일이든 찾아내 해야 했다. 한양에서는 이상설, 이준, 이위종에 대한 궐석재판이 열렸고 이상설 사형, 이준·이위종 무기징역형이 내려졌다. 구국연설회 후 이상설은 미국으로 향했고, 이위종은 러시아로 돌아왔다.

*

“일본이 헤이그 밀사 사건을 기화로 고종을 강제 퇴위시키고 말았다. 뿐이냐? 통감정치를 강화해나가고 있다. 이제 통감은 한국의 내정에 일일이 간섭할 수 있는 권한을 갖게 되었으니 일본에게 빌미만 주고만 꼴이다.”

이범진의 눈물은 피와 다르지 않았다. 어차피 일본의 마수는 기회를 노리고 있었던 것이라고 위로하는 이도 있었지만 헤이그 밀사 파견을 주도한 사람이 당신 아니냐고 힐난하는 이들도 적지 않았다. 심지어는 고종의 신임장까지 확인해 놓고도 고종은 관여하지 않았다던데, 이범진과 친러파들이 주도를 했다던데……. 하고 뒤에서 말하는 사람도 있었다.

“그깟 외교력이란 걸 믿었단 말입니까? 살길은 싸워서 얻는 것입니다. 그저 믿을 건 우리 의병들의 힘뿐입니다.”

이범윤은 은근히 이범진을 나약하다고 몰아세웠다.

일본은 1907년 8월에 순종의 강제 허락을 얻어 군대를 아주 해산해버렸다.

“아, 이제 목덜미가 사자의 입에 들어가고 말았구나. 이 일을 되돌리자면 얼마나 많은 피를 흘려야 할지…….”

이범윤의 격분은 굵은 눈물로 떨어졌다.

이범윤은 의병 조직을 확대하는 일에 바짝 매달렸다.

"의병들이여, 우리는 연해주 방면에서 함경도를 점하고 기세를 몰아쳐서 한양에 들어가야 한다."

이범윤의 외침은 의병들을 결속시켰다. 이범진도 더 이상 움츠리고만 있지 않았다. 재러 동포들과 함께 조선의 국권을 회복하고자 몸을 추슬렀다.

무력투쟁에 박차를 가하는 이범윤과 달리 최재형은 다른 일에 더 힘을 쏟았다. 국제 정세에 밝고 글이 높은 사람들을 수소문해 들이고 신문사를 세웠다. 표면적으로는 러시아인이 경영하는 신문사였다. 민족의식이 투철한 인사들을 초빙하여 일본의 통감정치를 공격하는 한편 의병을 조직하여 일본인을 몰아내는 데 힘써야 한다는 주장을 폈다.

또한 교육의 필요성을 강조하며 정교회와 학교 일에 바짝 매달렸다. 블라디보스토크에 학교를 세우고 유학생을 키우는 일에 투자를 아끼지 않았다. 이범윤의 눈에는 어긋나는 행동이었다.

"국제적 안목을 가졌다고는 하나 이해에 밝은 상인이 되어노니 손발이 맞지 않는구나."

이범윤은 그런 최재형을 못마땅하게 말하곤 했다. 충성심이 떨어지고 점점 거리감이 느껴진다는 불평이었다. 이위종이 보기에도 시간이 갈수록 최재형이 이범윤에게 고분고분하지 않았다. 표정에도 거부감이 자주 스쳤다.

최재형은 왜 직접적인 무장 투쟁을 주장하지 않을까? 뿐만 아니라 국내진공작전 말만 나오면 고개를 돌린다. 왜 그럴까?

이범윤의 의욕이 무모하다 여기고 있음이 분명했다.

"연해주 의병의 수는 뻔한 것 아닌가? 힘을 쓰기에는 역부족이지. 의병을 움직이는 일은 국내에서 의병활동이 전개되기를 기다릴 필요가 있네. 그리고 일이 이 지경이면 의병만으로는 아무것도 되찾을 수 없을 것이야. 총체적인 대응이 필요하다 이 말이지."

그것이 최재형의 생각이었다. 이범윤의 공격명령에도 움직이지 않았다. 최재형을 못마땅해 하는 이범윤과 고집을 꺾지 않는 최재형 사이에서 이위종은 난처했다. 난처하기는 이범진도 마찬가지였다.

"누가 마음에 안 맞아서 신문이나 교육 사업에 힘을 쏟는 것이 아닐세. 누차 말했듯이 어디까지나 내 판단이고 소신일세."

이위종은 최재형의 생각에 동조하고 싶었지만 이범윤의 뜻을 거스를 수도 없는 노릇이었다. 무엇보다 이범윤의 애국심이 결코 사심이 없다는 것을, 목숨을 아끼지 않는 절절한 것임을 누구보다 잘 알고 있었다.

군대해산 후 러시아로 건너온 군인들과 연해주로 이동한 의병세력들이 이범윤을 찾아와 의병봉기를 요청하였다. 병사들의 수가 많아진 것은 곧 현실적인 문제를 불러왔다. 먹고 자고 활동하려면 막대한 자금이 필요했다.

최재형이 힘을 모아 보자고 스스로 이범진을 찾아와 머리를 맞댔다. 최재형이 때를 기다려보자 하던 것이 이런 것이었나 싶기도 했다. 최재형은 거부인 최봉준과 박알렉산드르 엄인섭 등을 끌어들였다. 재러 한인들은 빈손으로 건너온 그들을 위해 모금한 돈, 6천 루블을 내놓았다. 그들의 합류로 한동안 소원했던 이범윤과 최재형의 관계는 다시 제자리를 찾은 듯 보였다. 최재형이 기부한 1만 루블은 당장 활기를 불어넣었다.

이범윤도 가만있지만은 않았다. 러일전쟁 당시 자신의 상관이었던 아니시모프 장군을 찾아가 무기를 제공해 줄 것을 요청했다. 이범진도 러시아에 도움을 요청했지만 러시아 당국은 평화협정을 들어 거절했다.

그래도 사기는 꺾이지 않았다. 동포들의 도움으로 전직 조선 정규군과 의병들이 주축이 되어 국내진공작전의 행동계획을 진행하게 된 것은 희망이었다.

결국 이범윤이 부총재가 되고
총장에 최재형, 회장 이위종, 부회장 엄인섭, 서기 백규삼, 평의원을 발기인 전부로 구성하였다

9
동의회

1908년 봄, 이위종은 상트페테르부르크에 머물고 있었다.

이범진은 정원을 내다보고 선 채로 천천히 입을 열었다.

"형제들이 서로 다툼만 일삼자 아버지가 죽기 전에 싸리나무를 꺾어오게 했다는 옛날이야기 들어봤느냐? 하나씩 꺾어보라 하다가 나중에는 한꺼번에 꺾어보라고 했다는."

책상 앞으로 가려다 돌아서서 이위종에게 다가오는 이범진의 손에 서신으로 보이는 종이가 구겨져 있었다. 어제 저녁 블라디보스토크에서 온 사람이 가져온 이범윤의 서신인 듯싶었다.

"뜬금없이 왜 그 이야기를요? 서로 힘을 합치면 살 수 있고 나뉘면 힘을 쓸 수 없다고요?"

"너도 짐작하고 있었겠지만 네 숙부가 최재형을 달가워하지 않는다. 갈등이 점점 심해지고 있구나."

"아니 두 분 사이가 또 벌어졌나요? 한동안 잘 지내시더니만."

"이성적으로야 잘 지내고 싶겠지. 허지만 네 숙부나 그 휘하들은

반상의 법도가 뼈에 밴 인사들이 아니더냐? 재러 한인들은 바닥에서 일어선 사람들이고. 사사건건 어긋나는 모양이다."

"지금 합심해도 치욕을 씻고 국권을 찾기 힘든 판인데……."

"아무래도 뜻을 모아 단체를 만들어야 할 것 같다. 조직 속에서 묶여야 제대로 힘을 쓸 수 있을 테니 말이다. 네가 먼저 블라디보스토크로 가서 최재형과 일을 추진해 보면 좋겠구나."

"최재형과요?"

"왜? 너도 그가 노비 출신이라고 달리 보는 것이냐? 네 숙부보다 일을 추진하는 데 더 적합한 인물이다. 연해주 일대에서 그만한 인물을 찾기가 어디 쉬운 줄 아느냐? 그리고 지금 러시아 당국에서는 조선인 의병문제로 의논이 분분하다. 의병이 어디 싸움만 잘 하면 그만이더냐? 최재형이 나서 주어야 재러 동포들을 규합하는 문제는 물론 러시아 당국과의 충돌을 최소화할 수 있을 게다."

"그런 것이 아니라, 들은 말이 있어서요."

"들은 말이라니? 무슨 말이 돌더냐?"

"하바롭스크 시계공장에서 누가 최재형 이야기를 하길래요."

"음, 그 유럽통이라는 안드레아 말이로구나. 내가 모르는 이야기가 있더냐?"

"유럽에 있는 시계공장을 최재형에게 인수하라고 제의를 한 모양이던데 답을 했는지는 모르겠어요."

"사업 수완이 뛰어난 자니 알아서 하겠지. 그게 뭐 어때서?"

"단순한 사업이 아니라 러시아를 떠날 생각이 있는 거 아닌가 싶어서요."

"러시아를 떠나?"

"한 번쯤 생각해 보지 않았겠습니까? 아마도 벌어놓은 재산을 가지고 다른 곳에 가서 제 식구 간수하며 살고 싶은 마음이 굴뚝같을 것입니다."

"그럴 수도 있겠지. 보통 사람의 생각이 그럴 것이고. 하지만 내가 아는 한 최재형은 그럴 사람이 아니다. 그 정도 생각에 머물 리도 없고."

"저도 어떤 양반이 받은 교육보다 더 실질적인 교육을 받았을 거라고 생각은 합니다만 그 일을 추진하는 이가 니콜라이라고 그와 아주 가까이 지내는 터라서요."

"공연한 의심은 실수를 낳는 법이다."

"저도 그 사람을 믿고 싶습니다. 일을 그르치지 않도록 각별히 유의하겠습니다."

"네 장인, 노리겐 남작과 함께 가도록 해라."

이범진은 1만 루블을 내어주었다. 노리겐 남작은 기다리고 있었던 것처럼 길을 잡았다. 이범진과 미리 의논이 있었던 듯싶었다.

*

"노리겐 남작님!"

이위종은 러시아 국경수비대를 방문했을 때 그들의 당황하는 모습을 보고 이범진의 의중을 읽을 수 있었다. 수비대장은 노리겐 남작과 선후배 사이였고 기대 이상의 호의를 보였다.

"앞으로 동쪽과 북쪽의 변경지역, 압록강과 두만강 상류의 삼림지대에서 유혈 드라마가 왕성하게 전개되리라 추측됩니다. 어떻게 대처하는 것이 좋을지 판단이 서질 않아 외무부의 지침을 청해둔 상태입니다."

러시아 국경 대표부는 노리겐 남작에게 자신들의 어려움을 토로했다. 조선인들의 의병활동을 금해야 하나 말아야 하나 고심하는 중이라는 것이었다. 노리겐 남작은 스웨덴 주재 러시아 대사를 지낸 외교관 출신이었으므로 국제적 이해관계가 얽힌 일에 남다른 식견이 있을 것이라 믿는 듯했다.

"우리도 일본이 밉기는 마찬가집니다, 그러나 입장이 있으니 이해해 주십시오. 최대한 조선인들을 배려하겠습니다."

국경수비대장은 일본의 항의가 없는 한 의병활동을 묵인하겠노라 말했다. 노리겐 남작이 동료들 사이에서 신망이 두텁다는 말을 들어오기는 했지만 눈으로 확인하기는 처음이었다. 이위종을 대하는 태도도 눈에 띄게 달랐다. 노리겐 남작을 통해 쉽게 구할 수 없는 최신형 무기도 몇 정 구입할 수 있었다. 이범진의 계산이 적중한 셈이었다. 그런 배경들로 인해 재러 동포들 사이에서 이위종의 존재가 부각되었다.

이준의 분사로 격앙되었던 재러 동포들이 군대해산이라는 현실 앞에서 결사항전을 다짐했다. 체계적이고 효율적인 활동을 하자면 단체를 조직하는 일이 필요하다는 이범진의 뜻에 이범윤과 최재형 모두 공감했다. 의병활동보다는 신문을 발간하여 민족의식을 고취시키고 교육을 통해 국권과 민권을 찾는 일부터 해야 한다고 주장하던 최재형과 의병활동이 우선이라던 이범윤이 발을 맞추었다. 동의회 조직이 빨라졌다.

지운경 장봉한 전제익 이범윤 이승호 이군포 최재형 엄인섭 안중근 백규삼 강의관 김길용 조순서 장봉금 백준성 김치여 등이 발기인에 이름을 올렸다.

최재형의 집에서 회의를 시작했다.

"슬프다, 우리 해외 동포여, 내지 동포들은 몸을 희생 삼아 탄환을 무릅쓰고 생명으로써 국가를 보존하고자 하거니와 우리 해외 동포는 무엇으로써 조국의 강토를 보존하고 동포를 구제하리오."

최재형이 회의 시작에 앞서 간곡한 어조로 심정을 토로했다.

"외교권을 빼앗긴 것만으로도 숨을 쉴 수 없는 지경에 이르렀거늘 이제 군대마저 저 일본국에 의해 강제로 해산되었으니 조국의 운명이 바람 앞에 등불이로다."

이범윤의 절절한 목소리가 사람들의 심금을 울렸다.

— 주역에 이르기를 두 사람만이 동심하여도 그 날카로움이 쇠를 끊는다 하고 춘추전에 말하기를 여러 마음이 합하면 성을 쌓는다 하였으며 서양 정치가도 항상 말하기를 나는 대포도 겁나지 않으나 다만 두렵고 겁나는 것은 중심이 합하여 단체된 것이라 하였으니……. 우리 동지동포는 아무쪼록 우리 사정을 생각하고 단체 일심이 되어 국권을 회복하도록 진심갈력 할지어다.

이위종이 이범진의 당부가 담긴 서신을 읽자 여기저기서 호응하는 말들이 쏟아져 나왔다.

"이제 족보가 있어 양반이 아닙니다. 양반이라는 말이 껄끄럽고 딱히 적당한 말이 아닐지 모르지만 그저 아는 말로 뜻을 통하기 위해 말하자면 이제 이 젊은이처럼 세계 문물을 읽을 줄 아는 사람이 양반일 것입니다."

최재형이 이위종을 추켜세웠다.

"아, 거 헤이그 밀사 사건 때도 서양 여러 나라 말로 번역하느라 밤낮으로 애쓰지 않았던감."

"그 국제 뭔 회의에 나가서 서양말로 연설을 해서 기자들을 감동시키고 여러 나라 신문에 일본의 만행을 알렸다 하지 않았나?"

헤이그 밀사 사건을 입에 담는 사람들도 있었다.

부총재 투표 결과가 공개되었다. 이위종은 당황했다. 부총재에 뽑히다니! 이범윤이 강력한 세력이었음에도 불구하고 자신이 부총재에 당선된 것이 믿기지 않았다. 이범윤은 1표 차이로 차점자가 되었다. 이범진의 명성과 러시아의 지원을 기대하는 세력들의 기대감이 작용했기 때문인 듯싶었다. 핵심세력이었던 이범윤의 반발은 예상보다 훨씬 심했다.

"내가 강동에 건너와서 국사를 위하여 진력한 지 수 년이 되었는데 명성도 없고, 나이 어린 조카 이위종에게 미치지 못한다니 견딜 수 없다."

화가 난 이범윤은 의석을 박차고 나가버렸다. 직속되어 있는 자들도 동요하는 빛이었다. 다만 구체적으로 어찌 해야 할지를 몰라 우왕좌왕하였다. 이위종은 얼른 나가서 부총재의 당선을 사양했다.

결국 이범윤이 부총재가 되고 총장에 최재형, 회장 이위종, 부회장 엄인섭, 서기 백규삼, 평의원을 발기인 전부로 구성하였다.

최재형은 동의회의 군자금으로 1만 3000루블이라는 거금을 기부했다. 이위종은 이범진이 준 1만 루블을 내어놓았다. 수청지방에서도 6000루블이 모금되었다. 각지로부터 권총도 100정이 수집되었다.

"시작이 이만하면~"

회의를 마치고 돌아서는 말들이 동의회에 자못 기대를 거는 듯싶었다.

부총재를 사양하고 이범윤의 마음을 위로하기 위해 쩔쩔매야 했던 시간들이 마음을 짓눌렀다. 두통을 몰고 왔다. 걷고 달리고 물구나무도 서보고 하였지만 아무래도 마음이 편치 않았다. 이위종은 최재형의 집으로 걸음을 옮겼다.

최운학이 반갑게 맞아 주었다. 최운학은 이위종보다 나이가 호적으로는 서너 살 많았다. 그러나 실제로는 1884년 1월생이라는 걸 알고 최운학은 이위종을 친구로 대했다. 언제나 마음을 편하게 해주었다.

"나, 러시아 여자를 사랑하게 되었어. 포기가 안 돼. 아무래도 한바탕 홍역을 치러야 할 것 같아."

엘리자베따를 짝사랑하게 되었을 때도 속을 제일 먼저 털어놓았다. 어렵게 엘리자베따의 마음을 얻고도 결혼 이야기를 꺼낼 수 없었다. 명색이 왕족이라 러시아 여자와 국제결혼이라는 걸 할 수 있는 입장이 아니었다. 이범진은 물론, 완강한 이범윤이 허락할 리 없었다.

"결혼은 당자의 의사가 제일 중요한 거 아냐? 그 사랑이 진심이면 어떤 어려움도 극복해야지."

최운학의 말이 힘이 되었다. 처음 엘리자베따에게 접근할 때 그녀의 오빠와 먼저 친구가 되어보라고 꾀를 빌려 준 것도 최운학이었다.

여동생 베라도 집에 있었다. 최재형의 처 엘레나는 최재형보다 나이가 스물이나 작아 누님 같은 느낌이었다. 운학과 베라에게는 새어머니였는데도 사이가 좋아 보였다. 이곳이 남의 나라고 서로 돕지 않으면 살 수 없는 처지여서 문제가 있어도 불거지지 않는 걸지도 몰랐다.

갈 때마다 조선 음식을 대접받았다. 엘레나의 손맛이 달아 음식이 입에 맞았다.

저녁 시간이 지났는데 엘레나가 음식을 차려 내었다. 최운학이 겸상을 했다.

"관리 영감이 분을 못 이겨 난리를 쳤다며?"

"어휴, 아직도 식은땀이 날 지경이야."

"왜 아니겠나? 영감 성격에 그만하기 다행일세."

위로의 말을 건네며 먹는 시늉만 하는 것으로 보아 이미 저녁을 먹은 눈치였다. 최운학과는 그 누구보다 이야기가 잘 통했다. 아직 아기 티를 못 벗은 올가의 재롱이 귀여웠다. 그들이 사는 모습을 보고 있으면 마음이 푸근해졌다. 베라가 서고에 손님이 와 있다고 알려주었다.

"실은 관리 영감께서 와 계셔."

운학이 말했다.

"숙부님이?"

"두 분이 긴한 말씀이 있으신 모양이야. 만나면 껄끄러울 테니 우리는 우리끼리 방에서 이야기나 하지."

"아니, 찜찜한 채로 시간이 흐르면 감정이 남게 될 거야. 죽이 되든 밥이 되든 부딪쳐서 넘겨 볼 테야."

운학이 제 방으로 끌었지만 이위종은 서고가 있는 이층으로 올라갔다. 낮에 있었던 일 때문에 두 사람이 얼굴을 붉히고 있는 거 아닌가 싶어 은근히 마음이 쓰였다.

뜻밖에도 화기애애한 분위기였다.

두 사람 사이에 이범윤의 이름이 적힌 봉투가 고이 모셔져 있었다. 봉투를 바라보는 두 사람의 눈길에 울컥한 것이 느껴졌다.

"무슨 내용이 담겨 있길래 그리 소중히 여기십니까?"

이위종이 물었다.

"흠, 글쎄 조선에 갔다가 막 돌아온 김성배가 이걸 가지고 왔지 뭐냐."

이범윤의 말이나 표정 어디에도 억한 감정이라곤 보이지 않았다.

— 역시 화통하신 분이지. 우리 숙부님은.

이위종은 가슴이 확 뚫리는 느낌이었다.

— 오길 잘 했지, 안 그랬으면 밤새 잠은커녕 다리도 못 폈을 것이다.

"항일운동을 하려면 돈이 필요할 것이라며 뜻있는 사람들이 모금을 한 모양일세."

이범윤의 부족한 말을 최재형이 거들었다.

"아니, 그건 얼마 안 되는 돈이고. 이 큰 액수는 한 사람이 보낸 것이야. 자그마치 일만 루블이야, 일만 루블! 앞으로도 형편 닿는 대로 계속 보내겠노라는 약조까지 있다니까."

"그 사람이 누군지 아십니까?"

"서생 김풍월이라고 되어 있는데, 풍월은 아마 바람과 달을 뜻하는 것 같고 자신의 이름을 밝히지 않고 돈을 보낼 모양이야."

"일본의 식민지가 되는 것은 시간문제라는 위기감이 조선 내에 퍼지고 있다는 말이겠지요."

"이렇게 마음이 모아진다면 일이 한결 수월해지지 않겠느냐?"

이범윤은 한껏 부풀어 있었다. 김풍월이라는 사람이 항일운동의 중심인물로 자신을 지목하고 있다는 사실에 특히 기분이 좋아진 듯싶었다. 이위종은 성금보다 이범윤의 마음이 풀린 것과 두 사람의 화기애애한 분위기에 안도했다. 그런데 누굴까? 저 많은 돈을 가명으로 보낸 사람이? 봉투를 가지고 온 김성배는 알까? 궁금증이 꼬리를 물었다.

이범윤이 봉투를 품에 넣었다.

이범윤 쪽으로 의자를 끌어당겨 앉았다. 최재형과 머리를 맞대고 작성하던 글이 눈에 들어왔다.

"동의회가 발족 되었으니 5월 10일 해조신문에 동의회 취지서를 내보낼까 하네. 내외에 알리기 위해 글을 작성하고 있는 중이네. 자네도 좀 보게."

최재형이 여기 저기 수정한 글들을 내밀었다.

한두 사람이 쓴 것 같지 않았다. 필체가 제각각이었다. 하지만 한 마음 한 목소리였다. 구절구절 슬픔은 한가지였다.

……국가라 하는 것은 곧 자기 부모와 같이 자기 몸을 생산할뿐더러 자기의 부모형제와 자기의 조상 이상으로 기백 대 기천 년을 자기까지 혈통으로 전래하면서 생산하고 매장하던 땅이오. 국가에 대한 책임은 사람마다 생겨날 때에 이미 두 어깨에 메고 나는 것이라…….

이어지는 글은 이범윤의 글이 분명했다.

……눈 비 오고 궂은 날과 달 밝고 서리 찬 밤 조국 생각 간절하여 새소리를 들어도 한숨짓고 꽃을 보아도 눈물이오…….

동의회 총장 최재형, 부총장 이범윤, 회장 이위종, 부회장 엄인섭 등의 이름이 마지막에 있었다.

문맥이 어색한 곳을 손질하고 돌아보니 아리랑~ 아리랑~ 두 사람이 보드카 잔을 주고받으며 아리랑을 뽑아 올리기 시작했다.

천한 것이 돈푼이나 만지게 되었다고 양반 앞에서 거들먹거린다며 날을 세우던 이범윤의 모습은 보이지 않았다. 내가 나 어린 조카놈에게 뒤지다니, 하고 분통을 터뜨리던 모습도 보이지 않았다.

다정한 형제처럼 최재형의 어깨를 끌어안고 아리랑을 부르는 이범윤의 모습이 푸근했다. 아, 김풍월도 듣고 있을까? 보이지 않는 김풍월도 아리랑에 어깨를 걸고 들썩거릴 것만 같았다. 운학과 베라도 올라왔다. 엘레나도 소리를 보탰다. 가슴에 뭉클한 것이 솟구쳤다.

【 8연발 브라우닝식 권총이면 좋을 듯합니다. 안중근이 구체적으로 의사를 밝혔다 】

10
의병운동의 전투기지

"무엇보다 중요한 일이 무기구입입니다."

김수로, 한기수 등 지도부 인사들은 이범윤을 만나면 무기 걱정부터 했다. 의병 부대가 형성되었으니 이제 제대로 무장하고 훈련해야 하지 않겠느냐는 말이었다. 이미 연해주는 의병운동의 전투기지가 되어 가고 있었다.

"그동안 확보한 무기로는 늘어난 의병을 지원할 수 없어요."

"무기 확보가 승패를 가를 것입니다."

"얀치헤에는 쿤스트 앤드 알베르스라는 총기판매 지점이 설치되어 있으니 돈만 있으면 총기를 구입할 수 있습니다."

한기수의 말은 이범진의 도움을 받을 수 없겠느냐는 뜻을 담고 있었다. 하지만 이범윤은 이범진의 도움을 벌써 수차례, 과하게 받아온 터라 더 이상 부담을 줄 상황이 아니라며 고개를 저었다.

"마적의 습격에 대비해 민간인의 총기 소유를 인정하고 있기는 하지만 러시아 당국이 훤히 꿰고 있으니 총기상에서의 다량구매는 곤란합니다. 러시아는 일본의 심기를 건드리지 않으려는 입장이니까요. 우리 쪽에서 조심해야지요."

엄인섭이 사람들을 둘러보며 말했다.

"어찌하면 좋겠소?"

한기수가 엄인섭을 향해 물었다.

"무기를 보다 효율적으로 구입하기 위해서는 러시아 군인들을 통하는 것이 가장 좋다고 생각합니다."

"얀치헤에 있는 러시아군 기병대말이오?"

"예, 마침 제 6연대가 주둔하고 있으니……."

엄인섭이 말을 아끼며 최재형을 보았다. 더 이상은 자신이 할 말이 아니니 말을 넘기겠다는 뜻이었다.

최재형은 이범윤 휘하의 기대가 자신을 향하고 있다는 것을 알면서도 확실한 답을 낼 수 없었다. 큰돈 드는 일을 섣불리 말했다가 뒷감당을 못하게 되면 어쩌나 하는 걱정 때문이었다. 벌써 몇 년째 의병의 뒤를 봐주고 있었다. 동의회의 운영, 활동에 드는 비용은 물론 무기와 피복의 구입, 생활비까지도 감당하고 있는 형편이었다. 돈이 계속 들어오고 사업도 꾸준했지만 한 번으로 끝날 일이 아니니 샘이 마르지 않도록 하는 일이 중요했다. 최근에는 버터 제조와 얀치헤에서 동부 시베리아 지역 제 6연대에 소고기를 납품하는 일이 가장 짭짤한 수입원이었다. 한 달에 소 150두 분량이 들어가고 있었고 그로인한 수입은 약 9만 루블 정도였다. 하지만 언제 중단될지 아무도 모를 일이었다. 슬라비얀카에서 운영하고 있는 병영 건축과 기와 제조업 역시 큰돈이기는 했지만 러시아인들로부터 끊임없는 견제를 받고 있었다. 얀치헤에서 일 년에 수금되는 2000 ~

3000루블과 블라디보스토크에서 페킨스카야 거리의 건물 임대료로 받고 있는 3000루블이 그중 믿을 수 있는 돈이었다. 하지만 귀화했다고는 해도 엄연히 남의 땅이었다. 언제 끊길지 모르는 수입원이었다. 다른 돈줄이 있어야 했다. 그리고 모금으로도 어느 정도 충당해야 장래를 위한 샘도 보존하고 합심과 참여도 끌어낼 것이었다.

"러시아 군인들을 통해 알아보겠습니다. 대량으로 구입하자면 그들의 도움을 받을 수밖에 없으니까요."

"최 회장이 러시아인들과 친분을 쌓아 둔 덕을 우리 의병들이 톡톡히 보고 있습니다. 고마운 일입니다."

한기수가 말했다. 보통 때 같으면 그들 앞에서 러시아 군인들과의 친분은 입에 담기 어려운 일이었다. 이범윤 휘하 의병들의 상당수가 러시아로 귀화한 조선인들에게 곱지 않은 시선을 보냈고 친일이나 천러나 다 매한가지 아니냐는 분위기였다. 이위종이 러시아 여자와 혼인한 것을 두고도 말들이 많았다. 이범진의 애국심에까지 흠집을 내곤 했다. 그러나 이번에는 한기수의 말에 아무도 다른 말을 달지 않았다. 진심으로 다행이라 여기는 눈치였다.

총기 구입이 계획대로 진행되었다. 최재형은 대량 구입이어서 신중을 기했다. 찌모페이와 니콜라이의 도움이 컸다.

"최재형에 대한 러시아인들의 신뢰가 큰 힘이 되었습니다. 무기를 구입하는 일이 쉬웠을 뿐 아니라 총기들의 성능도 좋습니다."

이범윤이 이범진을 돌아보며 든든한 표정으로 말했다.

"그것 보게, 두 사람이 힘을 합치니 두 배가 아니라 스무 배 서른

배로 힘을 쓰지 않는가 말이야."

이범진도 모처럼 밝게 웃었다.

의병이 여기저기서 성공을 거두었다. 특히 회령에서의 전투는 의병들의 사기를 한껏 끌어올렸다. 의병들은 최재형이 공급한 좋은 무기 덕이기도 하고 이범윤의 조직적인 훈련과 지도력 때문이라고 두 사람에게 공을 돌렸다.

"이번에는 회령에서 이삼 십 베르스타 떨어진 운성산 지역에서 공격을 감행할 것이라네."

"훈련도 독하게 받았겠다 성능 좋은 총도 확보했겠다 두려울 것 없지."

의병들의 사기가 높았다.

"곤색 바지에 흰 셔츠와 머리띠를 두르기로 하세."

"그럼세. 복장을 통일하면 마음도 뭉치기 쉬울 걸세."

의병들은 복장을 통일하면 단합과 승리에 도움이 될 것이라며 복장에까지 신경을 썼다.

"탄약과 무기들은 세 대의 수레에 나눠 싣는 게 좋겠네. 조선으로 잠입할 때까지 삼교대로 나눠서 운반하기로 하세."

수레도 꼼꼼히 정비했다. 탄약과 무기는 바로 목숨이었다. 누구에게 빼앗겨서도 안 되고 잃어서도 안 되는 소중한 것이었다. 동선은 물론 거리와 간격까지 세밀하게 짠 다음 출발했다. 김수로가 이끄는 백 명 정도의 부대였다. 그들은 조선 내의 의병들과 합세하기로 되어 있었다. 그들의 잠입을 위해 지형에 밝은 재러 의병들은 위장 작전을 펴기로 했다. 최재형은 직접 앞에서 지휘했다.

크라스노예 셀로세관 초소 지역 내에 있는 포드고르나야 마을 주변에 일본군이 주둔하고 있었다. 최재형은 이삼 십 명의 의병을 보내 자작나무 숲 쪽으로 일본군을 유인케 했다. 그리고 기다렸다.

매복에 걸린 일본군 중대는 엄청난 피해를 입었다. 일본군 사망은 64명이었으나 최재형이 이끄는 의병은 4명의 부상자가 났을 뿐 사망자는 없었다. 최재형이 공격하고 있는 틈을 타 김수로의 부대는 무사히 함경도로 진입했다. 작전은 대성공이었다.

이틀 후에는 또 부령읍 인근의 배상봉에서 일본군들을 좁은 분지로 몰아넣고 거의 몰살시켰다. 의병은 1명이 부상을 입었을 뿐이었다. 통쾌한 승리였다.

최재형이 블라디보스토크로 떠난 후에도 이범윤은 남아 국경을 넘나들며 일본군을 섬멸했다. 승전보가 이어졌다.

*

그러나 승전보는 강력한 반전을 예고했다. 의병의 움직임이 활발해지자 일본군은 러시아 당국을 압박했다.

"두 걸음 전진을 위해 한 걸음 물러난다는 말도 있지 않나? 일단 뒤로 빠지는 수밖에……."

노비코프가 조심스레 말했다.

러시아 당국은 바짝 긴장하고 한인들의 움직임을 주시하고 있었다. 특히 일본이 경계하고 있는 몇몇 인사들을 얀치헤에서 추방하려고 들었다. 그리고 포시에트 경찰서장에게 지시가 내려왔다. 최재형을 소환하여 러시아 공민으로서 한인 애국자들의 활동에 개입하지 말라고 설명하라고.

최재형은 재러 한인들을 둘러싼 상황이 좋지 않다는 것을 이범윤 쪽에서 이해해 주기를 바랐다. 부관인 박장출에게도 설명했다. 일단 한 발 물러서서 상황을 보자고 발했지만 승전보에 들뜬 이범윤과 휘하의 의병들은 재러 한인들의 어려움에는 눈도 꿈적하지 않았다. 그 정도야 각오한 일 아니냐는 반응이었다. 목숨 내걸고 싸우는 우리에게 그런 하소연을 할 수 있는 거냐고 되묻기도 했다.

의병 지원자들을 모집하러 떠났던 이범윤의 부하 한기수와 박도주가 간도에서 의병지원자들과 함께 돌아왔다. 대대적인 활약을 준비하고 있다는 소리였다. 이범윤의 스승까지 찾아 모시고 왔다. 간도지역에 임무를 받고 파견되었을 때 이범윤에게 많은 가르침을 준 노인이라 했다. 돌아오면서 노인을 만났다고 했지만 실은 이범윤의 부탁으로 찾아내어 함께 온 듯싶었다. 몸이 단단해 보이고 눈매가 매서웠다. 이범윤은 몇 번이나 그의 지략 덕분에 어려운 고비를 넘긴 적이 있었다고 말했다.

"관리 영감의 스승께서 먼 길을 오셨는데 오늘은 우리가 저녁이라도 대접해 드려야 하지 않겠나?"

최재형은 김기룡의 집에서 노인의 저녁을 대접하면 좋겠다는 뜻을 비쳤다.

"아, 당연히 그래야지요. 엘레나의 몸이 좋지 않은데 최 회장 댁에서 할 수는 없지요."

김기룡은 흔쾌히 대답했다. 김기룡은 버터 공장 바로 옆에 거처하고 있었다. 김기룡의 처가 버터 공장의 중요한 일들을 책임지고 있었고 이범윤 휘하의 의병들 중 일부가 짬짬이 버터 공장 일을 도왔으므로 김기룡 부부는 누구보다 그들과 가까이 지내는 터였다. 그들이 앞장서서 버터 공장 빈터에 식탁을 차렸다. 버터 공장에서 일하는 동포들도 함께했다. 아껴두었던 동동주가 나왔고 지글지글, 전을 부치는 손길이 분주해졌다. 통돼지 구이까지 등장했다.

"진즉 이런 자리를 한 번 마련했어야 할 것을……."

김기룡이 말했다.

"노인 덕에 계획에도 없던 단합대회까지 하게 되었습니다. 그려."

한기수가 술잔을 맞대며 호방하게 웃었다.

"일본군들의 자금과 무기가 열흘 후에 압록강을 건널 것이라 하네. 동포들의 모금도 한계에 이른 것 같은데 이참에 우리가 접수하세."

이범윤은 자신감을 내보였다. 새로 합세한 의병의 수가 적지 않았고 애국심에 불타는 청장년이 많아 힘이 나는 듯싶었다.

"지난번에도 말씀드렸다시피 지금은 일본군을 상대로 작전을 펴는 것은 곤란합니다. 시기적으로 좋지 않습니다."

최재형은 모처럼의 분위기를 깨고 싶지 않았다. 그러나 그건 안 될 일이었다.

"러시아 정부는 일본군 진출의 빌미가 될 수 있다는 이유에서 연해주 거주 한인을 부담스러워하고 있습니다. 의병의 승전이 이어지면서 러시아 당국은 신경이 바짝 곤두서 있습니다. 이위종에게까지 감시가 붙는 판인 걸요."

김기룡이 거들고 나섰다.

"우리에게 좋은 시기가 언제겠나? 우리가 그런 걸 따질 처진가?"

노인이 아랫것을 나무라듯 말했다. 부리부리한 눈매며 호통이 영락없는 양반이었다.

"그렇기는 하지만 힘겹게 이 땅에 뿌리를 내린 재러 한인들이 무슨 일을 당할지 모릅니다. 그리고 제가 사업상 일이 생겨서 하바롭스크에 다녀와야 합니다."

최재형이 다시 한 번 강조했지만 의병들은 건성이었다.

"천천히 다녀오시게. 작전은 우리끼리 진행할 터이니."

이범윤은 뜻을 꺾을 생각이 없었다. 이만큼 말해서 안 될 일이라면 더 말할 것 없다 싶었다. 후폭풍이 만만치 않을 것이었다.

"김성배라는 사람이 서신을 두고 갔습니다."

부관 박장출이 이범윤에게 다가와 서신을 내밀었다.

"아, 김성배가 왔던가?"

이범윤의 표정이 확 밝아졌다.

"김성배? 들어 본 듯한 이름인데……. 잘 아는 사인가?"

노인이 기억을 더듬느라 미간을 찡그렸다.

"김풍월이라는 인사가 그를 통해 제게 자금을 보낸 적이 있습니다."

"뭐야? 김풍월? 아니, 그자를 자네가 알고 있던가?"

"본 적이야 없지만 고마운 사람입니다."

"이런, 이런 그자가 어찌……. 김풍월, 그자는 인간 말종 중에 말종인 것을."

"예에? 그 무슨 말씀이신지?"

"그자는 소문난 파락호야. 본디 양반 가문이라더군. 헌데 노름판을 돌면서 개차반으로 살아가고 있지. 그자가 돈을 따도 문제, 돈을 잃어도 골치라는 게야."

"돈을 잃어도 골치라고요?"

"돈을 잃으면 고이 물러서는 것이 아니라니까 말이지. 패거리들을 몰고 다니면서 잃은 돈은 물론 다른 돈까지 훑어간다는 거야."

"저런, 고약한……. 헌데 일본이 조선을 꿀꺽 삼킬 위기에 처했으니 의병운동에 쓰십시오, 하면서 돈을 보내는 자가 그자일 리가 있겠습니까? 아닐 것입니다."

"허어, 그건 그런데 풍월이란 이름이 흔치 않으니. 아, 그러고 보니 김성배가 바로 조선에서 오는 그자의 이름이었구먼."

"생각이 나십니까?"

"간도 지방의 의병들에게 약재며 의복을 구해다 주곤 하는 그 사람이 바로 김성배라는 이름이었지 싶어. 무기는 못 구하지만 생필품이라도 구해다 주마, 하더니 벌써 두어 번 왔었지 아마? 맞아 그 자의 이름이 김성배였어."

"그렇다면 그도 김풍월이 보낸 것이겠군요. 그런 자가 파락호일 리 없지요. 동명이인일까요?"

"말이 앞뒤가 안 맞기는 하네만……."

노인은 미심쩍은 마음을 떨쳐버리려는 듯 고개를 몇 번 흔들어보였다. 그러고도 연신 갸웃거리며 술잔을 비웠다. 이범윤은 공연한 말을 들어 마음만 심란해졌다는 표정이었다.

김기룡이 최재형 앞에 막 불에서 꺼낸 해물전을 가져다 놓았다. 최재형은 접시를 노인 앞으로 밀었다.

"흠, 자네 부친이 함경도 경원에서 왔다고 했던가?"

"예. 그렇습니다."

최재형은 이 노인이 왜 아버지 이야기는 들먹이나, 신경이 쓰이면서도 어쩌면 그 돈이 정말 그 파락호의 돈이라면? 하는 생각에 붙들려 답은 건성이었다. 정말 파락호의 돈이라면 이범윤은 그 돈을 어찌 할까? 몹쓸 돈이라고 팽개칠까? 아니면 그래도 애국과 의병운동이라는 더 높은 가치를 위해 귀히 여길까? 앞으로도 계속 그가 보내오는 돈을 받을까?

"젊었을 때, 그곳에 연이 있어서 자주 갔었네."

"아, 예."

노인은 꼭 하고 싶은 말이 있는지 술잔까지 채워주며 바짝 다가앉았다.

"내 절친한 벗이 그곳에 관직을 받아 간 적이 있었거든. 해서 자주 가다보니 알고 지내는 얼굴들이 꽤 있었네. 이제는 다 흘러간 사람들이지. 기억조차 가물가물 하네만 그래도 설매라는 기생만은 아직도 생생하네. 미색도 미색이지만 글재주가 제법이었지. 설매의 미색에 취해 경원 땅에 드나들던 선비들이 꽤 있었네. 나도 그중 하나였다고 해얄까? 허어, 그땐 나도 젊었다네."

체통과 위엄으로 허리를 세우고 있던 노인이 조금씩 기울었다.

"아이고, 스승님 이제 그만 들어가 쉬시지요. 먼 길 오시느라 고단하실 텐데."

이범윤이 혹 무슨 실수라도 할까 염려가 되는지 노인을 부축해 일으켰다.

왜 내 앞에서 느닷없이 기생이야기를 꺼낸단 말인가? 저 노인이 혹 내 어머니가 기생이었다는 이야기를 어디서 들은 것일까? 설매라고? 네 어머니의 기명이 설매 아니었느냐고 묻고 있는 것이었던가? 아니면 아비는 노비고 어미는 기생이었던 천출 주제에 어디 양반 앞에서 고개 빳빳이 들고 의견을 내느냐고 비아냥거리고 있는 것인가?

최재형은 슬그머니 부아가 치밀었다. 자리를 파하고 일어서는데 이위종이 따라 나왔다. 이위종은 자신을 두고 러시아 당국에서 말이 많다는 것을 잘 알고 있었다. 잠잠해지면 다시 오더라도 일단 상트페테르부르크로 돌아갈 것이라 했다.

"하바롭스크로 갈 것이면 함께 가시지요."

"마음이야 굴뚝같지만 당장이야 어찌 가겠나? 러시아 관원들의 동정도 좀 더 살펴야 할 것 같고 마무리해야 할 일도 한둘이 아닐세. 그리고 관리 영감이 끝내 고집을 꺾지 않으면 도울 수밖에."

최재형은 러시아 당국에서 곧 모종의 조치가 있을 것이라는 생각이 들었다. 문제가 발생하면 해결할 사람이 달리 없었다. 재러 동포들 사이에서 구심점이 되어주어야 했다.

이범윤은 김기룡에게 노인이 당분간 그의 집에서 기거할 수 없겠는가 물었다. 부탁한다고 말했지만 명령에 가까웠다. 당자인 김기룡은 노인을 잘 모시겠노라고 흔쾌히 대답했다. 그러나 일각에서는 이범윤이 노스승까지 데려온 것은 염치없는 일이 아니냐는 소리가 나왔다. 분위기를 간파한 이위종이 상트페테르부르크로 모시고 가겠노라고 했지만 이범윤은 노인에게 너무 먼 길이고 꼭 자신이 모시고 싶다며 고집을 부렸다.

이범윤은 일본군을 기습하여 팔십 명이 넘게 사살하는 전과를 올렸으나 무기와 자금은 확보하지 못했다. 일본군의 계획이 갑자기 변경되어 그들이 운반하는 것은 단순한 생필품뿐이었다.

일본군의 경계가 한층 강화되어 이어진 전투에서는 계속 패했다.

사상자가 늘고 사기도 떨어졌다. 여름이라 그나마 다행이었다. 추위로 인한 피해까지 입었다면 재정비하기도 쉽지 않았을 것이었다.

"일본군이 심어놓은 간사에 의해 정보가 계속 새고 있는 듯합니다."

"정보를 확보하기는커녕 거꾸로 우리 정보가 샌다는 말인가? 설마 의병 중에 간자가 있다는 뜻인가?"

"돈이 힘을 쓰고 있다고 봐야겠지요."

엄인섭이 말했다.

최재형도 회령 영산에서 일본군에 대패했다.

"결단을 내렸어야 하는데 결단을 못 내리고 있다가 이번에 단단히 당하고 말았어. 그동안의 작은 승리들이 우리에게 무슨 의미가 있겠나? 작은 승리에 취해 있었던 것이 얼마나 어리석은 일이었는지……. 갈수록 놈들의 대비태세만 확고해질 것일세. 정신 바짝 차려야 해. 아, 이런 전투를 계속할 게 아니라 눈을 크게 떠야 해. 대세를 바꿀 뭔가가 필요해."

지는 것보다 이기는 것이 더 큰 문제가 될 수 있었다. 일본군에게 빌미를 주어 더 큰 화근이 될 것이 불을 보듯 뻔했다. 결국 러시아에서의 입지를 위협받게 되고 의병운동은 꿈도 꿀 수 없게 될 것이었다.

안중근도 뼈아픈 실패를 겪었다. 두만강을 건너 국내로 침투하여 일본군과 격전을 벌였으나 미리 대기하고 있던 일군에게 참담하게 패했다. 정보를 입수하고 기다리고 있었음이 분명했다.

이런 지엽적인 전투가 중요한 게 아니다. 조선의 상황을 세계에 알리고 일본의 경각심을 일깨울 강력한 뭔가가 필요하다는 말이 안중근에게서도 나왔다. 최재형은 세계의 양심을 깨우고 호소할 수 있는 작전이 필요하다는 생각을 벌써 여러 차례 밝히고 있던 차였다. 엄인섭과 김기룡도 같은 생각이었다.

한반도를 먹잇감으로 보는 일본의 정치가를 심판대에 세울 필요가 있었다. 국내진공작전보다 더 중요한 일이 세계의 정의가 한반도에서 일어나고 있는 일은 인류의 평화를 해치는 일이라고 공감해주는 것이었다.

어떤 전략이 필요할까? 언제가 좋을까?

한반도를 먹잇감으로 보는 일본의 정치가를 심판대에 세우자면 시선을 불러 모아야 했다. 일본이 이미 야욕을 드러낸 지 오래여서 시간이 없었다.

시간이 지나 야욕이 현실이 되고 나면 그것이 당연시 될 것이다. 되돌리려 드는 사람들이 되레 폭력을 일삼는 악으로 몰릴 것이다. 힘을 가지지 못한 사람들이 목숨을 지키고 가족을 지키고 나라를 지킬 수 있는 방법이 무엇일까? 헤이그 밀사 사건도 계란으로 바위를 치려들었다는 비웃음 속에 파묻혔다.

악의 축으로 떠오르고 있는 요인을 저격하자는 말이 나왔다.

괜찮은 방법이었다. 그러나 요인의 암살 계획을 구체화 하는 일은 신중에 신중을 기해야 했다. 그리고 희생이 필요한 일이었다. 아무도 망설이지 않았다. 모두 자신을 내놓겠다는 각오였다. 뜻을 같이하는 동지들을 보고 있으면 든든했다.

"언제든 기회가 오면 행해야 합니다. 그것이 몇 달 후가 되든 일년 후가 되든. 성능이 좋은 권총을 미리 확보해 둘 필요가 있습니다. 권총을 손의 일부처럼 여길 수 있어야 하니 훈련 기간도 충분해야 합니다. 일의 성패를 가를 것입니다."

엄인섭의 말은 요청이었다. 정의와 양심을 깨울 수 있는 총성이 필요하다는데 다른 말이 있을 수 없었다.

"8연발 브라우닝식 권총이면 좋을 듯합니다."

안중근이 구체적으로 의사를 밝혔다. 벌써부터 권총에 관심이 많았고 황해도에 살 때는 총으로 사냥하기, 말을 타고 달리며 활쏘기 등을 재미로 알던 적이 있었다는 말도 했다. 일이 구체화 되면 자신이 앞장서겠다는 뜻이었다.

"성능이 좋은 것으로 서너 자루를 확보해 보겠네. 한 사람만으로 될 일이 아니니 적어도 서너 사람은 훈련을 해 두어야겠지."

최재형은 동지들을 돌아보며 약조했다.

일본인들의 동향을 살피는 일이 중요했다. 정보를 수집하고 계획이 구체화 되는 동안 너나없이 말수가 줄었다.

"대상은 이토 히로부미가 되어야 할 것입니다."

안중근은 이토 히로부미를 지목했다.

"대륙침략의 총지휘자란 말이지?"

"이토는 을사조약을 강제로 맺었고 초대 총감을 지낸 자이지요."

대동공보사의 정재관 김성무 등도 같은 생각이었다. 장소와 시기를 정하는 일만 남은 셈이었다. 그의 주변인물과 언행을 수시로 확인하고 거사를 치를 수 있는 적당한 시기를 찾는데 골몰했다. 최재형은 한동안 노보키예프스크촌에 칩거하며 대동공보사는 물론 일본과 러시아의 소식통까지 점검했다.

【 바람이 불면 괭과리는
자작나무 숲에서 혼자 울었다. 상모는 길게 늘어진 꼬리를 이리저리 흔들었다 】

11
니콜리스크 우수리스크에서

"이 느낌은 뭘까요? 국내진공작전이 실패한 이후여서 우울해 보이는 것일지도 모르겠다 여기고 있었지만 아니, 뭔가 다른 느낌이 있어요."

엘레나가 갸웃거렸다.

"의병 일이 언제나 그런 것 아니오?"

최재형은 불안한 기색을 보이는 엘레나에게는 의병에 관한 일이니 걱정하지 말라고만 말해 두었다.

"나도 중요한 일은 알아야 하잖아요? 그러니 말해 줘요. 안중근 대장과 뭔가 큰일을 계획하고 있는 거죠?"

그렇지 않고는 안중근이 짐을 싸들고 우리 집으로 들어올 리 없지 않느냐는 말이었다. 엘레나는 최재형이 하는 일에 입을 대는 법이 없었다. 하지만 의병활동이 자금을 지원하는 것으로 끝나지 않고 직접 몸으로 뛰는 상황이 이어지면서 부쩍 걱정이 되는 눈치였다.

"몇몇이 신변을 위협받고 있는 형편이야. 안중근은 특히 더 그렇고. 러시아 당국에서 일본 정부와의 마찰을 우려하고 있어. 자기네 영토 안에서 한인들이 정치적인 일을 기도하는 것을 원칙적으로 봉쇄해야 한다는 의견이 많다는 거야. 이번에는 심각하대. 조선인 망명객 이범윤을 하바롭스크로 추방하고 그곳 경찰의 감시 하에 연금 상태로 억류하라는 주장이 빗발친다는군."

이토를 저격할 계획을 세우고 있다는 것은 비밀 중의 비밀이어서 엘레나에게도 말할 수 없었다. 낮말은 새가 듣고 밤말은 쥐가 듣는 법 아니던가. 뭔가 낌새를 잡고 다그치는 엘레나에게 비밀로 하자니 한 말 또 하고 말만 많아졌다. 엘레나의 눈을 바로 볼 수도 없었다.

"안중근은 몇 달, 길면 한 일 년 집에 묵게 될 것이오. 위협도 위협이지만 동양평화에 대한 책을 쓸 생각인데 내가 도움이 될 수 있을 것 같아서 오라고 한 거요. 우리 집에 있는 것이 그나마 여러 가지로 나을 것 같으니까."

"정말 그게 다예요?"

"니콜라이 말이 엄인섭과 나도 블라고베센스크로 추방하여 경찰의 감시 하에 두자는 말이 나오고 있대. 뭐 좀 더 구체적이기는 하지만 벌써 몇 번이나 들어 왔던 소리야. 당신도 알고 있는 이야기잖아. 으름장을 놓는 것이 어디 한두 번인가?"

"그거야 이미……."

니콜라이로부터 계속 충고가 쏟아지고 있는 건 엘레나도 알고 있는 일이었다. 갈수록 강도가 세지기는 했지만 이미 귀에 딱지가 앉은 터였다.

최재형은 자신이라도 당분간 좀 떠나 있는 것이 좋겠다고 판단했다. 계획이 구체화 되고 있는 안중근을 위해서도, 의병 조직을 보호하기 위해서도 일본 밀정이나 러시아 당국의 시선을 돌려놓을 필요가 있었다.

"당신 혹시 잊었어요? 곧 아나스타시아의 생일이잖아요? 니콜리스크 우수리스크의 별장으로 오기로 했잖아요? 나타샤가 니콜리스크 우수리스크에 볼일이 있어서 함께 온다더군요. 우리가 하루라도 먼저 가요."

때마침 엘레나가 니콜리스크 우수리스크행을 졸랐다.

"이런, 그랬지. 내가 요즘 정신이 없어놔서 그만 깜빡했네."

아, 아나스타시아를 본 지 한참 되었다. 이번 생일은 니콜리스크 우수리스크 별장에서 지내자고 해놓고는 까맣게 잊고 있었다.

니콜리스크 우수리스크에는 가끔 찾는 별장이 있었다. 자작나무숲이 마음을 편안케 해 주는 곳이었다. 집에서 그다지 멀지 않았다. 일이 생기면 언제든 달려올 수 있는 곳이었다. 여름은 여름대로 겨울은 겨울대로 좋은 휴식처였다.

"갈수록 쌀 수확이 쏠쏠해."

형과 조카, 장인과 엄인섭 등이 재미를 붙이고 있는 농장도 가까웠다.

아침저녁으로는 벌써 살을 에는 추위였다. 사실, 엘레나는 이 별장을 썩 반기지 않았다. 당연한 일이었다. 전처의 냄새들이 곳곳에 남아 있는 곳을 좋아할 리 없었다. 어쩌다 오게 되면 한자리에 오래 앉아 있질 못하고 계속 몸을 움직였다.

"자작나무 껍질을 좀 주워와야겠어요."

같이 가자고 했는데도 엘레나는 앞서 나갔다. 집 주변이 온통 자작나무였으므로 멀리 가지 않아도 한 포대가 금세 찼다. 겨울 땔감으로는 자작나무 껍질이 그만이었다. 불이 살 붙는 자작나무 껍질은 통나무를 넣기 전에 요긴하게 쓰였다. 인가가 드문 곳이어서 여가 시간에 땔감을 준비해 두어야 했다. 별장에 온 사람이라면 누구나 겨울을 위해 그렇게 해야 한다는 것을 알고 있었다. 제 어미와의 추억이 아련하게 남아 있어서일까? 운학과 베라는 이 별장을 즐겨 찾았다. 이렇게 땔감을 준비해 놓으면 한겨울에 누가 와도 걱정이 없을 터였다.

"어머니의 기명이 설매였어요?"

자작나무 껍질을 쌓는 것을 거들던 엘레나가 물었다.

"사람 참, 뜬금없이 왜 그런 걸 묻나?"

"얀치혜에서부터 묻고 싶은 걸 참고 있었어요."

"혹, 누구에게 무슨 소리라도 들었소?"

"관리 영감의 스승이라는 노인이 한 번 묻더군요."

"그런 일이 있었으면 그 당장에 말을 할 것이지."

"그 노인이 설매 때문에 관직을 잃었고 가문에서도 냉대를 받았다네요."

"어찌?"

"함경도에서 연을 맺은 기녀가 도성까지 찾아왔으니 흠을 잡으려는 정적들이 자신을 가만 두었겠느냐고 하더군요."

"양반들이 기생 데리고 논 것을 흠을 잡아?"

"그 노인과 설매가 보통 사이가 아니었다나 봐요. 그리고 박장출 말로는 양반들끼리 설매를 두고 묘한 신경전이 벌어졌던 듯하다던가요?"

"그 설매가 그러니까 내 어머니가 아니냐, 묻더란 말이오?"

"함경도에서 설매를 따라 온 사내가 있었는데 노비였대요. 그 노비가 설매를 다독여 함경도로 함께 돌아갔다는 거예요."

"내 아버지가 노비였으니 말인즉 아퀴가 딱 맞는구만."

"노인 말이 그렇더라구요."

"그 말을 확인 할 길도 없을 뿐 아니라 확인할 필요도 없지. 분명한 건 나를 흠집 내자는 속셈인 게요."

"저도 그런가 싶긴 했어요."

최재형과 엘레나는 불 속에서 익은 감자를 꺼내 까먹으면서 불쾌한 소문들을 장작불 한가운데로 던져 넣었다. 그것들이 타닥타닥 타는 소리를 들으며 밤이 깊어가고 있었다.

"사실, 난 어머니에 대한 기억이 까마득하기만 하다오. 어머니, 하면 대개는 마마가 먼저 떠오르곤 하지. 아마 정신이 눈을 뜰 때 곁에서 지켜주신 분이어서 그렇겠지."

"당신 삶에 영향을 많이 준 분이시니 당연히 그렇겠죠. 제가 운학이랑 베라랑 그 아이들에게 그런 어머니가 될 수 있으면 얼마나 좋을까요?"

"부모란 태어날 때 몸을 빌려준 분들이지. 참 부모는 하느님 아니오? 그러니 당신이 어머니 자리를 두고 그리 고심하는 건 부질없는 일이오. 그저 함께 살아가는 동안 서로 힘이 되어주며 살아가면 되는 거요."

"그래도 난 늘 내가 부족하다고 느껴요."

"그리 말하면 내가 더 미안해지잖소."

"미안하다고요? 왜요? 큰애들이 당신만의 아이들이라는 거예요? 아님, 당신은 아직도 우리가 스무 살 차이가 난다는 걸 의식하나요?"

"마음이 쓰이지 않는다면 거짓이겠지. 난 요즘 재산이라는 것도 거품처럼 느껴지고 우리에게 혹시라도 갑작스런 변화가 찾아오면 당신 혼자 어쩌랴 싶어서 불안해지곤 한다오. 당신과 아이들이 살 수 있도록 최소한의 재산은 남겨 두고 싶지만 의병일이 급해지면 그도 장담할 수 없는 일이오. 적어도 상트페테르부르크의 집과 연해주에 있는 집만큼은 손대지 않겠소."

말은 그렇게 하면서도 최재형은 블라디미르와 마마가 암담한 자신의 손을 잡아 주었듯이 자신도 암담한 처지의 사람들을 위해서 손을 내밀고 모든 힘을 쏟아야 한다는 생각을 했다. 재산이야 말할 것도 없었다.

"내일 일을 미리 걱정할 필요는 없죠."

"하긴 그도 다 쓸데없는 걱정이오. 조선의 형세는 두말할 것도 없고 이곳 러시아도 급격하게 변화하고 있소. 모스크바 쪽 사정을 보면서 느끼는 건데 개개인의 힘이나 재산을 부정하는 사회가 될지도 모르오. 세르게이와 콘스탄틴이 동지들과 다른 세상을 추구한 지가 벌써 여러 해요. 머지않아 모습을 드러내지 싶소. 아직 오지도 않은 사회를 좋다 나쁘다 판단할 수야 없지만 분명한 건 막을 수 없는 일이라는 거요. 어떤 상황이 되든 적응해서 살아야 하오."

"아무래도 우리 조선은 일본에게 크게 당할 것만 같아요……."

엘레나가 말끝을 흐렸다. 최재형은 한숨을 삼켰다. 어쩌면 재러 동포들과 의병들이 벌이고 있는 전투들은 몸부림에 불과한 것일지도 몰랐다.

아나스타시아가 나타샤와 함께 도착했다. 나타샤는 적어도 외모로는 쏘냐보다 이고리를 더 많이 닮았다. 턱이 각지고 이마가 넓은 것이 이고리 그대로였다. 무엇보다 사람을 보는 눈매가 아주 비슷했다. 나타샤와 눈이 마주치는 순간 꼭 이고리가 자신을 보고 있는 것만 같아 기분이 묘했다.

나타샤는 아나스타시아를 데리고 먼 길을 온 것만으로도 지쳤다는 듯 도망칠 궁리부터 했다.

"니콜리스크 우수리스크에 사는 미술인들이 풍경화를 그리기로 했대요. 숲이 좋은 데가 있다고 함께 가자네요."

그녀는 나름대로 꽤 이름이 난 화가였다. 화가들의 모임을 핑계로 서둘러 나갔다. 나폴거리는 분홍빛 드레스 끝자락과 함께 설렘이 따라 나갔다. 들뜬 표정 때문에 사람이 조금 가벼워 보였지만 그 모습이 밉지 않았다. 오히려 암, 인생을 살면서 저런 순간들을 가져봐야지, 하는 생각이 들었다.

엘레나를 돌아보았다. 한없이 미안했다. 꽃다운 나이에 시집을 와서 밝게 웃어본 날이 거의 없는 아내였다. 걱정거리가 끊이질 않았다. 여기저기서 사건이 터지고 수습하느라 동동거리며 지냈다. 거기다 아나스타시아까지 살펴주어야 했다. 엘레나에게는 짐이라면 짐이었지만 싫은 내색도 할 줄 몰랐다.

"아, 혹시 일이 많아지면 연락할 게요. 닷새 후에 출발하는 거 맞죠? 그때까지는 반드시 돌아올 거예요."

마차에 오르면서 엘레나를 향해 생각난 듯이 말했다. 그러니까 상트페테르부르크로 출발할 무렵에나 돌아오겠다는 소리였다. 그녀의 남편이 니콜리스크 우수리스크 출신이라는 말은 들었다. 아마

화가들 말고도 인맥이 꽤 있을 것이었다. 그러나 그런 일들 때문이 아니라 제 어머니 쏘냐와 달리 아나스타시아를 부담스러워하고 있는 것이 분명했다.

"잘 되었네요. 우리끼리 아나스타시아와 자유롭게 지낼 수 있잖아요. 오랜만에 함께 조선 탈을 만들어 볼까요?"

아나스타시아는 보통 사람으로 치면 이제 중년인데 여전히 소녀 같았다. 마마나 쏘냐처럼 몸피가 불어나지도 않았다. 몇 년 전까지만 해도 엘레나를 안아 주면 자기도 안아달라고 했고 키스를 하면 자기에게도 해달라고 매달려 입을 내밀었다. 곤란해 하는 최재형에게 엘레나는 어서 해 주라고 눈짓을 보냈다. 엘레나는 스무 살이나 많은 아나스타시아를 언니처럼 다독이고 보살폈다. 마흔이 넘으면서 그런 행동들은 사라졌다. 하지만 탈을 쓰고 이상한 몸짓을 만들어 보이는 일, 탈춤이라기엔 어설프지만 엘레나를 따라 몸을 흔드는 일 등은 여전했다. 아나스타시아가 가장 밝게 웃을 때이기도 했다.

아나스타시아는 엘레나를 잠시도 놓아주지 않았다. 엘레나가 만들어준 생일 케이크는 다른 사람은 손도 못 대게 했다. 매일 자신이 조금씩 나누어 주었다. 큰 은혜를 베푸는 사람처럼 오만한 몸짓으로. 저러다 상트페테르부르크로 돌아가지 않겠다고 하는 거 아닌가 싶어 걱정이 들기도 했다.

닷새라는 시간이 눈 깜짝할 새 지나갔다. 나타샤가 올 시간이 되었는데 소식이 없었다.

"아나스타시아는 요일 별로 입는 옷이 정해져 있는데 걱정이네요. 이번 주에 입었던 옷은 딱 기억하고 있어서 적어도 한 주는 건너야 다시 입거든요. 가지고 온 옷이 부족해요. 그 요일에 정해진 옷이 아니면 안 입는데 어쩌죠?"

"달래 보면 안 되나?"

"바위처럼 고집을 부리면 움직일 도리가 없더라고요."

"나타샤도 알고 있으니 올 거요. 기다려봅시다. 잠시 농장에 다녀오리다."

"매일 가야 속이 시원하지요?"

엘레나와 아나스타시아는 탈을 서로 바꿔 쓰고 깔깔거리며, 몸동작을 이렇게 저렇게 만들어 보며 뭐가 그리 재미있는지 웃음이 떠나질 않았다. 고개를 이리저리 흔들어대는 두 사람을 뒤로 하고 최재형은 농장으로 향했다. 올해는 농장 일이 제법 잘 되어 의병들의 양식 걱정을 덜었다. 모두 형 내외와 고향 어른들의 덕이었다.

말라붙은 풀들과 물기를 머금은 흙이 죽은 듯이 엎드려 있었다. 디디면 발이 푹푹 빠졌다. 허망한 시간을 밟고 걷는 느낌이었다. 멀리 보이는 나무들과 구름 한 점 없이 텅 빈 하늘이 한없이 쓸쓸해 보였다.

지금은 이래도 봄이면 민들레가 홀씨를 날리고 파란 하늘에 구름이 떠다니는 평화가 찾아올 것이다. 푸른빛이 돌아오면 초원은 더 넓어지고 말들은 한가하게 풀을 뜯을 것이다. 수이푼 강은 마을을 가로지르며 유유히 흐르고 겨우내 갇혀 있던 아이들이 뛰어나와 물가를 찾을 것이다.

키 높은 나무들이 줄지어 서 있는 곳이 형이 살고 있는 집이었다. 형은 일 년의 절반을 이 농장에서 지냈다.

"겨울이라고 손 놓고 있으면 내년 농사 낭패 보기 십상이오. 똥오줌에 재를 섞어 비료를 만드는 일이 겨울 일이오. 재가 덜 섞이면 똥

독이 안 빠져서 못 쓰오. 재를 충분히 섞어 좋은 비료를 준비하오."

형은 집집을 돌며 똥재와 오줌재를 확인하는 중이었다. 아버지가 하시던 그대로였다. 최재형이 처음 러시아에 와 러시아 학교를 다닐 때 아침마다 듣던 말이었다.

— 너, 똥오줌도 그 집에서 누고 오면 안 된다. 거름 내야 하니 한 방울도 허투루 버리지 않도록 해라.

학비를 내주는 러시아인 집에 심부름을 해 주러 갈 때마다 아버지는 등 뒤에서 당부를 하곤 했었다. 그때는 잔소리로만 여겨지던 말이었다. 이제 형의 입에서 나오는 아버지의 당부는 당연하고 당연하다. 달콤한 웃음까지 머금게 된다. 이게 바로 늙는다는 것인가?

"어, 마침 오셨소?"

반가운 인사가 건너왔다. 한기수였다. 이미 겨울을 위한 양식들은 운송을 마무리했는데 무슨 일일까?

"아, 경모 때문에요. 이곳 유학 선배인 박수진과 새로 선발된 장덕우가 함께 가기로 했지만 첫길이라 인사도 시킬 겸 이것저것 당부도 할 겸, 마음도 그렇고 해서 이렇게 왔습니다. 아들놈 공부까지 시켜주셔서 무어라 감사를 드려야 할지……."

그의 아들 한경모가 이번에 상트페테르부르크 유학생에 선발되었다. 공부 떠나는 아들을 조금이라도 더 볼 양으로 니콜리스크 우수리스크까지 따라온 모양이었다.

한기수는 이범윤의 사람 중에서도 심복이었다. 그렇다보니 최재형과는 껄끄러운 일이 많았다. 이범윤과 의견이 어긋날 때마다 앞장서서 이범윤을 옹호하고 대변하던 인사였다.

특히 도로공사 때 인부들로부터 조금씩 걷어 모았던 돈을 두고 이범윤이 횡령 운운했을 때의 일은 가관이었다. 러시아 관에 가서 밝혀보자고 멱살잡이까지 한 인물이 바로 한기수였다. 그건 집 지을 자재들을 공동으로 구매하기 위해 조금씩 걷어 두었던 돈이었다고 해명을 해도 듣지 않고 고약을 떨지 않았던가? 몇몇 인부들이 나서서 움막 생활을 면하기 위해 스스로 낸 거였다고 증언을 해도 최재형이 시켜 입을 맞춘 거라고 몰아붙였었다. 그때 날강도 취급을 하며 노비 출신이, 운운 하던 기억은 시간이 흘러도 마음에선 흘러가지 않았다.

— 당신들은 우리가 처음 이주해 왔을 때 움막을 짓고 추위를 피해 살던 모습을 상상도 못할 거요.

— 이 나라가 얼마나 추운 곳인지 모르오? 그 당장에 배를 덜 채우더라도 우리는 반드시 집을 마련해야 했소.

— 생기는 대로 쓰기 바쁠 때라 억지로라도 모으자면 방법이 필요했소. 그래서 통역하던 최 회장에게 맡기기로 한 거였고 덕분에 좋은 재료를 싸게 구할 수 있었소이다. 어찌 그걸 걸고넘어지는 게요?

당자들의 해명이 늘어나면서 한기수는 기가 꺾였다. 하지만 얼마 안 가 다시 또 트집을 잡았다. 의병을 위해 모금한 돈을 최재형이 저 개인을 위해 마음대로 쓰고 있다고 선동하고 나섰다. 호시탐탐 흠을 잡기 위해 눈을 부릅뜨고 있다고밖에 볼 수 없었다. 그는 중인 출신이었다. 의원님 소리를 듣고 살다가 노비 출신에게 신세를 지게 된 현실이 고까운 걸까? 스스로 용납하기 어려운 걸까? 그를 보고 있으면 최재형도 속이 편치 않았다.

최재형은 그의 아들이 상트페테르부르크 유학생으로 결정되었다는 말을 듣고 한기수의 심정이 복잡할 것이라 짐작하고 있었다.

"경모, 제가 실력이 되어 뽑힌 걸요."

짐짓 한기수의 말뜻을 모르는 체 인사를 받았다.

"나도 왔네."

노인이 농장을 둘러보고 싶어 따라와 봤다며 헛기침을 했다.

"기적에 가까운 농장이라는 소문이 들리기에 말이지."

"예, 해마다 수확이 늘고 있습니다."

형 내외가 이미 술상을 차리고 있었다.

"어르신, 방으로 드시지요."

형이 두 사람을 재촉해 들어가고 나서 최재형은 농장 쪽으로 향했다.

"먼저 들어가시지요. 저는 좀 둘러보고 들어가겠습니다."

최재형은 혼자 빈 들을 향해 걸었다. 발이 먼저 알고 나갔다. 이곳에 오면 으레 농장을 한 바퀴 둘러보는 것이 몸에 밴 일이었다.

이 추운 땅에서 농사를 지으려면 남보다 몇 배 부지런하지 않으면 안 되었다. 머리도 써야 했다. 실패도 두려워하면 안 되었다. 최재형의 농장에서 대대적으로 벼를 수확하자 니콜리스크 우수리스크 관에서도 혀를 내둘렀다.

"조선인은 정말 농사를 잘 짓는구나."

"개척에도 능하고."

러시아인들의 감탄이 쏟아졌다. 사실 농산물로는 크게 돈이 되는 것은 아니었다. 막사를 짓고 터를 다지고 길을 닦는 일에 비할 바 아니었다. 육류나 치즈 등을 납품하는 것과도 비교할 수 없었다. 그러나 기쁨은 결코 작지 않았다. 누군가는 그래도 농사가 크든 작든

꾸준히 돈이 되어주잖아? 했다. 맞는 말이었다. 그러나 마음을 한없이 푸근하고 넉넉하게 해주는 건 꾸준히 돈이 되어 주는 것과도 상관없었다. 이래서 조상들이 농사를 그렇게 중히 여겼던가? 싶기도 했다. 농장 둘레를 따라 걷고 있으면 그 기쁨이 가슴에 차올랐다.

"아니, 저 여자가 겉은 멀쩡한데 모자란단 말이야?"

"예, 오늘 상트페테르부르크로 갈 예정이었는데 요양원 여자가 아직 소식이 없어서 틀린 것 같다고 합니다. 준비해 온 것들도 그렇고 해서 꼭 돌아가야 한다는데 걱정이랍니다."

"그럼 우리가 데려다 줄 수도 있지 않겠나? 어차피 경모하고 같은 길인데."

"아이구, 그 먼 길이 어디라구요?"

"아, 러시아 여자를 한 번 안아보고 싶었는데 마침 좋은 기회 아닌가?"

"그 모자라는 여자를요?"

"뭐, 모자란다니 아쉽기는 하지만 그래도 겉은 반드르르 하니 저만하면 괜찮지 않은가?"

"에이, 그러다 최 회장 알면 난리가 날 것입니다."

"아무 사이도 아니라면서?"

"하지만 친 누이나 다름없이 끔찍한 걸요."

거름 재놓은 것을 보고 돌아서는데 창고와 뒷간이 있는 쪽에서 말소리가 들렸다. 한기수와 노인이 아무도 없는 줄 알고 나누는 말이었다. 허험, 헛기침을 했다. 음험한 말소리가 뚝 끊어졌다. 발소리가 서둘러 안으로 들어갔다.

아나스타시아가 졸라대는 바람에 엘레나가 어쩔 수 없이 뒤따라 온 모양이었다. 아나스타시아를 돌보는 일 중 가장 신경이 쓰이는 일이 바로 못된 사내들로부터 보호하는 것이었다. 의심할 줄 모르고 방어할 줄도 모르는 아나스타시아를 요양원 밖으로 데리고 나오는 일은 이래저래 위험이 따르는 일이었다.

이범윤이 모셔 온 스승이니 안 볼 수도 없고 하는 짓을 두고 보자니 열불이 났다.

— 저 노인을 어쩐다?

최재형은 언제고 한 번은 크게 부딪힐 것 같은 예감이 들었다.

— 저들의 얼굴을 마주하고 앉아 있다가 무슨 일이 벌어질지 모를 일이다.

돌아가는 게 상수일 것 같았다.

"자, 이제 그만 돌아갑시다."

"벌써요?"

"나타샤가 올 것이니 가서 기다려야 하지 않겠소?"

최재형은 엘레나와 아나스타시아를 재촉했다. 자신들이 모르는 음침한 곳에서 어떤 음흉한 말들이 오고 가는지 짐작도 못하는 두 여자였다.

아나스타시아의 숨소리가 빨라졌다. 가슴께가 들썩거리는 것이 보였다.

모처럼 나왔는데 어서 돌아가자고 하니 저런 반응을 보이나? 주저앉아 막무가내로 떼를 쓰는 거 아닐까 싶어 가슴이 철렁 내려앉았다.

아나스타시아가 갑자기 농장 입구를 향해 달려 나갔다.

"아, 저기 꽹과리 소리가 들려요. 날라리도 불어요."

달려 나가는 아나스타시아를 부르며 막아보려던 엘레나가 손가락으로 소리 나는 곳을 가리켰다.

"아, 그래서……. 어휴, 난 또 심사가 틀어져서 혼자 달아나는 줄 알았네."

"아나스타시아가 탈춤 패인 줄 알았나 봐요."

어느새 엘레나도 아나스타시아의 뒤를 따라 달려 나갔다.

"박수진의 뒤를 이어 장덕우가 유학을 가게 되었다고 오늘 잔치를 벌인다고 했는데 벌써 시작한 모양이네."

형이 알려주었다. 형도 목소리가 높았다. 들뜬 기색이었다. 농악패는 벌써 농장 쪽으로 다가오고 있었다. 북, 태평소, 징, 꽹과리 소리가 어우러져 니콜리스크 우수리스크의 너른 들판에 활기를 불어넣고 있었다. 겨울잠에 들었던 생명들이 다 깨어 튀어 나올 것 같았다. 꽹과리를 든 상쇠가 지휘하는 대로 농악패들은 신명을 냈다. 상쇠는 장덕우의 아비였다. 자식이 똘똘하여 늘 뿌듯했던 사람이었다. 모든 일에 모범인 자식 때문에 살맛이 나던 사람이었다. 니콜리스크 우수리스크 전체에서 한 명을 뽑는 유학생에 뽑혀 넓은 세상으로 나가게 되었으니 숨이 막힐 만큼 기분이 좋은 것이었다.

농악패는 농장 앞에서 방향을 틀어 다시 마을로 향했다.

아나스타시아는 상모를 돌리는 사람들 바로 곁에서 들썩거렸다. 상모가 돌아가며 만들어내는 커다란 원을 손으로 따라 그리듯 팔을 넓게 펴서 허공에 원을 만들고 그 원을 돌리려다 몸이 따라 돌지 못해 균형을 잃었다. 넘어지려는 아나스타시아를 엘레나가 잡아주었다. 아나스타시아에게 누군가가 상모를 씌워주었다. 몇 번 실패했지만 아나스타시아는 곧잘 상모를 돌렸다. 커다란 원을 만들어 보이며 아나스타시아의 목이 리듬에 맞춰 깔딱거렸다. 아나스타시아는 스스로도 신기해서 함박웃음을 멈추지 못했다. 세상을 다 가진 것 같은 표정이었다. 그 모습을 보고 즐거워하지 않는 이가 없었다.

한기수도 노인도 흥이 나는 듯했다. 그러나 체면 때문에 선뜻 나서지도 맘껏 즐기지도 못했다. 뒷짐을 지고 험험거리다 안으로 들어가버렸다.

"도대체 이범윤은 저 노인을 왜 그리 중히 여기는 것일까?"

최재형은 자신도 모르게 한숨 섞인 혼잣말이 튀어나왔다.

"관리 영감이 무슨 약점이라도 잡힌 거 아닐까요?"

김기룡도 엄인섭도 몇 번이나 불평을 토해냈었다.

간도에서 온 의병들 사이에서 나온 말인데…… 하면서 이동천이 전해 준 말이 맞을지도 몰랐다.

— 이범윤이 간도에서 호적부를 작성하여 정부에 제출한 후 고종은 그를 간도에 주재시켜 백성들의 삶을 돌보게 했다. 간도 지역을 우리 영토로 인식한 정부가 자국민을 보호하기 위해 처음으로 관리를 파견한 것이었다. 간도 관찰사가 된 이범윤은 한인 보호를 위해 사포대를 조직하였다. 군사훈련을 시키고 병영을 설치했다. 한인의 지위가 향상되고 청국의 조세 징수에서 벗어났지만 청의 반발을 샀고 청나라 관리와 마찰이 생겼다. 청나라 관리가 문서를 내밀었다. 조선과 청이 합의한 문서였다. 그 문서에 따르면 토문강 이북은 청나라 영토이며 토문강은 두만강이라는 거였다. 즉, 간도는 청의 영토라는 주장이었다. 이범윤은 반박하지 못했다.

— 당시에 그는 1712년 조선과 청이 국가 간 경계를 확실히 하기

위해 백두산 정계비를 세운 것도. 백두산 정계비에 압록강과 토문강을 경계로 한다는 내용이 있는 것도 모르고 있었다.

— 그때 '토문강' 이라는 강에 대해 분명하게 밝힌 이가 노인이었다.

— 청은 토문강을 중국식으로 해석해 도만강, 즉 두만강이라고 주장하지만 토문강은 송화강의 지류를 말하는 것이라고 주장했다. 노인이 가리키는 지류에 한자로 토문강이라고 분명하게 적혀 있었고 청나라 관리는 머뭇머뭇 얼버무리며 돌아갔다. 그 일로 감탄한 이범윤은 작전 때마다 의견을 청했다. 노인은 한 번도 실망시킨 적이 없었다.

이동천이 전하는 말의 골자는 그랬다.

"그런 연유로 이범윤이 노인에게 지극정성이라는 게야."

"그런 일이 있었다고요?"

책사라는 소리 아닌가? 지금 눈앞의 노인을 보고는 도저히 믿을 수 없는 이야기다. 설사 그렇다 하더라도 인품이 받쳐주지 않으면 무슨 소용인가?

최재형은 노인의 어디에도 남아있지 않은 모습을 상상하며, 상쇠의 꽹과리를 받아 들고 앞장을 섰다. 한껏 신명을 냈다. 징이 울고 북이 화답했다. 날라리를 부는 박수진의 아비가 별장 쪽으로 길을 잡았다. 별장 앞 자작나무 숲이 좋다는 것을 알고 있었다.

농악패들이 마음껏 기를 내뿜었다. 자작나무도 흔들흔들 신명을 보태고 하늘은 아득히 높아졌다. 사람들은 여기가 조선이 아니라는 사실을 잊었다.

어느새 해가 기울었다. 농악패가 하나둘 숲을 빠져나갔다. 꽹과리는 여전히 최재형의 손에 들려 있었다. 장덕우의 아비가 연신 몸을 굽혀 감사 인사를 하며 뒷걸음으로 돌아갔다. 꽹과리를 돌려받으면 흥이 깨지기라도 하는 것처럼, 감사하는 마음이 어떻게 되기라도 하는 것처럼 연신 손을 내저었으므로 최재형도 굳이 돌려주지 않았다. 아나스타시아는 상모를 절대 내어주지 않을 기세였으므로 누구도 벗겨 갈 엄두를 내지 못했다.

나타샤는 늦게 나타난 이유를 장황하게 늘어놓았다. 그러나 그 덕분에 좋은 시간을 보냈기 때문에 누구도 책망하지 않았다. 아나스타시아는 요일을 따지지 않고 엘레나가 내어주는 옷을 입었다.

"아나스타시아가 꽹과리를 달래요."

"왜? 상트페테르부르크에 가지고 가려고?"

"글쎄요."

꽹과리를 내어주자 아나스타시아는 꽹과리와 상모를 들고 자작나무 숲으로 걸어갔다. 실해 보이는 나무 아래서 멈추었다. 뒤따라 간 엘레나에게 상모를 맡기고 꽹과리를 나무에 걸었다. 그런 다음 상모를 조금 더 높은 곳에 걸었다. 나무 아래 있는, 바위라기엔 작고 돌이라기엔 큰 돌을 딛고 올라서서 겨우 걸었다. 중얼거리는 것이 또 다시 농악패가 찾아올 날이 있겠지, 그때 다시 신명나게 놀아보자, 하는 말을 함께 걸어두는 것 같았다.

짧은 잠을 자고 새벽 일찍, 몇 번이고 뒤를 돌아보며 아나스타시아가 멀어져갔다. 마차가 더는 안 보일 때까지 엘레나는 손을 흔들며 서 있었다. 꼭 나무 같았다.

바람이 불면 꽹과리는 자작나무 숲에서 혼자 울었다. 상모는 길게 늘어진 꼬리를 이리저리 흔들었다. 신명나는 농악패가 반드시 다시 찾아오리라, 기다리는 모습이었다.

저 양반, 기방 일로 벼슬도 내놨다는 말을 들은 적이 있지. 그러나 젊어서 호색한이었다 한들 이곳에 와서까지 다른 수를 쓰겠소?

12
노인의 죽음

하바롭스크 거리를 걷고 있으면 엘레나의 절친한 벗, 명옥의 영혼이 떠도는 것만 같았다. 명옥의 아비 강우부가 엘레나의 친정에서 운영하는 상점에서 일했으므로 명옥도 자라면서 상점 일을 거들었다. 엘레나가 결혼한 후, 명옥은 최재형의 하바롭스크 기름 공장에서도 일했다. 기름 공장이 얀치혜로 옮겨지면서 최재형은 하바롭스크의 공장을 러시아인에게 넘겼고 그 공장은 시계 공장으로 개조되었지만 명옥은 계속 남았다.

시계 공장은 러시아인들 사이에서도 인기가 좋았다. 아무나 들어갈 수 있는 곳이 아니었다. 보수가 좋았고 근로 조건이 좋았다. 명옥의 남편은 러시아인이었다. 시계 공장에서 시설분야 쪽 일을 하고 있었으므로 명옥은 시계 공장에 다닐 수 있는 행운을 얻었다.

명옥은 실험 중인 시계를 만드는 일에도 뽑혔다. 야광페인트를 칠해 어두운 곳에서도 볼 수 있는 야광시계였다. 유럽이나 미국에서 만들기 시작했다는 말은 들었지만 러시아에서는 아직 만드는 곳이 없었다. 공장장은 유럽에서 공부를 한 사람이었다. 유럽의 지식인들과 많은 정보를 공유하고 있었고 유럽의 바람을 끌어들였다. 수익성이 좋을 것이라며 야광시계 생산을 서둘렀다. 야광시계는 물속에서도 유용할 것이라는 말에 사장도 솔깃했다. 생산이 시작되기는 했지만 아직은 시험단계여서 몇몇 사람만이 작업에 참여했다. 시계 안에 들어가는 야광물질이 피부를 좋게 한다는 말이 퍼지면서 야광시계 작업자들은 부러움의 대상이 되었다. 시계 숫자판에 야광페인트를 칠하자면 먼저 입술로 붓끝을 뾰족하게 만들어야 했다. 소문대로 피부도 빛나고 입술도 매혹적으로 보였다.

"우리 애도 어디 한 자리 들어갈 데 없을까?"

명옥은 난처한 일이 많아졌다. 딸 가진 부모들로부터 들어오는 청이 많았다.

"제 마음대로 할 수가 있어야지요? 게다가 아직은 실험 단계라 자리가 몇 안 되고요."

거절 아닌 거절을 하고 나면 관계가 껄끄러워졌다.

명옥이 앓기 시작한 것은 이미 다른 여공 몇 명이 몸져누웠을 때였다. 병에 걸린 이유가 시계 안에 들어가는 야광물질 때문임이 밝혀졌을 때에는 명옥도 일상생활이 힘든 처지였다. 명옥도 다른 여공들처럼 가는 붓에 야광물질을 묻혀 시계 속 글자들을 칠하는 일을 했다. 붓끝을 뾰족하게 만들기 위해 몇 번씩 입술로 붓끝을 빨았다. 예뻐질 것이라 믿는 여공들은 화장하듯 정성껏, 여러 번 입술로 빨았다. 해로운 물질인 줄도 모르고 야광물질을 빨아먹은 여공들은 고통 속에 살다가 하나둘 세상을 버렸다. 명옥이 죽고 나서야 이위종은 야광페인트라는 것이 1898년에 퀴리부인이 발견한 라듐과 관련이 있다는 것을 알았다. 뼈에서 칼슘을 대체하여 축적된 후 방사선으로 골수를 파괴하고 뼈세포에 돌연변이를 일으킬 수 있다는 이야기도 뒤늦게 들었다.

이위종은 하바롭스크에 가면 꼭 명옥의 가족들을 찾아보았다. 명옥의 가족들을 위로하고 돌봐달라는 엘레나의 청이 간곡했기 때문이기도 했지만 명옥의 아비 강우부가 하바롭스크에 보관된 무기들을 책임지고 있었으므로 이런저런 의논이 필요했다. 최재형은 하바롭스크 의병들의 거점으로 강우부를 꼽고 있었다.

"저도 얀치헤로 데려가 주십시오."

명옥의 남동생, 강명구가 이위종에게 의병에 합류하고 싶다는 의사를 밝혔다.

"연로하신 부모님을 떠나겠다는 말이냐?"

장남, 강명준이 반대하고 나섰다.

"아니, 내가 얀치헤로 가야겠다. 너희는 이곳을 지켜라. 곧 의병들이 분산되어 이곳에도 머물게 될 것이다. 러시아 당국에서 의병들을 보는 눈이 곱지 않아 그리 해야만 할 것 같다더구나. 의병들이 이곳으로 오게 되면 편의를 봐 줄 사람이 필요하다. 명구 너는 그때 그 사람들과 합류하면 될 것 아니냐? 하지만 나는 얀치헤로 가서 소를 돌보며 살고 싶다. 내가 이 나이에 총을 들고 싸울 수는 없지만 소 키우는 일이라면 누구보다 경험이 많다. 소는 의병을 위한 자금줄의 중요한 부분이라고 하더라. 소들을 잘 보살펴 의병활동을 도우면 나도 의병이 되는 것 아니겠느냐?"

강우부의 뜻을 꺾을 자식이 없었다. 이위종은 건장한 강명구가 탐이 났으나 강우부와 함께 얀치헤로 향할 수밖에 없었다. 언젠가 소

떼를 돌볼 수의사가 필요하다던 최재형의 말이 떠올라 강우부가 가는 것도 나쁘지는 않겠다 싶기도 했다. 강우부는 자격증만 없다뿐이지 수의사가 할 수 있는 일은 대충 다 할 수 있다고 자신했다. 소를 군부대에 공급하기 위해 최재형은 줄곧 목장을 키워왔다. 키워서 공급하는 것과 사서 공급하는 것은 이익이 달랐기 때문이었다. 소가 늘어나면서 송아지의 출산은 물론 이런저런 병치레로 돌보는 일이 힘들어졌다. 출산이야 농가에서 잔뼈가 굵은 사람들이 많아 어지간하면 수의사 없이도 해결할 수 있었지만 병이 돌면 문제가 커졌다. 그동안 박미하일이 혼자 애를 쓰고 있었다. 강우부가 힘을 합한다면 최재형도 한 시름 덜 것이었다.

*

김기룡이 처와 함께 커다란 항아리를 식당으로 옮기는 중이었다. 두 사람 다 부지런하기로 소문이 나 있었다. 기름 공장 주변은 물론 의병들이 거처하는 숙소까지 두 사람의 손이 안 닿은 곳이 없었다. 김기룡의 처는 밖에 걸어 놓은 가마솥까지 반들반들 닦아 놓고 나서야 하루 일손을 털고 들어갔다. 기름 공장에서 일하는 사람들을 부리는 입장이었지만 한시도 가만있지 못했다. 이범윤이 스승을 모셔다 맡긴 것도 믿는 구석이 있었기 때문일 것이었다.

"막걸리를 만들고 있어요. 이제 하루만 더 있으면 걸러도 되는데 오늘 운동 좀 시켜주려고요. 그래야 발효가 더 잘 되니까요. 그리고 물엿도 섞어야 해서 남자손이 필요해요. 물엿을 섞으면 맛이 좋아지거든요. 발효에도 도움이 되고요."

남자를 주방으로 끌고 들어가는 것이 이상해서 쳐다보는 줄 아는지 김기룡의 처가 장황하게 설명을 했다.

"관리 영감이 날도 추운데 의병들이 한 잔씩 할 수 있었으면 좋겠다고 부탁을 하더라고요. 그렇잖아도 곧 노인 양반 생신이시라기에 술이라도 빚어야겠다 마음먹고 있던 참이었어요. 다른 때보다 정성을 좀 더 들였지요."

김기룡이 말을 보탰다.

"술이라면 정일엽네 집에서 사다 쓰면 되지 않습니까? 가뜩이나 일도 많은데."

"노인이 술집 여자 손으로 만든 술을 좋은 자리에 올리는 거 아니라 하셔서요."

"아이구, 별 걸 다 가리시네요."

죽은 정씨가 사람이 좋고 재능이 뛰어나 최재형이 의지를 많이 했었다고 들었다. 정두원은 의병활동의 첫 희생자였다.

"관리 영감 뵈러 오신 거지요?"

김기룡이 아내에게 쓸데없는 말 길게 할 것 없다는 눈치를 주며 이위종에게 물었다.

"예, 숙부님이 여기 계신 줄 알고 인사드리러 왔습니다. 하바롭스크에서 사람을 모시고 왔거든요. 겸사겸사 들렀습니다."

"영감께서 스승님을 얼마나 잘 모시는지 매일 인사 다녀가시지요. 오늘은 니콜리스크 우수리스크에 일이 있어 가신다던 걸요."

김기룡이 뒤에 서 있는 강우부를 보더니 고개를 갸웃했다.

"하바롭스크에서 오셨습니다. 상점 일도 보고 무기 관리도 하셨는데 앞으로 이곳에서 목장 일을 거들 것입니다."

이위종의 말이 끝나자마자 강우부가 김기룡 앞으로 나섰다. 김기룡이 얼른 손을 내밀었다.

"하바롭스크에서 오셨다면? 아, 그러고 보니 그분이시군요. 따님 일은 들었습니다. 참 안됐습니다."

"인명이야 하늘에 달린 걸 어쩌겠습니까?"

강우부가 힘없이 말했다. 김기룡의 처는 어떻게 위로를 해야 할까 난감한 표정으로 손만 비비고 서 있었다. 그녀는 한때 여동생을 그 시계 공장에 넣어달라고 최재형을 졸라대기도 했었기에 더 마음이 복잡할 것이었다. 이위종이 기억하기로 당시는 명옥을 부러워하지 않는 사람이 없을 때였다.

말발굽 소리가 멀리서 들리나 싶더니 점점 가까워졌다. 누가 먼저랄 것도 없이 모두 고개를 돌렸다. 빼곡한 전나무들 사이로 모습이 보였다.

"벌써 일이 생겼습니다. 오신 줄 알고 소가 때를 맞춘 모양입니다."

엄인섭이 말에서 내리자마자 송아지가 태어날 것 같다는 소식을 전했다. 아직 때가 되지 않았는데 갑자기 연락이 와서 최재형이 목장으로 서둘러 갔다고 했다.

"출산이라면 박미하일도 있고 한데 왜?"

"아이구, 수청지역에 모임이 있어서 갔는데 다들 밤늦게나 온다지 뭡니까? 송아지가 꼭 아는 것처럼 때를 잡네요."

"당장 목장으로 가겠습니다. 때를 넘기면 안 되니까요."

최재형 혼자서는 힘들 것이라며 강우부가 목장으로 길을 잡았다.

최재형이 팔을 걷어붙이고 소와 씨름을 하는 중이었다.

"송아지 위치를 잡아줘야 할 거 같아."

이위종을 쳐다보며 최재형이 말했다. 최재형은 온몸이 땀투성이였다.

"그런데 소 옆구리의 피는 뭡니까?"

강우부가 피가 벌건 소의 몸통을 보며 물었다.

"글쎄, 무슨 병이 든 건지……. 녀석이 어찌 날뛰는지 알아볼 도리가 없어요. 우선 송아지부터 꺼내고 봐얄 거 같아요."

강우부가 소 뒤로 가 팔을 깊이 밀어 넣었다. 한참 만에 그의 손에 송아지의 다리가 잡혔다. 강우부가 힘을 쓰는데도 아주 조금씩 밖으로 나왔다. 어미는 몹시 고통스러워 보였다. 괴성을 지르며 어미소가 날뛰자 강우부는 힘이 달려 소 쪽으로 끌려갔다. 최재형이 강우부의 허리를 껴안고 힘을 주었다. 두 사람은 끌려갈 듯 말 듯 겨우 버텼다. 이위종이 얼른 최재형의 허리를 감고 힘을 썼지만 별로 나아지지 않았다. 송아지 다리가 조금 더 보였다. 이제 곧 나오지 싶었는데 어미가 주저앉아 버렸다.

"아, 이런, 송아지 다리가 꺾일지도 몰라요. 일으켜 봅시다."

어미는 일어서려들지 않았다. 이위종이 달려들어 최재형과 함께 어미를 옆으로 눕히자마자 송아지가 쑥 빠져 나왔다. 그 바람에 송아지와 함께 모두 다 뒤로 나가떨어졌다. 다행이었다. 강우부가 송아지를 익숙한 솜씨로 들어올렸다. 기둥과 기둥을 가로 질러 놓은 나무걸이 위에 걸쳐 놓고 양수를 빼냈다. 짚을 잔뜩 깔아놓은 바닥에 내려놓자 어미 소가 핥기 시작했다.

"소를 날뛰지 못하게 해놓고 살펴봐야겠어요."

강우부가 한숨 돌리고 나서 밧줄을 찾아 들었다. 그의 손에서 밧줄이 몇 번 방향을 바꾸는가 싶었는데 소의 머리가 기둥에 단단히 묶였다. 그동안 최재형은 있는 힘을 다해 소를 진정시켜야 했다. 이위종은 거든다고 거들었지만 별 도움이 되지 못했다.

"병이 든 게 아닙니다. 이 녀석이 날뛰다가 상처가 났군요. 많이 찢어졌어요. 아, 그러고 보니 여기 나무결이 하나가 갈라져 뾰족하게 된 곳이 있었군요. 요동을 치다가 찢긴 모양입니다."

상처 난 부위에 약을 바르고 진정시켜 놓으니 어미 소는 다시 새끼에게로 가 새끼를 핥기 시작했다. 세 사람은 비로소 숨을 돌렸다. 이위종은 뭔지 모르게 든든했다. 최재형도 그런 듯 보였다.

"그런데 저 송아지는 난 지 꽤 된 놈 같은데 왜 저리 약하죠?"

강우부가 바로 옆 칸에 있는 송아지를 살피며 물었다.

"아, 글쎄 저놈 어미가 젖을 빼앗기고 있었던 걸 몰랐지 뭡니까."

"다른 송아지에게요?"

"다른 송아지가 먹었으면 또 낫게요? 옆에 있는 다른 에미가 저 약골 어미의 젖까지 먹었다는 거 아닙니까. 남의 새끼를 밀어내고 그 에미 젖까지 먹어 제 새끼만 포동포동하게 키워놨다니까요."

"그럼 저놈은 제 어미젖을 다른 어미 소에게 빼앗기고 비들비들해졌단 말입니까?"

"글쎄 그렇다니까요."

"그걸 보고만 있었습니까?"

"너무 늦게 알았지요. 어쩐지 비슷해야 할 새끼들이 너무 차이가 난다 싶더라나요."

"어떤 놈들 하는 짓 하고 똑 같구만요."

"맞습니다. 제국주의 놈들이 하는 짓을 소까지 따라하다니 참……."

"저놈의 소가 밉살스럽기 짝이 없습니다만 그래도 놈이 건강하게 살아남아야 수지를 맞출 것이니 구박도 못하겠군요."

강우부가 남의 젖을 먹었다는 어미 소를 향해 주먹을 들어 한 대 칠 것 같은 몸짓을 보였다.

"그러게나 말입니다. 자아, 실한 송아지도 얻었는데 가서 술이나 한 잔 합시다."

최재형이 길을 잡은 곳은 정일엽네 상점이었다. 술도 한 잔 할 수 있고 국밥도 먹을 수 있는 곳이었다.

"아이구, 오늘도 송아지가 태어났군요, 건강한 송아진가요?"

정씨 부인이 대번에 알고 반색을 했다. 송아지가 태어날 때마다 이곳에 들러 술을 한 잔씩 하곤 했던 모양이었다. 정두원이 의병활동 중에 죽고 난 후 최재형이 각별히 마음을 쓰는 집이었다. 정두원은 최재형과 같은 마을에 살던 죽마고우였다. 최재형네가 이주한 후 곧 뒤를 따라 와 줄곧 가족처럼 살아온 터였다.

"정두원이 있을 때는 목장 일이며 버터 공장 일은 신경 쓸 것도 없었지."

목장이나 버터 공장에 문제가 생길 때마다 정두원을 들먹이곤 하는 최재형이었다. 재주가 많으면 일찍 죽는다더니……. 하는 말도 벌써 몇 번이나 들었다.

정두원이 아내와 두 딸을 두고 죽은 후 최재형은 고심했다. 정두원만 믿고 살아온 가족들이었다.

"남편 그늘에서 살림만 하던 제가 무슨 일을 하겠습니까? 하는데

망치로 머리를 얻어맞는 느낌이었네. 말도 안 통하는 남의 나라에 버려진 신세라는 소리 아닌가. 이곳에 온 것도 나 때문이고 의병활동을 하게 된 것도 따지고 보면 나 때문인데 내가 죽어 정두원을 어찌 보나 싶었네."

고작 상점이라고 부르기도 민망한 작은 상점을 내주는 것도 쉽지 않았다. 딸들이 도울 것이라고 발 벗고 나섰기에 간신히 내줄 수 있었다. 아무 것도 할 줄 모른다는 말이 미안해서 인사치레로 하는 말이 아니었다. 정말 자신이 없는 것이었다.

— 엄마, 겁 낼 것 없어요. 우리가 있잖아요?

결국 정씨네를 설득한 건 일엽이었다.

"이런 사정이 어디 한둘이겠습니까? 의병활동이 활발해지고 있으니 앞으로 더 많은 가정이 그렇게 되겠지요."

"바로 그러하이. 거기에 생각이 미치자 앞이 깜깜했네. 여자들도 경제적 능력이 있어야 하네. 남편만 바라보고 살다가 남편을 잃으면 어찌 되겠나? 이 낯선 땅에서 죽으라는 소리밖에 더 되나?"

이위종은 정두원의 가족을 만나기 전에는 최재형의 부담이 이렇게까지 클 것이라고는 짐작도 못했었다. 이위종은 아버지가 있는 힘을 다해 그를 도우라고 당부한 이유를 알 것 같았다. 최재형은 의병을 우선으로 하는 이범윤과 달리 재러 한인의 생존과 그를 위한 교육에 힘을 쏟을 수밖에 없는 입장인 것이었다. 러시아에 살고 있는 조선인 가정이 농업에만 의지해서는 안 된다는 주장도 하루 이틀에 생겨난 것이 아니었다.

최재형이 모스크바로 톰스크, 이르쿠츠크, 상트페테르부르크로 유학 보낸 아이들이 몇 명인지 확실하지는 않았지만 이위종과 이범진이 아는 것만도 사오십 명이 넘었다. 정일엽도 그 중 한 사람이었는데 정두원이 죽자 학업을 중단하고 돌아왔다.

"남녀를 불문하고 배워야 장래가 있는 법이다. 지금은 힘들겠지만 가서 공부를 더 하고 오너라."

최재형은 학업을 마치라고 일렀지만 정일엽은 돌아가지 않았다.

"아저씨, 걱정 마세요. 엄마랑 노력해서 저희 살 길을 찾을 거예요."

정일엽의 당찬 소리가 현실이 되어가는 중이었다. 천연 소재를 이용해서 화장품을 만든다는 소리가 들리더니 러시아 여성들에게 인기를 얻으면서 최재형의 도움을 받지 않겠다고 손을 저었다. 예뻐지기를 소망하는 여성들의 심리를 공략하여 성공을 거두고 있다고 봐야 했다.

"러시아 여자들은요, 피부관리에 유난히 관심이 많아요. 그럴 수밖에 없는 게 겨울의 추위와 바람이 피부에는 치명적이거든요. 게다가 겨울이 좀 길어요? 백인들의 피부는 특히 관리가 중요하더라구요. 그 점에 착안해서 과일이나 채소 같은 천연 재료들을 썼더니 반응이 좋아요. 운도 따라 주네요."

일엽은 사업이야기는 일체 남에게 하지 않았다. 오직 최재형에게만 털어 놓았다. 벌어야 얼마나 벌까? 하던 최재형이 어느 날부터 입을 다물었다. 놀라는 빛이었다. 두어 달 전부터는 의병을 위한 성금까지 내놓았다. 정일엽의 독립적 행보는 최재형에게 자랑이고 기쁨이었다.

"이게 누구신가?"

상점 한쪽으로 식탁이 두 개 놓여 있었다. 간단히 술을 마시고 갈 수 있는 자리였다. 노인이 안쪽 자리에서 일어서며 최재형에게 손을 내밀었다.

"어찌 여기까지?"

"아, 나도 뭔가 보탬이 될 것이 있어야 하겠다 싶었는데 마침 글을 배우고 싶다기에 이렇게 와서 가르쳐 주고 있소이다."

노인을 상점에서 만난 것은 놀라운 일이었다. 노인은 저녁마다 들러 일엽의 동생, 이엽에게 글을 가르친다는 것이었다.

술집 여자 손으로 빚은 술은 먹고 싶지 않다더니?

이위종은 머릿속이 뒤엉키는 느낌이었다. 노인은 몇 잔 주거니 받거니 하다가 먼저 일어섰다. 노인의 모습이 아직 몇 발 멀어지지도 않았는데 정씨 부인이 은근히 최재형을 향해 불만을 쏟아냈다. 노인이 오지 않았으면 좋겠는데 방법이 없겠느냐는 거였다.

"아니, 왜요? 좋은 선생이 될 텐데."

"아이들도 멀쩡한 나이가 되었는데 다른 말씀을 자꾸 하시네요. 자꾸 오시는 것도 저는 싫은데 양반 중에 양반이시라 말도 못하겠고 속만 끓어요. 우리 이엽이 글 안 가르쳐줘도 좋으니 안 오시면 좋겠어요. 일엽이를 맘에 둔 총각이 있어서 혼담도 오가는 판인데 괜시리 나쁜 소문이라도 돌면 어떡해요? 다 된 혼사 깨질까 봐 걱정도 되고요. 어제는 뒷문 쪽에서 갑자기 불쑥 나타나는 바람에 간이 뚝 떨어졌다니까요."

정두원의 아내는 더 할 말이 있어 보였지만 입을 다물었다. 더는 말할 것 없다는 표정이었다.

"설마, 관리 영감이 스승으로 모시는 노인인데 다른 맘이야 먹겠소? 제수씨가 과민한 것일 게요."

최재형의 눈썹이 꿈틀했지만 말은 태연했다.

"양반은 무슨 얼어 죽을? 확 목을 비틀어 놓든지 해야지, 늙은 것이 어딜……."

최재형과 달리 강우부는 붉으락푸르락 씩씩거렸다.

— 저 양반이 칠순을 바라보는데도 아직 펄펄하다.

이위종은 언젠가 숙부가 웃으며 하던 말이 떠올라 곧게 자란 침엽수 사이로 걸어가고 있는 노인의 뒷모습을 한참 바라보았다. 술이 올랐는데도 걸음이 당당했다. 뒷모습만으로는 나이를 짐작하기 어려웠다.

"저 양반, 기방 일로 벼슬도 내놨다는 말을 들은 적이 있지. 그러나 젊어서 호색한이었다 한들 이곳에 와서까지 다른 수를 쓰겠소?"

최재형은 막걸리 한 잔씩을 더 돌린 후 곧바로 일어섰다.

"아무리 젊어서 호색한이었기로 여기가 어디라고. 개 버릇 남 못 준다더니 옛말이 하나도 그르지 않구만."

"목장에서 가까우니 자주 좀 살펴주십시오. 정두원 그 친구, 내게는 형제나 다름없었던 사람입니다."

강우부에게 정씨 가족을 부탁하는 최재형의 표정이 굳었다. 집에 돌아와서도 마음이 영 편치 않은 듯 보였다.

버터 공장에 들렀던 이위종은 눈을 의심했다.

수청지역에서 총기 200여 정이 와 있었다. 게다가 의병들끼리 다투고 있었다.

"이건 우리가 수청지역 대장에게 부탁해서 온 총들이라니까."

"아니오, 이건 표트르 최가 니꼴라이에게 부탁해두었던 총기요.

여기 보면 동그라미 두 개가 겹쳐 그려져 있지 않습니까? 이게 바로 러시아군인들이 새겨 넣은 표식이요."

"상것들이 억지를 부리니 기가 차네."

"우리가 비록 출신은 미천하지만 여긴 조선이 아니라 아령이외다. 걸핏하면 상것들이라 하는데 우리가 노력해서 살고 있으니 우린 부끄러운 것 없소이다. 누구처럼 남의 노력에 기대 살지 않으니."

"아니, 지금 우리를 능멸하려 드는 게냐?"

총기를 두고 다투고 있는 이범윤 쪽 의병들은 양반 가문의 자제들과 중인들이 주를 이루고 있었다.

"우리는 분명 의병들에게 할 만큼 하고 있소이다. 훈련한답시고 빈둥거리는 양반 출신 의병들이 어디 좋기만 하겠소? 허나 나라를 찾기 위한 일이라 여기고 뼈 빠지게 일한 돈으로 뒤를 봐주고 있소이다."

박미하일이 입을 열자 여기저기서 거친 말들이 뒤따랐다.

"우리가 사는 집이 어디서 거저 떨어진 줄 아시오? 조선에서 막 건너와서는 땅을 파고 거적을 덮고 살면서 일군 땅이고 집이외다. 고맙다는 말은 못할망정 사람을 그리 막 대할 수는 없는 것이오."

"사실 말이야 바른 말이지 나라를 잘못 경영해서 남에게 빼앗긴 죄가 양반에게 있지 우리 상것들에게 있소이까?"

"허어 국제 정세를 알지도 못하는 무지렁이들이……."

이범윤의 의병들은 기가 막힌다는 반응이었다. 하극상을 언제까지 이렇게 참고 받아주어야 하느냐는 말까지 돌리고 있었다.

소식을 듣고 급히 달려온 최재형의 표정이 굳었다.

"주인이 누군지 분명치 않아 다툼이 벌어졌으니 이 총들은 수청으로 도로 돌려보냅시다. 힘을 합쳐도 모자라는 판인데 이깟 총기 때문에 우리끼리 험한 말을 해대며 싸울 수는 없는 일입니다. 암요, 이깟 총기 200정보다야 단합이 훨씬 중하지요."

최재형은 서둘러 총기를 수청지역으로 돌려보냈다. 그의 냉엄한 얼굴을 보고 아무도 말릴 엄두를 내지 못했으므로 수청 쪽에 확인을 해보자는 말이 나오기는 했으나 힘을 받지 못했다. 총기 값을 지불하고도 총을 받지 못하게 된 데다 불상사까지 겪었으니 최재형 쪽 의병들은 속이 끓었다. 그동안 쌓여 있던 불평들을 다투듯 쏟아내었다. 따지고 보면 이범윤 휘하 의병들의 무기는 칠팔 할 이상이 최재형의 지원을 받은 것이었다. 나머지도 이범윤이 지원금을 모았다고는 하나 최재형의 설득으로 모금이 된 것이었으니 눈을 부릅뜨며 제 것이라고 주장하는 것은 염치없는 일이었다.

"도움을 받는 처지에 상전행세까지 하려드니 무슨 이런 경우가 있나?"

"나라가 우선이라 참기는 한다만 이거 정말 속이 뒤틀려 못살겠군. 앞으로는 훈련만 하지 말고 저희 먹고 자는 거라도 저희 손으로 해결하라고 해."

"백 번 양보해서 이범윤 관리 영감은 또 그렇다 치자. 하지만 그 수하 중에 양반이 몇이나 되겠는가? 대부분은 우리랑 다를 바 없는 처지들 아닌가? 헌데 저희도 덩달아 양반 행세를 하려 들지 않는가 말이야."

"지금이 어디 양반 상놈 가릴 땐가?"

귀화 한인들은 이범윤까지 신뢰하지 못하겠다는 분위기였다. 이를 두고 이범윤은 나라가 위태로워지니 나라의 근본부터 무너진다고 한탄했다.

이위종은 최재형이 급히 말을 몰아 달려 나가는 것을 보고 가슴이 철렁했다. 운학은 어제 밤늦도록 함께 술을 마셨는데도 서둘러 최재형의 뒤를 따랐다. 엘레나가 현관에서 그들이 사라질 때까지 바라보고 서 있었다.

"무슨 일입니까?"

"노인에게 일이 생긴 모양인데 저도 잘 모르겠어요."

"노인이라면? 숙부의 스승 말입니까?"

"그분이 쓰러지셨다나 봐요."

엘레나가 칭얼거리는 아이들을 달래며 방으로 들어간 후 이위종은 잠시 망설였다. 아직 술기운이 남아 머리가 띵하고 속도 좋지 않았다. 무슨 일인지 확실해지면 그때 가보자, 아니, 다급한 전갈을 받고 나간 것이 틀림없는데 이러고 있을 때가 아니지, 마음이 왔다 갔다 했다. 결국 이위종도 서둘러 두 사람의 뒤를 따랐다.

노인이 살해되다니?

"갑자기 멀쩡한 사람이 죽다니? 꼭 우리가 그 양반 뒤통수에 대고 욕을 해서 죽은 것만 같으이."

"그러게나 말입니다. 쩡쩡한 걸음이 아직도 눈에 선한데 말입니다."

이위종도 밤새 노인을 못마땅해 하며 잠까지 설친 터였다. 숙부에게 찾아가 사정을 알려야 하나 말아야 하나 망설여지던 시간들이 다 마음에 걸렸다.

"김기룡이 술집에서 사다 쓰면 그만인 술을 집에서 빚는다고 할 때부터 뭔가 집히는 게 있더라니까."

"술에 뭔가를 탈 수도 있다는 생각을 진즉 했어야 하는데 말이야."

박창수가 하는 말을 듣고 있자니 가슴이 철렁 내려앉았다.

최재형 쪽 사람들이 일부러 살해했다고 의심을 하고 있는 것인가?

노인은 버터 공장 뒤 자작나무 숲에서 총상을 입고 숨져 있었는데도 김기룡이 빚은 술이 화근이 되었을 것이라는 추측이 나오고 있었다. 본인 손에도 총이 들려 있었으나 술 때문에 대적하지 못하고 당했을 것이라는 말이었다. 김기룡 부부는 노인의 생일상을 차려 줄 요량으로 일부러 마음을 쓴다고 쓴 것이 오히려 의심을 사고 말았다.

"아니, 아직 확실한 게 아무 것도 없는데 왜 그런 말들을 하나? 아닌 말로 본인이 쐈을 수도 있는 거 아닌가 말이야."

이범윤 쪽 사람들은 아무 증거도 없으면서 최재형의 수하 짓이라고 단정 짓는 분위기였고 최재형 쪽에서는 그 사실에 대해 민감하게 반응했다.

"그동안 쌓인 감정들이 얼마나 많았는지 죽은 사람 앞에 놓고 별 흉한 말들이 다 나오네요."

김기룡의 처는 넋이 나간 얼굴로 주저앉아 있었다.

한기수는 최재형 측 인물로 그런 일을 행할 만한 사람은 김기룡 안중근 엄인섭 정도일 것이라는 추측을 사실처럼 말했다. 말을 하는 동안 점점 더 그렇게 믿게 되는 것 같았다. 박창수는 어떻게 노인을 살해할 수 있느냐며 분개했다.

"안중근, 엄인섭 그들은 모두 애국 인사들인데……."

박우걸은 찜찜한 빛이었으나 동료들의 서슬에 더 이상의 발은 잇지 못했다.

"그 세 사람은 의형제를 맺은 자들이란 말이지. 최재형과는 가족 이상이고 말이야."

박창수 장보문 등은 세 사람 중 한 사람을 본보기로 처형해야 한다고 주장했다. 그들은 김기룡에게 가장 큰 혐의를 두고 있었다. 이위종은 숙부가 수습하기를 바랐으나 숙부는 장례나 치르고 보자는 입장이었다. 그러나 그새를 기다리지 않고 일이 터졌다.

한기수 등은 그날 밤을 넘기지 않았다. 버터 공장 안에서 김기룡이 저격을 당했다. 워낙 재빠른 사람이어서 요란한 총격 속에서도 작은 부상만 입었을 뿐 목숨은 무사했다. 그러나 벌집을 쑤셔놓은 듯 양측의 분위기가 험악해졌다.

"이게 무슨 짓거리요?"

최재형이 소리쳤다. 재러 한인들이 이범윤 쪽 의병들 때문에 속이 뒤틀려 씩씩댈 때마다 지금은 조국만 생각하자, 이 고난의 시기를 지나가는 동안, 두루미의 돌을 물자며 달래던 최재형이었다. 그가 이번에는 화를 못 이겨 몸까지 떨었다.

"노인을 지성으로 수발한 끝이 고작 이런 것이란 말이오? 물에 빠진 놈 건져 놓으면 보따리 내놓으란다더니 이거야 원, 사람 같지도 않으니 일일이 상대할 것도 없소. 법에 걸어 밝히면 그뿐이오."

"맞아, 고약한 것도 고약한 것이지만 사람이 죽었으니 밝힐 게 있으면 밝혀 봐야지."

최재형 측 사람들이 서둘러 러시아 관헌에게 고발하였으므로 의병 몇 명이 체포되어 조사를 받았다.

"상것들이 하는 짓을 더는 못 보겠구나. 조선인끼리 해결할 일을 러시아 관에 고발하다니, 그러고도 너희가 조선인이더냐?"

의병들이 러시아 관헌에게 체포되자 이범윤은 아예 최재형을 제거해야 한다는 말을 공공연히 내뱉었다.

최재형은 안중근을 돕기 위해 한껏 몸을 낮추고
언행에도 신중을 기했다. 혹시라도 누가 눈치 챌까, 가족들의 언행까지 눈여겨보고 단속했다

13
최재형이 저격당하다

간도 지역에서 온 김화주가 이범윤에게 알리지 않고 구입한 총기를 운반하기 위해 밤을 틈타 의병 20명과 함께 압록강 경계 지역으로 탄약 3000발을 운송하였다. 노인의 은밀한 명이 있었다는 해명이었다. 노인은 죽었지만 이미 정해진 일이어서 어쩔 수 없었던 듯했다.

며칠 후 압록강을 따라 뗏목을 가지고 채벌된 목재를 수송하기 위하여 일본인들이 세워 놓은 산 속 시설을 파괴하고 상당한 병력을 가진 일본군 부대를 소탕했다. 최재형은 물론 이범윤과 의논 없이 독자적으로 움직였으므로 이범윤은 최재형이 그렇게 한 줄로 여겼고 또 한 번 격노했다. 그들이 일본인 상인 부부의 재물을 약탈하고 살해했으므로 문제가 커졌다. 최재형은 최재형 대로 그쯤 되면 의병이 아니라 강도 아니냐고 혀를 찼다. 그렇게 일렀는데도 이 예민한 시기에 일본군을 자극했으니 소탐대실 아니냐고 꼬집기도 했다. 꼭 이범윤을 향한 소리는 아니었지만 이범윤은 자신에게 책임을 묻

는 거라고 생각했다. 일본군은 러시아 당국에 조치를 취해 줄 것을 강력히 요청했다.

이틀 후, 러시아 군인 250여 명이 의병 사무소로 가서 총기 탄약을 압수하고 해산을 명하기에 이르렀다. 비귀화인으로서 여권이 없는 자에게는 추방령이 내려졌다. 러시아 당국이 심상치 않다고 판단한 의병들 중 상당수가 중국으로 몸을 피하면서 의병대는 이탈자가 늘었다.

"이제는 정말 의병활동을 전면 중단해야 할 것 같아."

최재형은 독자적으로 은밀히 해 오던 작전마저 접었다. 모든 활동을 중단했다. 의병들과 드러나는 접촉은 피하려고 애썼다. 장사에만 매달리며 의병 쪽 일은 엄인섭과 김기룡이 대신하게 했다. 명맥만 유지하겠다는 입장이었다.

"여하한 이유로도 국내진공작전을 중단할 수 없다."

이범윤은 수청세력을 설득하여 최재형을 압박했다.

"여기 뿌리를 내린 재러 한인들의 입장을 생각해 주십시오. 러시아 당국으로부터 이미 여러 차례 경고를 받았고 저들의 불만이 목에까지 찼습니다."

이범윤의 질책에도 최재형은 꿈쩍도 하지 않았다.

"너 최재형 이노옴, 종놈이 아령에 와서 돈푼이나 벌었다고 양반의 명을 거역하고 국가대사에 등을 돌리겠다는 것이냐? 목숨 걸고 싸우는 의병들을 나 몰라라 하고 네 한 몸 잘 먹고 잘 살아보겠다 이거냐? 네가 그런다고 인종이 바뀐다더냐? 이 어리석은 놈아!"

이범윤의 입에서 튀어나오는 욕설이 도를 넘는다 싶었다. 동의회를 발기할 때 있었던 일로 이범윤은 이위종에게도 전 같지 않았으므로 이위종은 이범윤을 말릴 수 없었다.

"네놈이 의병을 지원하기 위해 내어놓은 동포들의 돈을 착복하고 개인 자금으로 유용한 일을 내 모를 줄 알았더냐? 이 매국노야."

"매국노? 말을 가려하시오. 그런 말을 어찌 그리 쉽게 내뱉을 수 있소? 내 평생 고생하여 모은 돈이 의병들의 활동비와 심지어 생활비로까지 다 나간 적은 있으나 나 개인의 배를 불리지는 않았으니 엄한 소리 마시오."

최재형도 이번에는 참지 않았다.

"내가 찾고자 하는 조국은 양반들만 사람답게 사는 그런 나라가 아니오. 외세에 목 졸린 나라를 위해 싸우는 건 맞소. 힘을 합해야 하는 것도 맞소. 허나 내가 목숨을 바치고 싶은 조국은 모든 이가 제 인권을 지키며 사는 나라요. 우리는 근대화를 이루기 위해 피를 흘리는 러시아를 보고 들었소. 우리도 자유와 평등으로 새로 태어난 나라를 찾아야 하오. 우리가 왜 떠돌이 인생을 살고 있소? 여기 누구 하나 조국이 싫어서 떠난 사람 있소? 최소한의 기본권도 보장해 주지 않는 조선에서 굶어죽을 지경까지 가지 않았던가 말이오. 살기 위해서 기다시피 빠져 나온 구덩이 속으로 다시 들어갈 사람 누구요? 구태 속으로 머리를 들이밀 수는 없소. 아무리 생각해 봐도 저들은 우리와는 갈 길이 다르오. 희망이 보이지 않는데 그들에게 더 이상 피 같은 돈을 댈 수는 없소."

최재형이 지원금을 끊었다. 뿐만 아니라 재러 동포들을 향해 이범윤 일파에게 후원금을 낼 것 없다는 뜻을 밝혔다. 이범윤에게 오던 후원금이 거짓말처럼 딱 끊겼다. 그의 신망과 위력은 결코 무시할 수 없는 것이었다.

"나라가 꼭 땅덩어리를 의미하는 것은 아닐 것이오. 땅과 사람이 하나일 수 있다면 더없이 좋은 일일 것이나 정 안 될 일이라면 살고 있는 이곳을 우리 터전으로 만들 궁리를 해 볼 수밖에 없소. 우리 조선인의 자치주를 만들어 우리의 입지를 확고히 다진 후 러시아와 협상을 통해 관계를 개선한다면 장차 조선을 위해서도 힘이 될 것이고 최선은 못 되어도 차선책은 될 것이오."

최재형은 재러 한인들에게 조선인의 자치주를 확고히 마련하자는 주장을 폈다.

"아예 러시아로부터 이 땅을 사면 어떻소?"

보다 적극적인 의견을 제시하는 사람들도 있었다.

"맞소. 러시아야 이 정도 땅 없어도 그만 있어도 그만일 것이니 돈을 모아 사들입시다."

대부분의 사람들은 그렇게 말하는 사람에게서 눈을 돌려 최재형을 보았다. 흐름을 가장 잘 아는 사람에게서 가능성을 확인하겠다는 눈이었다.

"그렇게만 된다면 더 없이 좋겠지만 그렇게는 안 될 것이오. 그만한 돈을 모으기도 기적 같은 일이거니와 무엇보다 러시아는 태평양 쪽으로 항구가 필요하기 때문에 결코 이 땅을 떼어 팔지 않을 것이오."

"그럼 다른 지역을 사면 되지 않겠소?"

"아니, 다른 지역은 곤란하오. 사려면 우리 조국과 이어져 있는 연해주를 사야 하오. 이곳 연해주라야 뿌리를 지킬 수 있소."

의견이 분분했다.

"러시아가 팔지 않을 것이오. 우리끼리 괜한 꿈을 꾸는 게지."

"러시아는 지금 바닥부터 뒤집자고 들고 일어나는 중이오. 내일 무슨 일이 일어날지는 아무도 알 수 없는 일이오. 중요한 건 우리가 지금 할 수 있는 최선이오. 일단 확고한 자치주로 인정받는 것이 먼저요. 다른 꿈은 그 다음 일일 것이오."

최재형은 충분히 시도해 봄직한 일이라는 계산을 하고 있었다.

"그래, 유럽의 유태인들이 꿈꾸는 것과 무엇이 다르랴? 유럽 땅에서 유럽인의 지위를 얻어 잘 살게 되었어도 그들은 자신들의 땅을 찾으려 한다고 하지 않던가?"

최재형과 이위종은 여러 번 유태인들 이야기를 했다.

"2000년 전에 잃어버린 땅을 자신들의 땅이라 할 수 있는 걸까? 2000년 동안 살아온 사람들이 있는데 그곳에 가서 원래 우리 땅이니 내놓으라고 하면 순순히 내 줄까? 그래도 되는 걸까?"

"아닐 것입니다. 하지만 그건 유태인들의 꿈이지요. 그런 식으로 따지고 들자면 세계 지도는 다시 재편 되어야 할 곳 투성이겠지요. 합리적으로 재편되기는커녕 사람들만 죽어 나가게 될 것이고요."

"그렇긴 해도 유태인들은 끊임없이 시도할 것일세. 그리고 생각해 보게. 우리라고 연해주를 조선 땅이라고 말하지 못할 게 뭔가? 고조선이 있었고 발해가 있었지 않나?"

"그럼요. 우리도 시도해봐야 하고말고요."

조국을 생각하면서, 조국의 불운을 지켜보면서 얼마나 많이 입에 올렸던가? 유태인 못지않게 연해주의 조선인들도 절박하다는 말을 몇 번이나 주고받았던가?

"암, 꿈을 꾸다보면 현실이 될 수도 있는 거지. 꿈도 꾸지 못하면 아무 일도 일어날 수 없지."

"그러자면 생업에 자신이 있어야 해. 자식들을 가르쳐 놔야 하고 돈도 모아야지."

조국이 남의 발굽에 짓밟혔는데, 더구나 타국 땅에서 가진 것 없이 하룬들 어찌 살 수 있으랴? 재러 한인들은 주머니부터 단속했다.

최재형으로부터 자금 지원이 중단되자 수청 세력도 불안해지고 이탈자가 늘었다.

이위종은 이범윤이 오늘 저녁 집으로 좀 오라고 말하는데 공연히 가슴이 뜨끔했다. 저녁을 함께 하자고 한 것은 무슨 할 말이 있어서일 것이었다.

"너, 최재형의 집에 머물지 말고 다른 곳에 거처를 정하도록 해라. 나랑 있든가 나랑 있기 어려우면 네가 원하는 곳에 따로 마련해 주마."

이범윤의 말은 명령이었다. 그동안도 왔으면 나를 찾아야지 왜 남의 집에 거처를 정하느냐, 한 마디 하곤 하였지만 그저 지나가는 인사치레였다. 이번에는 어조부터 달랐다. 단호했다. 최재형과의 관계가 극도로 악화되었다는 뜻이었다.

"차차 알아보고 옮기도록 하겠습니다."

"오늘 밤 안으로 번역해야 할 문서가 있는데 달리 할 사람이 없구나. 네가 애를 좀 써야겠다."

당장 옮기라는 말이었다. 이위종은 아버지와 달리 완고한 숙부가 어렵기만 했다. 동의회 사건 이후 더 어려워졌다. 함께 밤샘을 하는 것은 내키지 않는 일이었다. 그러나 번역을 다른 이에게 맡길 수도 없는 일이니 도리가 없었다.

"이쯤 되면 저자는 의병의 적이라 할 수 있지 않겠습니까?."

저녁상을 물리고 난 박장출 형제가 이범윤에게 하는 말이 심상치 않다 싶기는 했지만 그들이 수하 두 명을 데리고 최재형의 집을 찾아갈 줄이야.

"최재형을 저격해요? 누가요?"

최재형이 지난밤 저격을 당했다는 말에 이위종은 뒷머리를 얻어맞은 느낌이었다. 자신을 바로 보지 않고 피하는 것이 너도 어딘가 미심쩍다, 온전히 믿을 수 없다는 뜻인 것만 같았다. 일이 터졌던 시간에 너는 행방을 알 수 없었다. 어디 있었느냐? 묻고 있는 것도 같았다. 엄인섭도 김기룡도 자세한 이야기는 해 줄 생각이 없었다. 입을 다물고 돌아서는 모습이 꼭 경황이 없어서만은 아니라는 것을 느낌으로 알 수 있었다.

이범윤이 맡긴 번역일이 구실이었을지 모른다는 생각이 스쳤다. 등줄기에 식은땀이 흘렀다. 숙부가 시킨 일? 설마? 아무리 감정이 상했다고 숙부가 그렇게까지? 그럴 리는 없다, 이위종은 고개를 흔들었다.

"적들이야 우리에게 총을 겨누는 게 당연하지. 아, 하지만 저들은 바로 우리가 아닌가 말이야. 남이 나를 해쳐서 쓰러진다면 그도 슬픈 일이거늘 안에서 독이 생겨 스스로 쓰러지게 생겼으니 이 얼마나 참담한 일인가 말일세."

최재형이 겨우 지혈이 된 팔을 감싸 안고 말했다. 이위종은 숙부를 대신해 사과하고 싶었다.

"이게 누가 중재를 한다고 해서 될 일이 아닐세. 그들은 자신들이 옳다고 믿고 있고 우리는 우리가 옳다고 믿고 있으니."

최재형은 손을 내저었다. 두 번이나 총격이 있었으니 숙부와 최재형은 다시는 화합하기 힘들게 되고 말았다.

"총성이 세 발 울리더군. 설마하니 최 회장에게 총질을 할까 싶었는데……."

강우부가 말했다.

"우리끼리 이게 무슨 일이란 말입니까?"

안중근이 창밖을 바라보며 침통한 표정으로 서 있었다. 중얼거림처럼 새어나오는 말은 한숨에 가까웠다.

"꼭 죽일 생각이었다면 셋이 각각 한 발씩을 쏘았는데 못 죽였겠는가?"

죽일 생각으로 총을 쏜 것이 아니라니? 강우부의 말은 결국 이범윤에게 혐의를 두는 말이었다.

"숙부가 시켰다고 믿으십니까?"

"겁을 좀 주자는 생각이었던 것 같네."

"숙부의 명을 관철시키기 위해서요?"

"지휘체계가 흔들리고 있다고 믿으시는 듯하이. 양반의 지위를 지켜야 한다는 생각도 강하실 것이고."

최운학은 최재형이 너무 많은 총을 구해 주어 총이 넘쳐난다고 말했다.

"적을 향해 쏘라고 매입해 준 총을 우리 아버지에게 쏘다니?"

운학은 치미는 분을 참느라 얼굴이 노랬다. 그 돈이 어떤 돈인데? 하고는 더 이상 입을 떼지 않았다. 험한 말이 또 다른 화근이 될까 조심하는 빛이었다.

운학의 말이 그르지 않았다. 최재형의 도움으로 이범윤의 의병들 대부분이 총을 소지하고 있었다. 이범윤이 보낸 사람들의 총에 최재형이 쓰러지다니? 입이 열 개라도 할 말이 없었다. 꼼짝없는 죄인이었다. 이위종은 탄식했다. 아, 영웅의 모습으로 머릿속에 각인되어 있는 숙부가 아니던가. 그 숙부 안에 살고 있는 양반이 숙부를 낯선 사람으로 만들고 있지 않은가?

최재형 총격 사건 이후 이범윤은 한동안 침묵했다. 자금줄이 묶여 움직일 수 없게 되자 이범윤은 최봉준을 찾아갔다.

최봉준은 한때 최재형과 의형제를 맺은 사이였고 서로 협력하여 장사를 키워온 인물이었다. 그러나 엄인섭과 이경화가 국경 부근에서 일본 상인 몇몇을 살해한 일로 틀어졌다. 그 일본 상인들이 최봉준과 거래가 있는 사람들이었으므로 최봉준은 최재형을 향해 독설을 퍼부었다. 장사꾼이 무슨 애국활동을 하겠다고 껍죽대냐며 비아냥거렸다.

최봉준의 재력은 최재형 못지않다고 알려져 있었다. 최봉준은 육우상으로 부의 기틀을 잡았다. 조선에 드나들며 상업 활동을 하고 있었으므로 일본을 상대로 싸우는 일 자체를 반대하였다. 오히려 이권이 걸린 일본 상인들은 물론 몇몇 고위 관리들과도 친분을 유지하고 있는 터였다. 최재형이 의병을 지원하면서 이해가 엇갈리고 최재형이 부쩍 못마땅하게 느껴지고 있기는 했지만 그렇다고 최봉준이 이범윤을 반길 리 없었다.

"내, 이렇게 실례를 무릎 쓰고 오늘 이 자리에 온 연유는 바로 조국을 위한 마음이오. 아다시피 위로는 국권이 소멸되고, 아래로는 민권이 억압되었소. 안으로는 생활상 산업권을 잃어버리고 밖으로는 교통상 제반권을 단절케 되었으니 우리 조선인은 사지를 속박하고 이목을 폐석하야 꼼짝 운동치 못하는 일개 반생물이 된지라. 어찌 자유 활동하는 인생이라 하리오. 해서 힘을 모으고자 하니 부디 애국심으로 함께 하기를 바라는 바이오."

최봉준은 어디서 이 지루한 말을 자르나 기다리는 눈치였다.

이범윤이 헛기침을 하며 목을 축이는 틈을 타 최봉준이 입을 열었다. 이범윤의 말이 채 끝나기도 전이었다.

"어느 한인은 일본에 반항하고 어느 한인은 당국자와 반목하지요. 나는 무슨 연고로 반항하고 또는 반목할 것인가의 이유를 발견할 수 없습니다."

"지금 시기를 잃으면 나라의 주권이 영영 일인의 손에 들어가고 말 것이오. 앞장서서 총 들고 싸우는 일은 우리가 할 것이니 후원금을 좀 대시오."

"나는 일본국에 대하여 반항할 생각 없습니다. 오히려 그 은의에 감사하는 사람입니다. 왜냐하면 우리 조선이 순연한 독립국이 된 것은 일본국이 청일전쟁과 러일전쟁에서 거액의 금전과 무수한 생명을 희생하여 바친 결과이니까요. 그리고 우리나라의 개혁 발달을 위하여 극력 진력하고 있는 것은 내가 확신하는 바입니다. 시세를 오해하는 자들이 수청, 블라디보스토크, 및 얀치헤 지방에 있습니다. 그들은 자칭하여 의병이라 하나 사실은 폭도입니다. 의병이랍시고 후원금을 내라고 손을 벌리는 일도 따지고 보면 염치없는 일이지요. 각 촌락에 얼마나 많은 원조금을 모집하고 고혈을 짰습니까? 나는 그들이 국리민복을 증진했다고 인정할 수 없습니다. 또 각출금을 어떻게 소비하였는지도 불명하지요."

"아니, 이 자가 지금 제정신인가? 일본이 우리를 도왔다고? 일본이 한 모든 일이 결국 우리나라를 집어삼킬 작정으로 한 일들임을 정녕 모른단 말인가?"

이범윤은 더 이상 격식을 차리지 않았다. 이범윤이 감정을 드러내자 최봉준의 언사도 거칠어졌다. 눈빛도 밀리지 않았다.

"세상 보는 눈이야 다 각각이지요. 그리고 지금 돈을 구걸하러 온 처지에 내 앞에서 양반 행세를 하는 게 얼마나 어리석은지 모르시오?"

"무에라? 구걸? 나라를 위해 희사하는 것을 아까워하다니 네가 정녕 조선인이 맞더냐?"

"계속 하대를 하면 내 더는 참지 않을 것이오. 썩 돌아가시오."

최봉준이 이범윤을 싸늘하게 노려보았다.

이범윤은 격한 감정을 억누르느라 낯빛이 하얗게 변했다. 이범윤은 결국 씩씩거리며 빈손으로 돌아섰다. 최봉준은 독설을 퍼붓고도 모자라 불순한 한인들이 러시아에 해를 끼치는 활동을 하고 있다고 러시아 관헌에 신고했다. 각출금을 문제 삼고 폭도를 뒤에서 조정한다는 등의 모함으로 최재형까지 조사를 받게 만들었다. 최봉준도 러시아 관계에 발이 넓었다. 그러나 최재형을 믿는 러시아 관헌들의 수가 많아 최재형 편에 섰으므로 최재형은 간단한 조사만 받았다. 누가 봐도 형식적인 조사였다.

"지난 번 노인 사망 사건 때도 범인을 따로 두고 서로 패가 갈리어 싸우더니 이번에도 또 잡아먹을 듯이 싸우네."

소식을 듣고 달려 온 최운학에게 러시아 관헌이 말했다. 패가 갈

리어 싸우는 조선인들의 모습이 딱하다는 생각을 숨기지 않았다. 피에르라는 이름의 러시아 관헌은 최운학과는 어릴 적부터 함께 자란 친구였다. 러일전쟁 이후 카를 마르크스에 대한 관심으로 한층 가까워진 사이였다.

"노인 살해범이 따로 있었다구?"

"아, 아직 조사 중이기는 하지만 범인이 잡혔는데 아주 애송이던걸."

"애송이?"

"김규태라고 하던가? 여자 친구도 있어. 찾아와서 어찌나 울던지."

"김규태?"

뜻밖이었다. 노인을 쏜 범인은 정일엽과 혼담이 오가는 청년이었다. 노인이 정두원의 아내에게 추태를 부리다 김규태의 눈에 띄어 망신을 당하고 쫓겨난 일이 있었다니? 처음 듣는 말이었다.

"그래서 결투가 벌어졌다고?"

"러시아 물 좀 먹고는 술김에 엉뚱한 짓을 한 거구만. 그 양반이 푸시킨이 결투하다 죽었다는 말을 몇 번이나 하는 거 못 들어봤남? 남자라면 여자 앞에서 어쩌구 하면서 사랑하는 여자를 위해 결투를 하다 죽은 푸시킨은 진짜 시인이고 진짜 남자라고 침을 튀기곤 했잖아?"

"쯧쯧, 살기 위해 죽을힘을 내고 있는 연해주 동포 사회에 와서 양반이랍시고 헛기침이나 해대더니 처신하고는……."

"관리 영감은 도대체 그 호색한한테 뭔 코가 꿰어서 여기까지 데려왔누?"

동포 사회가 발칵 뒤집혔다. 김규태의 이름이 오르내리고 정일엽을 동정하는 소리, 노인을 향한 비난, 음담패설까지 돌면서 한동안 어수선했다.

"관리 영감이 쓸데없이 일을 벌여서 러시아 사람들에게 망신을 당하고 안 써도 될 돈까지 쓰고 말았어. 노인 일도 일이지만 최봉준은 왜 찾아가누?"

엄인섭이 씩씩거리며 귀 있는 사람 들으라는 듯 말했다.

이래저래 이범윤과 의병은 물론 최재형마저 위축되고 말았다. 하지만 최재형은 이범윤을 향해 더 이상 어떤 원망도 하지 않았다. 너그러워서가 아니었다. 몸과 마음을 집중해야 할 일이 따로 있었기 때문이었다.

최재형은 안중근을 돕기 위해 한껏 몸을 낮추고 언행에도 신중을 기했다. 혹시라도 누가 눈치 챌까, 가족들의 언행까지 눈여겨보고 단속했다.

안중근은 최재형의 집에서 사격 연습에 집중하고 있었다. 의형제를 맺은 엄인섭과 김기룡도 출입을 삼가며 신중에 신중을 기하고 있었다.

【 안중근이 어디 개인 자격으로 행동하였던가? 안중근을 살리는 것은 우리 조선의 혼을 살리는 일일세 】

14
하얼빈

어느새 출발 시간이 코앞으로 다가와 있었다.

"안중근이 오늘 아침에는 기도하면서 촛불을 하나 더 켰어요."

엘레나가 전하는 말에 울컥 올라오는 것이 있었다.

공개적으로 사격을 가하지 말고 비밀리에 납치하여 처형해 버리자는 주장이 나왔을 때였다. 성공 확률도 더 높고 희생할 필요도 없다는 말에 그게 좋겠다는 동조자까지 나오자 안중근은 펄쩍 뛰었다. 우리가 하는 일은 암살도 아니고 테러도 아니어야 한다고 못을 박았다. 침략행위를 세계에 알리는 정의의 일갈이고 선량한 백성을 보호하기 위한 국가적 작전임을 명심하라는 호소가 간곡했다.

"워낙 신심이 깊으니……. 아무리 큰 뜻을 세웠다 해도 따로 괴로움이 없을 수 없지. 내가 참으로 면목이 없구만."

교육에 뜻을 두던 안중근이 지금은 교육에 매달릴 시기가 아닌 것 같다며 항일투쟁에 나선 것은 정미 7조약이 체결된 후부터였다. 세계의 양심에 호소해보자고 의견이 모아졌지만 누군가의 희생이 있어야 했다. 안중근이 앞으로 나서 준 것은 천군만마였다.

"전 세계를 향해 정의를 호소하는 한 발의 총성을 울려야 합니다."

안중근은 침착하고 치밀했다. 문무를 겸비했고 무엇보다 정의를 향한 투지가 강했다. 겪어 볼수록 믿음이 갔다.

그런 안중근이 며칠째 식사를 하는 둥 마는 둥 했다. 잠도 제대로 자지 못하는 듯싶었다. 말도 거의 하지 않았다. 마음 같아서는 안중근을 뒤로 앉히고 자신이 직접 나서고 싶었다.

"제가 상트페테르부르크에 있을 때 프랑스에서 온 친구에게서 받은 묵주가 있어요. 그 친구도 가톨릭이었어요. 기도의 공덕이 많이 들어 있어요. 이걸 지니고 계시면 조금이나마 도움이 되지 않을까요?"

엘레나가 푸른빛의 묵주를 안중근에게 건넸다. 부피도 부담이 되지 않았고 아주 가벼웠다. 있는 듯 없는 듯 지켜줄 것이라며 손에 쥐어주자 안중근은 사양하지 않았다. 반짝거리는 빛이 강해 거사를 앞둔 사람에게 짐이 될까 싶기도 했지만 최재형은 마음을 주고받는 것이라 여겨 말리지 않았다.

"침략의 원흉 이토 히로부미를 암살하기로 하고 3년 이내에 성사하지 못하면 자살로 국민에게 속죄한다고 맹세하던 사람이 막상 거사를 앞두고는 저리 괴로워하는군요."

"1908년 여름에 특파독립대장 겸 아령지구군사령관으로 함경북도 경흥군 노면에 주둔하던 일본군 수비대를 격파했을 때도 저 유약한 마음 때문에 일을 그르쳤잖습니까."

김기룡과 이위종이 옆에서 한 마디씩 했다. 그랬다. 일본군 수비대를 격파한 뒤 본격적인 국내진공작전을 감행하여 함경북도 경흥과 신아산 부근에서 전투를 벌여 전과를 올렸었다. 그러나, 얼마 후 일본군의 기습공격을 받아 처참하게 패배했다. 의병들은 기습공격을 받은 이유가 안중근이 전투에서 사로잡은 일본군 포로를 국제공법에 의거해서 석방해 주었기 때문이라고 성토했다.

"다른 사람들의 반대에도 불구하고 기어이 석방하더니만 결국 이런 일이 터지고 말았잖은가 말이야. 싸움에서 자비가 어디 있고 원칙이 어디 있나? 먹느냐 먹히느냐만 있을 뿐이지."

안중근은 블라디보스토크로 돌아와 의병을 다시 일으키려고 했으나 많은 사람들의 비판에 직면했다. 결국 부대는 해체되고 말았다. 국제공법을 지키려다 의병들 사이에서 곤란한 입장에 처하게 된 것이었다.

"그가 거사를 치르고 나면 국제공법이 그를 살려줄까?"

그렇게 믿는 사람은 없었다. 다들 고개를 저었다.

최재형은 그럴 수 있기를 간절히 기도했다. 벌써 변호사를 사 두었고 세르게이와 콘스탄틴에게도 협조를 부탁해 두었다.

거사 장소를 하얼빈으로 한 것은 거사 후 일본의 재판을 받지 않기 위한 것이었지만 러시아는 일본과의 관계가 나빠지지 않기를 바라고 있었으므로 거사가 끝난 후 일본인들의 손에 그를 넘기고 발을 빼려 들 가능성도 있었다.

거사 후 무슨 일이 있어도 일인들의 손에 넘어가지 않도록 해야 했다.

대동공보(大東共報)를 통해 이토 히로부미가 북만주 시찰을 명목으로 러시아의 대장대신(大藏大臣) 코코프체프와 회견하기 위하여 온다는 정보를 입수한 후 최재형과 엄인섭, 김기룡 등은 안중근의 계획을 성사시키기 위해 피 말리는 시간을 보냈다.

안중근의 그늘이 두려움이나 몸을 사리겠다는 생각 때문이 아니라는 것을 이위종도 엄인섭도 김기룡도 잘 알고 있었다. 그의 신앙이 그를 괴롭히고 있다는 것을 그들도 마음으로 알고 있었다. 그러나 또한 그의 신앙이 흔들림 없이 차분히 거사를 성사시킬 것이라는 믿음도 있었다.

최재형은 계획된 시간이 코앞으로 다가오자 제일 먼저 잠이 달아났다.

"아, 내가 대신 가고 싶지만 총이고 활이고 응칠이 만큼 다룰 재주가 내게는 없으니……."

"기동력이 떨어지잖아요. 절대 안 됩니다. 여차 하면 제가 나설 것입니다. 너무 걱정 마십시오."

청년 유동하가 그림자처럼 따라붙겠다며 결심을 보였다.

"이것이 어디 안중근만의 사명입니까? 사격이야 안중근을 따라갈 수 없겠지만 저 역시 한 몸 던질 각오가 되어 있습니다."

대동공보사에서 총괄 내부 업무를 맡고 있는 우덕순도 함께 하얼빈으로 가겠다고 나섰다.

"하느님도 힘없고 선량한 많은 영혼을 위한 희생이라고 여기실 것이에요. 아, 저는 기도밖에 해 줄 것이 없네요."

엘레나는 한 달째 그를 위해 촛불을 켰다.

"만주에 도착하는 시간과 환영 행사들에 관한 정보와 동선을 꼼꼼히 잘 확인해야 할 것이야."

최재형은 우덕순과 유동하에게 재차 확인할 것을 당부했다.

"예, 일본의 남만주 철도와 러시아의 동청 철도가 엇갈리는 채가구역에서 이토 히로부미가 열차를 갈아탈 것이랍니다. 시간은 아직 정확히 알 수가 없습니다만 아무래도 채가구에서 기회를 보는 게 좋겠습니다."

유동하의 러시아어는 누구보다 유창했다. 크게 도움이 될 것이었다.

"그럼 채가구에서 처단하기로 하고 만일에 대비해서 유동하는 하얼빈에 남도록 하세."

최재형은 안중근 우덕순 조도선과 함께 채가구로 갔다.

새벽 6시에 이토가 도착할 예정이라는 말에 안중근의 표정이 변했다.

"날이 밝기 전이군요. 그렇다면 이토는 내리지 않을지도 모릅니다. 경계심이 대단한 자거든요."

"그럼 우리도 하얼빈으로 가야 하는 거 아닌가?"

"아무래도 나뉘는 게 좋겠습니다. 저는 하얼빈으로 가서 대기하겠습니다. 동지들은 이곳 일을 맡으십시오. 이곳에서 그가 내리지 않거나 실패하면 하얼빈에서 제가 손을 쓰겠습니다."

안중근은 혼자 하얼빈으로 가겠다고 말했다. 그러나 최재형은 안중근과 함께 하얼빈으로 향했다. 아무래도 안중근의 말대로 이토가 내리지 않을 것 같은 느낌이 들었다. 하얼빈이 거사 장소가 될 것 같았다. 얼핏 관원으로 보이는 러시아인들이 눈에 들어왔지만 냄새를 맡았을 리 없다고 고개를 흔들었다.

최재형은 자신이 떠나자마자 남은 두 사람이 러시아 관원들에 의해 감금된 사실을 까맣게 모른 채 하얼빈으로 가 유동하와 합류했다. 이위종과 그의 장인, 노리겐 남작도 와 있었다. 거사 후 철수를 돕는 것이 두 사람의 일이었다.

1909년 10월 26일 오전 7시. 숨 막히는 긴장으로 시간이 멈추었다.

기차에서 내리는 이토의 모습이 보였다. 천천히 움직였다. 그의 느린 움직임과 삼엄한 밀착 경호는 보는 이로 하여금 범접할 수 없는 권위와 힘을 느끼게 했다.

최재형은 일부러 안중근 쪽으로 눈길을 보내지 않았다. 어디선가 자신을 감시하는 일경이 있어서 자신의 눈길이 어디로 향하는지 확인하고 있을 것만 같았다. 안중근의 옆모습을 흘낏 보고는 얼른 눈을 다른 곳으로 돌렸다. 안중근은 이토가 열 걸음 앞으로 올 때까지 기다릴 것이다. 반짝, 푸른빛을 본 것 같았다.

탕, 탕, 탕.

총소리가 귀를 찢었다. 안중근이 이토를 저격했다. 분명 이토가 쓰러졌는데도 안중근은 다시 4발을 또 쏘았다. 일본총영사와 궁내비서관, 남만주 철도 이사 등이 차례로 쓰러졌다.

"장량이 무사를 사서 진시황의 마차를 향해 백이십 근이 넘는 무기를 던져 마차를 박살냈던 일이 있었지요. 장량이 누굽니까? 치밀하고 꾀 많기로 평판이 높았던 인물 아닙니까? 그러나 그는 진시황을 죽이지 못했지요. 진시황이 똑 같은 마차를 열 대 준비했었기 때문인데 백이십 근이 넘는 무기에 박살이 난 것은 진시황이 타지 않은 마차였으니 하늘이 장량을 돕지 않은 것이지요."

안중근은 권총을 닦으며 그런 말을 했었다. 이토가 다른 사람을 내세웠을 수도 있다고 판단해서 권위 있는 옷차림의 인사들을 저격했음이 분명했다.

"코레아 우라."

"대한 만세."

결박당하면서도 안중근은 대한 만세를 외쳤다. '대한독립' 그가 연추하리에서 11명의 동지들과 왼손 무명지를 끊어 그 피로 썼던 글자들이 눈앞에서 펄럭거렸다. 열한 명의 '동의 단지회' 동지들이 함께 대한만세를 외치고 있는 것 같았다.

이제 자신이 움직일 차례였다. 최재형은 걸으면서도 달리면서도 그가 일군에게 인도되지 않도록 막아야 한다는 생각뿐이었다.

10월 26일 하얼빈 역에서 이토 히로부미가 코코프체프와 열차에서 회담을 마친 뒤 러시아 의장대를 사열하고 환영군중 쪽으로 가는 순간 권총을 쏘아 이토 히로부미에게 3발을 명중시켰다는 소식이 전해지자 재러 한인사회는 숨죽였다. 하얼빈 총영사 가와카미(川上俊彦), 궁내대신 비서관 모리(森泰二郎), 만철(滿鐵) 이사 다나카(田中清太郎) 등도 중경상을 입었다고 했다.

"대한만세를 외치고 현장에서 바로 체포 되었어."

소문은 참 빠르기도 했다. 최재형이 사건의 전말을 알리기도 전에 니콜라이는 이미 들어 알고 있었다. 니콜라이도 변호 모금 운동에 앞장섰다. 안병찬과 러시아인 콘스탄틴, 영국인 더글러스 등이 무료변호를 자원했다.

"나는 한국의병 참모중장이오. 나를 군인으로 대해주시오. 이토 히로부미는 대한의 독립주권을 침탈한 원흉이며 동양평화의 교란자이므로 대한의용군사령의 자격으로 총살한 것이오. 개인의 일로 사살한 것이 아니외다."

안중근은 러시아 검찰관의 예비심문과 재판과정에서 거사동기를 밝히고 자신에게 살인죄를 씌울 수는 없다고 주장했다.

안중근은 명성황후를 살해한 일, 1905년 11월에 강제로 한일협약 5개조를 체결한 일, 1907년 7월 한일신협약 7개조를 체결한 일, 양민을 살해한 일, 이권을 약탈한 일, 동양평화를 교란한 일 등 이토 히로부미의 죄상을 제시하고 자신을 전쟁포로로 취급하여 줄 것을 거듭 요구했다. 최재형도 변호사를 통해 같은 주장을 펴고 같은 요구를 했다.

"일본이 그를 재판하게 해서는 안 돼. 어떻게든 막아야 해."

최재형은 며칠째 눈이 벌게져서 돌아다녔다. 돈도 아끼지 않았다.

"장량이 돈을 어찌 썼는지 들어본 적 없는가? 진시황의 폭력과 살생에 희생된 사람들이 다 이를 갈 때였지. 장량 집안은 상국 집안이라 삼백이 넘게 죽었네. 하지만 장량은 그 시신을 수습하는데 돈을 쓰지 않았네. 전 재산을 사람을 사는 데 썼지. 백이십 근이 넘는 무기를 던져 진시황의 마차를 박살냈던 인물도 바로 그중에 있었네. 장량이 죽은 피붙이들을 묻는 데 돈을 쓰지 않고 미래를 준비하는 데 쓴 것은 우리도 꼭 새겨 둘 만한 행동일 것이네."

총격사건 이후 좀체 말을 섞지 않던 이범윤이 착 가라앉은 목소리로 한 마디 했다. 그도 같은 마음일 것이었으나 크게 멀리 보자는 말이었다.

"헛돈이 되고 만다 해도 끝까지 힘을 다해 볼 것이야. 아, 이제 알겠어. 하느님이 나같이 하찮은 노비의 자식에게 왜 그리 많은 돈을 벌게 해 주셨는지. 다 이렇게 쓸 자리를 마련해 놓으신 거였어."

"어차피 안 될 일이오. 관리 영감 말이 틀리지 않소. 헛돈을 퍼붓는다고 될 일이 아니오. 안중근도 차라리 헛되이 쓰지 말고 의병을 위해 쓰라고 할 것이오."

마음 독하게 먹어야 한다며 헛돈 소리를 꺼내는 사람은 이범윤뿐이 아니었다. 김기룡과 엄인섭마저도 이제는, 어차피……. 하며 쭈빗쭈빗 말을 꺼냈다. 그러나 최재형은 멈출 수 없었다.

"안중근이 어디 개인 자격으로 행동하였던가? 안중근을 살리는 것은 우리 조선의 혼을 살리는 일일세. 총 한 발이면 숨이 끊어지고 말 육신을 구하려는 게 아닐세. 그는 우리 조선을 끌고 나아갈 근본이고 힘인 것일세."

적을 대할 때 국제공법을 따르고 지켰던 때문에 곤경에 처하지 않았던가. 그런 안중근이 자신은 국제 공법의 도움을 받지 못하는 것도 안타까웠다. 최재형이 그렇게 애를 썼음에도 안중근은 러시아 관헌의 조사를 받고 난 후 일본 측에 인계되어 뤼순 감옥으로 옮겨졌고 1910년 2월 14일 사형선고를 받았다. 시신마저 행방이 묘연했다. 뤼순 감옥 뒤쪽의 산 어딘가에 버려졌다는 말이 들렸지만 러시아인들도 관계자 외에는 접근할 수 없었다. 최재형은 몇 번이나 산을 올려다보았다. 엘레나가 손에 쥐어 주었던 그 작은 묵주가 여기요, 그가 여기 있소, 하고 반짝 빛을 뿜어 알려줄 것만 같았다.

안중근이 결국 사형 당하고 시신 찾는 일마저 포기한 후 최재형은 한 달 동안 칩거했다.

"제가 준 묵주는 푸른색이 강해서 눈에 띌 것입니다."

엘레나의 간곡한 부탁에 니콜라이는 사람을 풀어 은밀히 푸른 묵주를 찾았다. 시체가 버려졌을 만한 장소들을 뒤졌다. 하지만 번번이 실패했다.

"꼭 찾게 될 것이야. 시간이야 좀 걸리겠지만."

니콜라이는 그렇게 위로했다. 마치 언젠가는 일본의 야욕으로부터 조선을 되찾을 것이라는 말처럼 들렸다.

그러나 조선은 합병이라는 최악의 상황으로 내몰리고 있었다.

【 보통 인간의 눈으로는 도저히 그 존재의 내면을 들여다 볼 수 없었던 아나스타시아.
최재형은 또 하나의 별이 떨어졌다고 생각했다 】

15
아나스타시아가 떠나다

최재형은 이고리의 처, 쏘냐가 오늘내일 한다는 말을 듣고 서둘러 올가 요양원으로 달려갔다.

언제부턴가 쏘냐는 마마를 대신했다. 마마가 죽은 후, 최재형은 별일이 없는 한, 한 해를 보내는 일과 새해를 맞이하는 일만큼은 아나스타시아와 함께 하려고 노력해 왔다. 쏘냐는 해마다 선물을 준비해 아나스타시아를 즐겁게 해 주고 함께 해 주었다. 아나스타시아의 작은 상자 속에는 한 해를 보내며 받은 모자, 장갑 등의 선물과 새해를 맞으며 받은 여러 가지 모양의 목걸이나 그림 등이 들어 있었다. 아나스타시아는 그것들이 자신의 재산목록이라도 되는 듯 소중히 여겼다. 기분이 좋을 때는 눈에 띄는 사람을 앞에 붙들어 앉혀 놓고 꺼내 보이곤 했다. 시간이 흐르는 동안 쏘냐는 조금씩 마마의 빈자리를 채우고 슬픔을 덜어주었다. 아나스타시아도 쏘냐를 또 다른 어머니로 여기는 빛이었다.

최재형은 마마가 남루한 동양 소년을 친아들처럼 살피고 가르치고 도와주는 것이 순수한 마음일까? 의심이 들곤 했었다.

세례를 받을 무렵, 마마는 최재형의 침상 곁에 이콘을 세워주며 가난하고 불쌍한 사람을 보면 예수님이라고 생각하고 예수님을 대하듯 해야 하는 거라고 당부했었다. 그때는 마마를 막연히 천사라고 믿고 있을 때였다. 자신의 처지가 어려워 마마에게 예수님이 된 것이겠거니 생각했었다. 하지만 시간이 흐르면서 뭔가 득이 될 것을 기대하고 있을 것이라고, 계산속이 있을 것이라고 마마의 머릿속을 헤아려보곤 했다. 딱히 득이 될 만한 것을 찾아내지 못하고 있을 때 아나스타시아가 보였다. 아나스타시아가 키스라는 말을 하며 목에 매달렸을 때 아, 마마가 노리는 것이 이런 거였겠구나 심증이 갔었다.

아나스타시아가 혼인을 할 수 있을까? 어려울 것이다, 마마는 줄곧 부족한 딸을 보며 애태웠을 것이다. 최재형을 만난 후, 가난하고 갈 곳 없는 처지니 잘 키워 부족한 딸과 짝을 지어주면 어떨까, 속으로 셈을 하고 있었을 것이다. 그렇게만 된다면 죽어도 눈을 감을 수 있을 것 같다는 생각을 했을 거라고 넘겨짚고 있었다. 엘레나가 다가오기 시작했을 때였던가? 마마 스스로 자신에게 그런 생각이 있었노라 고백한 적도 있었다.

마마가 떠난 후, 아나스타시아가 마마의 몸으로 낳은 딸이 아니라는 사실을 처음 알았을 때 최재형은 충격을 받았다. 단 한 번도 생각해 본 적도 없는 일이었다. 마마는 어떻게 그럴 수 있었을까?

쏘냐가 마마를 대신하면서 답이 보였다. 아나스타시아가 쏘냐를 또 다른 어머니로 대하는 것을 보면서 사랑의 힘이 보였다. 그랬다. 마마는 하느님의 일부분이었던 거였다. 나란 놈은 얼마나 치졸한가? 줄곧 다른 눈으로 보고 다른 마음에 담았으니 깨닫지 못하였고 스스로를 괴롭히고 더럽혔던 것이었다.

올가 요양원에는 이미 니콜라이가 와 있었다. 이고리의 딸 부부가 현관까지 나와 맞아주었다. 최재형이 잠시 숨을 돌리고 주변을 돌아보는데 세르게이와 콘스탄틴이 도착했다.

"쏘냐가 겨우 잠들었으니 지금은 모두 나가 있는 것이 좋겠어요."

부드럽고 공손했지만 간호사의 말은 명령이었다. 쏘냐가 누워있는 방에서 나와 피아노가 있는 방으로 들어갔다. 나타샤가 쓰고 있었다. 노란 커튼이 방 분위기를 한결 따뜻하게 만들어 주었다. 전에 들어와 보았을 때와는 느낌이 달랐다.

세르게이와 콘스탄틴이 바빠서 아침부터 아무 것도 먹지 못했다고 하자 나타샤가 간단한 음료와 빵을 준비해 주었다.

"이렇게 사건이 커지다니……. 시작은 고작 빵이었는데 말이야."

세르게이가 빵을 베어 물며 혼잣말하듯 중얼거렸다. 황제가 물러나게 될 줄은 꿈에도 몰랐다는 말이었다.

"고작 빵이라고? 결국 빵이 인생의 전부일 수도 있어. 그리고 빵을 어떻게 나누어 먹느냐에 따라 사회의 질이 달라지는 거 아니야?"

콘스탄틴이 정색을 하며 말했다.

— 여기까지 와서도 혁명 이야기라니…….

두 사람은 혁명 일에 푹 빠져 있었다. 최재형도 심란하기는 마찬가지였다.

굶주림과 분노에 사로잡힌 이들이 빵가게, 식료품점 등을 습격하고 다음날 사회주의 단체들이 부녀자의 날을 선포하고 시위를 벌였을 때까지만 해도 일이 이렇게까지 커질 줄은 생각도 못했었다.

자꾸 불어나는 시위대를 보면서 피의 일요일을 떠올렸을까? 니콜라스 2세는 빨리 혼란을 수습하라고 명령했다. 경찰과 군인들은 명령 앞에서 머뭇거렸다. 시위대에 가담한 사람들이 누군가? 바로 자신들의 가족이 아닌가. 가족들을 향해 발포할 수는 없는 일, 결국 시위대 편에 섰다. 총부리를 장교들에게로 돌렸다. 거대한 소용돌이가 일기 시작했다.

"그런데 그 레닌이라는 사람 말이야. 독일에 망명해 있다더니 정말 돌아왔나?"

니콜라이가 두 사람을 향해 물었다. 그도 이제 늙었다. 아들이 말에서 떨어져 죽는 슬픔을 겪은 후 어느 날 마른 나무토막처럼 쓰러졌다. 몇 년째 시골에 칩거하고 있었다. 세상 돌아가는 일에도 어두웠다. 지팡이를 짚고 겨우 천천히 걷는 모습을 보고 있으면 흔들리는 배 위에서 공을 자유자재로 굴리던 그때가 그리웠다. 평생을 강철처럼 살아온 군인, 니콜라이가 그리웠다.

"지난 4월에 돌아왔습니다. 의회제 공화국이 아니라 아래로부터 전국적으로 솟아오르는 노동자, 농민의 소비에트 공화국을 건설하겠다고 합니다."

"내가 듣기로는 독일에서 마련해 준 봉인기차를 타고 왔다가 다시 핀란드로 도망쳤다고 하던데?"

나타샤가 아는 체를 했다.

"맞습니다. 볼셰비키 무력시위가 임시정부에 의해 진압된 후 독일스파이로 수배되어 핀란드로 도망쳤었습니다. 그러나 곧 다시 돌아왔지요."

세르게이와 콘스탄틴이 거의 동시에 말했으므로 세르게이는 말꼬리를 흐렸다.

모든 권력은 소비에트로!!

레닌의 외침은 온 나라를 뒤흔들었다. 이제 그의 세상이 되었다. 평화와 토지 분배를 원하는 노동자 농민 병사의 소원을 이루어 줄 수 있는 것은 소비에트 정부, 즉 노동자 농민 병사의 직접 지배뿐이라는 그의 주장은 거대한 물결이 되어 카렌스키와 임시정부를 무너뜨렸다.

"전쟁으로, 경제 파탄으로 지지를 잃은 임시정부는 누가 조금만 툭, 건드려도 쓰러질 판이었지. 결국 레닌을 영웅으로 만들고 말았지 뭐야. 그런데 과연 레닌이 카를 마르크스의 사회주의 이론을 러시아에서 현실화시킬 수 있을까?"

"그는 해낼 것입니다. 레닌은 지도력이 탁월한 인물입니다."

최재형은 눈앞에서 벌어지는 변화들을 보고 있으면서도 카를 마르크스의 사회주의 이론이 현실이 될 수 있을지 의문이었다. 세르게이와 콘스탄틴은 진심으로 그리되리라 믿고 있는 듯했다.

"농민이 전 인구의 사분의 삼을 차지하는 러시아에서? 1861년의 농노해방 이후 지방자치적 농민공동체에 의해 생산이 이루어지고 있는데? 자본주의와는 거리가 멀고 프롤레타리아 계급이란 것도 존재하지 않는다고 봐야 하는 거 아닌가?"

니콜라이는 고개를 갸웃했다.

"그렇게 말하는 사람들이 많지요. 하지만 러시아의 마르크스주의의 아버지 플레하노프는 러시아가 이미 자본주의 단계로 접어들었다고 했어요. 레닌은 자본주의가 농민공동체를 급속히 와해시키고 있다고 보지요. 농민 프롤레타리아 세력이 산업 프롤레타리아에 접목될 것이라 믿고요."

"흠, 그럴까? 헌데 이제 러시아는 세계대전에서도 발을 빼게 될 것이라는 말이 들리던데 정말 그리 되는 건가?"

"예, 곧 그럴 것입니다."

최재형도 거리에서 연설하고 있는 레닌을 본 적 있었다. 불거진 광대뼈와 낮은 코, 작은 키와 작은 눈은 동양적 외모에 가까워보였다.

"그 작은 사람이 그렇게 큰 혁명을?"

"고통은 인생의 피할 수 없는 운명이 아니라 민중의 힘으로 물리쳐야 하고 또 물리칠 수 있는 악이라는 굳은 믿음이 있으니까요."

세르게이에게도 콘스탄틴에게도 그는 영웅이었다. 다른 러시아 민중들에게도 그럴까? 아직은 알 수 없는 일이다. 그가 어떤 사람인지, 그와 그의 추종자들이 한 일이 어떤 일이었는지, 오랜 시간이 흐른 후에 역사적 평가가 어떠할지는 아무도 모를 일이다.

아, 그가 지금 바꾸고 있는 러시아가 재러 한인들의 삶에는 어떤 영향을 미치게 될까? 최재형에게는 그것이 중요했다.

"아, 참, 독립자금 1만 5천 루블을 모은 일로 잡혀갔었다더니?"

세르게이가 최재형의 사정을 헤아리고 걱정했다.

"다행히 교편을 잡고 있는 큰사위의 도움으로 무사히 풀려났습니다."

"세계대전이 발발한 이후 일본과 러시아의 관계가 호전되면서 힘들어진 거지?"

니콜라이가 등에 손을 얹으며 말했다.

"한인들에 대한 압박이 점점 심해지고 있어요. 일본이 한인지도자들을 러시아에서 추방하라고 계속 요청하고 있는 형편이고요."

"독립운동을 이끌자면 점점 어려움이 많아질 거야. 우선적으로 돈줄을 죄려 들 것이고."

니콜라이는 제 일처럼 걱정이 되는 빛이었다.

"너나없이 변화를 감당하기 어려운 시기지만 입적만 되어 있으면 한인사회도 더 나아지지 않을까요?"

세르게이가 러시아 국적을 취득하는 게 중요하다고 조언했다. 그는 많은 동포들이 여전히 러시아 국적을 꺼리고 있다는 것을 잘 알고 있었다.

"제 생각도 같습니다. 혁명은 불행과 슬픔에 처한 사람들 편입니다. 새로워진 러시아에서 한인들이 불행해 질 리 없습니다."

콘스탄틴도 내전이 끝나고 나면 자유와 평등이 한 단계 높아진 사회가 될 것임을 강조하며 희망을 가지라고 말했다.

가난한 자의 고통이 줄어들고 평등한 인권을 보장받으려면 지금 누리고 있는 자들의 부가 줄어야 하고 너무 높이 올라 간 자들은 내려와야 할 것이다. 인류의 존엄과 정의를 지키자면 당연한 일이다. 그런데 시베리아 한 귀퉁이에 와 살고 있는 우리는 어떻게 되나? 그동안 손발이 터지도록 일구어 놓은 땅을 빼앗기게 되는 건 아닐까? 몇몇은 제법 부자 소리를 듣게 되었다. 그것들이 어디 거저 운이 좋아 굴러들었던가?

아주 아니라고는 말할 수 없지만 밤잠을 줄이고 동분서주하여 일군 것들이었다. 똥오줌도 헛되이 버리지 않고 살아온 결과였다. 바다 위에서 보낸 시간들은 얼마나 외롭고 힘들었던가? 극한의 땅, 북극에까지 갔었다. 그것들을 다 국가나 사회에 내놓아야 한다면?

아, 시절이 어찌 되든 적응해야 하고 삶의 터전을 지켜내야 한다. 조선인들에게 황제의 제국이면 어떻고 임시정부면 어떻고 백파면 어떻고 적파면 또 어떠랴? 중요한 건 한인사회가 굶주리지 않아야 하고 부당하고 억울한 일 당하지 않고 자손들을 키우며 살아갈 수 있어야 한다. 국가의 체제나 이름이 무슨 상관인가?

"그때 내 말대로 유럽에 가서 시계 공장이나 하면서 살았으면 이런 세태에 휘말리지 않았을 거 아닌가 말이야."

니콜라이가 최재형의 속마음을 들여다보며 한숨을 섞었다. 말은 그렇게 해도 그는 늘 최재형과 재러 한인들의 불안한 처지를 안타까워하고 언제 어디서고 최선을 다해 도왔다. 딱히 묵은 목숨 빚 때문만은 아닐 것이었다.

아나스타시아는 또 어찌 되나?

블라디미르가 유언을 남겼다. 요양원은 아나시타시아가 죽을 때까지 아나스타시아를 보살피는 사람에게 주겠다고. 그러나 이런 분위기라면 요양원은 국가에 넘어가게 될지도 모른다. 블라디미르가 남긴 지극히 개인적인 유언은 소용이 없게 될 것이다. 이고리의 가족들은 그 대가를 포기해야 할 것이다.

나무들이 서걱거리는 소리가 거세졌다. 누군가 문을 조금 열고 밖을 내다보았다. 찬바람이 기다렸다는 듯이 밀려 들어왔다. 바람은 살아있는 모든 것들에게서 온기를 빼앗아갈 기세였다.

우리가 여기 왜 왔던가? 사람들은 그제야 정신이 들었다. 시절 돌아가는 이야기에 팔려서 정작 모인 이유를 잊고 있었다.

어찌 되었나? 좀 차도가 보이는가?

이고리의 처, 쏘냐는 이제 너무 늙었다. 그녀가 하느님 품으로 돌아간다 해도 슬픈 일이라고 생각할 사람은 없었다.

쏘냐는 일생을 살면서 참으로 많은 일을 했다. 만일 하느님 앞에 나아갔을 때 세상에서 한 일에 대한 증표를 내놓아야 한다면 쏘냐는 누구보다 충분한 증표들을 내보일 수 있을 것이었다. 그것도 착하고 선함의 증표들을.

몸과 마음이 성한 사람들을 위로하고 돌보는 일에 평생을 바친다 해도 천사 소리를 들을 것이었다. 쏘냐는 모자라고 불편하고 가난한 사람들을 위해 평생을 바쳤다. 그녀의 손은 손을 쓸 수 없는 사람들의 손이었고 그녀의 발은 걸을 수 없는 사람들의 발이었다. 아프면 안 된다는 생각으로 자신을 몰아치며 살아왔다. 그래서 오래 살았는지도 모를 일이었다.

"이고리의 딸, 나타샤가 재산에 눈독을 잔뜩 들이고 있던데……."

세르게이가 말했다. 머릿속에서 천사의 모습이 이내 일그러졌다. 고요한 수면에 돌 하나가 떨어진 꼴이었다. 대신 조금 탐욕스러워 보이는 나타샤와 그의 가족들이 머릿속을 차지했다. 벌써부터 요양원이 자신들의 재산이 될 것인지를 묻고 다녔던 것을 최재형은 까맣게 몰랐다.

혁명 일로도 눈코 뜰 새 없는 세르게이와 콘스탄틴이 쏘냐의 마지막을 보기 위해 일부러 왔다는 것이 놀랍기는 했다. 아마 피의 일요일 이후 이곳에 숨어 있었던 기억 때문이겠지. 이고리의 처가 죽고 나면 아나스타시아가 어찌 될 것인지 궁금하기도 하고 블라디미르에게 은혜를 입은 처지에서 가만히 있을 수 없었겠지. 그렇게만 여기고 있었다.

변호사가 필요해서 콘스탄틴에게 연락을 했고 콘스탄틴이 세르게이에게 함께 가자고 손을 내밀었다는 것을 알게 되자 기분이 상했다.

쏘냐와 이고리에게 어찌 저런 딸이? 쏘냐가 죽고 나서 저들이 요양원의 주인이 된다면? 그래도 아나스타시아를 이곳에 두어야 할까? 아니면 블라디보스토크로 데리고 갈까? 아나스타시아가 자신을 따라 떠난다면 재산에 대한 권리가 없어질 테니 저들이 가만있을 리 없겠지. 분명 재산 때문에 아나스타시아를 데려가려는 것이라고 항의하고 소란을 피우겠지. 동양에서 온 놈이 욕심을 낸다고 할 것이 뻔하다. 엘레나는 쏘냐가 없는 곳에 아나스타시아를 둘 수 없으니 만일 쏘냐가 죽는다면 아나스타시아를 데리고 와야 한다고 당부했다. 하지만 일이 간단하지 않을 것이었다.

"블라디미르의 집과 기타 재산은 표트르 최에게 주었다고 들었어요."

나타샤가 최재형에게 다가와 말했다. 그러니 요양원 일에는 간섭하지 말라는 뜻이었다.

"그랬지요. 하지만 아나스타시아를 위해 보존해 두고 있습니다."

최재형은 불편한 속을 감추고 대답했다.

"만일 어머니에게 일이 생긴다 해도 아나스타시아는 제가 돌볼 거예요, 그녀에게는 이곳이 익숙하고 제게는 가족이나 마찬가지니까요. 아시겠지만 아나스타시아는 익숙한 곳을 떠나면 적응하기 힘들어요."

나타샤가 또박또박 힘주어 말했다. 나중에 다른 말이 나오지 않도록 확실히 해두겠다는 투였다. 최재형은 그저 듣고만 있었다. 쏘냐의 임종을 앞두고 얼굴을 붉히고 싶지 않았다.

다 부질없는 걱정이었다. 쏘냐는 이틀 후 자리를 털고 일어났다. 조금 더 느려졌을 뿐 혼자 걷고 혼자 일어나 환자들 사이로 돌아다녔다. 여전히 흔들의자에 앉아 아나스타시아의 행동을 지켜보는 행복도 누렸다. 쏘냐가 죽고 난 후 요양원을 어떻게 할지 하는 문제는 쏙 들어갔다.

"자는 듯이 죽는 것이 행복이라는 생각이 들어."

쏘냐는 고비를 넘기고 난 후 부쩍 그런 말을 자주 했다. 남 앞에서보다 자신에게 더 많이 했지 싶었다.

그 말이 아나스타시아의 것이 될 줄이야.

언제 어디서 무슨 일이 갑자기 터질지 아무도 모를 변화무쌍한 시기에 가족들로부터 너무 오래 떠나 있었다. 아침식사가 끝나면 바로 블라디보스토크로 돌아가야겠다고 생각하며 짐을 정리하는데 비명 소리가 들렸다.

"의사를 불러! 어서!"

나타샤의 목소리가 다급했다.

"무슨 일입니까?"

"아나스타시아가 이상해요."

간호사가 말했다. 최재형은 더 물을 것도 없이 아나스타시아의 방으로 달려갔다.

"숨을 안 쉬어요."

아나스타시아와 가장 친했던 옆방 환자가 울먹였다. 쏘냐는 아나스타시아의 손을 쓰다듬으며 계속 작은 소리로 중얼거렸다. 기도를 하고 있는 것이 분명했다. 아나스타시아의 목숨을 살려달라고 매달리고 있는 것은 아니었다.

평화와 안식을 빌어주는 것이겠지.

쏘냐는 평화로워 보이기까지 했다. 최재형은 니콜리스크 우수리스크 군 소재지에 구금되었던 때를 떠올렸다. 아나스타시아를 더 이상 보살필 수 없게 되면 어쩌나 하는 생각이 제일 먼저 머리를 치고 지나갔다. 아이들이야 엘레나가 있으니 어떻게든 살 것이다. 엘레나도 가족과 동포사회가 있으니 살 수 있을 것이다. 하지만 누군가의 보살핌이 없으면 살 수 없는 아나스타시아는?

"오늘따라 늦게 일어난다 싶었지만 어제 늦게 잠들어서 그런가, 했어요."

"자는 듯이 죽는 복은 누렸으니……."

나타샤와 간호사가 주고받는 말들이 크고 작은 물방울이 되어 아나스타시아 주변을 떠돌았다.

"아, 아무 예고도 없이 이렇게 덜컥 죽음이 찾아오다니?"

심장이 갑자기 멈추고 아나스타시아는 참 쉽게도 이승과 저승의 경계를 넘어가버렸다. 하긴 어디 아나스타시아에게 보통 사람의 세상이 있었던가? 모든 일에 어눌하고 부족했지만 수학만큼은 보통 사람이 이해할 수 없는 영역까지 품고 살았다. 보통 인간의 눈으로는 도저히 그 존재의 내면을 들여다 볼 수 없었던 아나스타시아. 최재형은 또 하나의 별이 떨어졌다고 생각했다.

니콜리스크 우수리스크 별장 자작나무 숲에 걸어둔 상모는 주인을 잃었다. 이제 그 팽팽한 원들을 다시 만들어 내지 못할 것이다. 상모가 돌아가지 않는다면 꽹과리도 신명을 낼 것 같지 않았다.

16
별이 지다

사월이다. 바람이 한결 부드러워졌다. 나무들이 기지개를 켜기 시작하는 걸 느낄 수 있었다. 이제 곧 오월이 오겠지. 오월이 되면 노란 민들레가 피어나 사람들의 가슴에 희망의 불을 지필 것이다. 다른 꽃들도 다투어 색색으로 피어날 것이고 파란 하늘은 세상이 살 만한 곳이라고 소리치며 높아갈 것이다.

시절은 좋아지건만 얼마 전부터 시도 때도 없이 사방에서 발소리가 다가온다. 잠을 자다가도, 밥을 먹다가도 그 발소리가 문을 열어젖힐 것만 같아 가슴이 뚝 떨어진다.

아, 그를 꼭 한 번은 만나야겠다. 무슨 일이 벌어질지 아무도 모를 일이다. 다시는 기회가 없을지도 모른다. 최재형은 이범윤을 찾아 나섰다. 이범윤은 만주로 갔다가 돌아와 있었다.

"관리 영감 계시오?"

"누구요?"

다소 긴장한 듯한 목소리가 물었다. 부관 박장출이었다.

"최재형이오."

망설이던 문이 열렸다.

"들어오십시오. 관리 영감은 서재에 계십니다."

말이 서재지 책상만 하나 덩그마니 놓여 있는 좁은 공간이었다. 이범윤이 책을 읽고 있었다. 박장출이 보드카를 꺼내 왔다.

"갑자기 웬일인가?"

"내, 꼭 할 말이 있어서 왔소이다."

"묵은 마음이 하는 말이라면 듣고 싶지 않네."

"한 마디면 됩니다."

"……해 보시게."

"국치를 당했을 때 죽지 않고 살아줘서 고맙소."

"내 형님을 따라 자결하지 않은 것이 고맙다, 그런 말인가? 그 말을 하려고 이 밤에 왔는가?"

"그 말을 꼭 하고 싶었소."

"난 또 총질이라도 하려는 거 아닌가 싶어서 가슴이 철렁했습니다."

박장출이 별 싱거운 사람 다 보겠다는 표정으로 가슴을 쓸었다. 그는 의병활동을 하면서 줄곧 이범윤의 오른팔 역할을 해왔다. 총격 사건 후 두 사람 사이가 좋지 않아 중간에서 곤란한 일이 한두 가지가 아니었을 터였다.

"우리끼리 총질할 사이요? 지금 우리는 서로 도와도 살기 어려운 절박한 처지요. 관리 영감이 목숨을 귀히 간수한 것에 진심으로 감사하오."

그와 함께 했던 연해주 의병활동들이 주마등처럼 머릿속을 스쳐 지나갔다.

서로의 삶에 깊숙이 한 발을 들여놓고 있었던 것을 부정할 수 없었다.

1918년 11월 세계대전이 막을 내렸다. 러시아가 탈퇴한 후, 독일은 대패하고 새 정부가 휴전조약에 서명했다. 뒤늦게 전쟁에 뛰어들었던 미국이 세계를 재편하는 일에 앞장섰다. 윌슨이 내세운 '14개조 평화원칙'은 유럽은 물론 아시아 식민지 약소국들에게 희망을 주었다.

민족자결주의의 원칙에 따라 독일과 오스트리아의 지배하에 있던 소수민족들은 독립국가를 세웠다. 체코슬로바키아, 항가리, 세르보크로아트 슬라벤 왕국. 아라비아 반도의 헤자즈 등……. 투르크의 지배를 받던 시리아는 프랑스의 위임통치를, 메소포타미아와 팔레스타인은 영국의 위임통치를 받게 되었으며 유태인들은 팔레스타인에 나라를 세우도록 약속받았다.

— 유태인들이 드디어 영토를?

최재형은 유태인들의 꿈이 이루어지리라는 소리를 들으면서 놀라움을 금치 못했다. 국가의 조건이 뭔가? 국토가 없이 국가가 있을 수 있나? 주권이 없이 국가가 있을 수 있나? 최재형은 국토와 민족과 주권, 어느 하나도 없어서는 안 될 것이라고 생각하고 있었다.

민족이 있고 역사가 있으면 땅이야 없어졌다가도 생길 수 있다고 봐야 하는 것인가? 하지만 결코 쉬운 일이 아니다.

이천 년 전에 우리 땅이었다고 주장하는 일도 가능하구나, 말도 안 되는 일이라고 비웃을 일만은 아니구나. 아직 넘어야 할 산이 많다고는 하지만 기적이 이렇게도 일어나는구나. 부럽고 부러운 일이 아닐 수 없었다.

아, 우리도 연해주가 우리 조상들의 땅이었다고, 발해라는 나라를 세우고 살았었노라고 기적의 씨를 뿌리지 못할 이유가 없지 않은가.

하지만 현실은 허망하기만 했다. 정치적 독립? 영토보전의 상호보장? 다 소용없는 말이었다. 조선은 평화공존의 세계적 대기운에서 제외되었다. 정의의 사도라 불리는 윌슨도 외면했다. 일본이 승전국의 위치에 있었고 조선은 그 지배를 받고 있었기 때문이었다. 윌슨의 민족자결주의는 패전국의 지배하에 있던 나라들에게만 해당되는 내용이었다. 중국, 인도 등도 조선과 마찬가지였다.

— 세계적인 봄바람이 우리를 외면하고 있으니 우리 스스로 살 길을 찾아야 하지 않겠소? 주권을 잃은 마당에 우리끼리 싸울 수는 없는 일이오. 그러니 당신이 살아있는 것이 감사하단 말이오. 진심으로 감사하오.

그런 말을 하고 싶었지만 울컥 목이 메었다. 하지만 표정으로 보아 이범윤은 이미 최재형의 마음을 읽고 있었다.

— 나도 같은 마음이오.

이범윤의 눈은 그렇게 답하고 있었다.

"일본군이 곧 러시아의 혁명군을 상대로 대대적인 작전을 개시할 것이라 합니다. 조선 독립군을 주요 공격 대상으로 여길 것이 분명합니다. 해서 오늘밤을 틈타 모스크바 쪽으로 가려고 말을 준비해 두었습니다. 최 회장도 그냥 있을 생각은 아니시지요?"

박장출이 물었다.

"하, 사람 눈치하고는……, 딱 보니 이제 곧 뜰 생각이구만. 혹시 지금 헤어지면 살아생전에 다시 못 보는 거 아닌가 싶어 작별인사하러 온 거 아닌가? 실은 나도 망설이고 있었네. 알량한 자존심에 먼저 찾지 못했다고 이해해 주게. 이렇게 위험을 무릅쓰고 와주어 고맙네."

이범윤의 목소리가 착잡했다.

"어딜 다녀오셔요? 걱정했어요."

엘레나가 문앞에서 서성이고 있었다.

"떠나기 전에 꼭 들러야 할 곳이 있어 다녀오는 길이오. 이제 바로 떠날 거요. 내일 대대적인 작전이 시작될 거라 하오."

"모스크바로 가나요? 아니면 상트페테르부르크인가요?"

"알려고 하지 마오. 러시아 국적자이니 함부로 체포하기는 어렵겠지만 저들이 누구요. 어쩌면 당신과 아이들도 잡혀갈 수 있소. 내 행방을 대라고 고문할지도 모르오. 내 행선지를 모르고 있는 것이 낫소."

"우리 걱정은 말고 떠나세요. 당신이 어디 당신만의 몸인가요?"

엘레나는 의연하려고 애쓰는 기색이었다.

재산을 독립군을 위해 모두 내놓아야 할 것 같다고 말했을 때도 같은 말을 했었다. 세계대전이 끝날 때까지만 해도 엘레나와 아이들을 위해 어느 정도의 재산을 남겨야 한다고 마음먹고 있었다. 하지만 윌슨의 민족자결주의조차 조선을 외면하는데 가족을 앞세울 수 없었다. 나라를 찾을 수만 있다면 목숨도 재산도 다 내놓아야 하는 것이었다.

북극의 완아는 한일합방 이후 줄곧 금과 모피를 보내왔다.

"이제는 아무 것도 남지 않았어요. 하지만 내 동굴은 남아 있으니 언제든, 누구든 필요하면 와서 쓰세요."

완아가 비록 삶을 정리할 나이이기는 했지만 독립군을 위해 가진 것을 몽땅 내놓는다는 건 쉬운 일이 아니었다. 북극 같은 곳에서는 특히 죽는 순간까지 금과 모피가 있어야 한다는 것을 최재형은 잘 알고 있었다. 알렉세이도 목숨은 건졌지만 온전한 몸이 아닌데 재산이라도 있어야 할 것 아닌가? 북극이 어떤 곳인가? 살기 힘들게 하는 것은 혹한뿐이 아니다. 최악의 조건, 환경과 싸우며 살아남는 곳이다. 그보다 더한 고통을 겪은 사람들이나 살 수 있는 곳이다.

그래도 완아는 조선에 사는 것보다 여름 한 철뿐인 그 북극에 사는 것이 낫다고 말했었다.

"러시아에 지금 불고 있는 평등과 자유의 바람이 현실이 될 수 있다면 그들이 추구하는 모든 활동에 목숨은 물론, 내가 가진 전부를 바치겠어요. 그런 나라가 정말로 선다면 나도 이 북극을 떠나 돌아갈 거예요."

에릭이 가지고 온 완아의 마지막 말이었다.

최재형도 같은 마음이었다. 아나스타시아를 영영 보내고 콘스탄틴, 세르게이와 마지막 악수를 하면서 같은 생각을 했다. 그러나 입 밖에 내지 않았다. 속으로 삼키고 말았다.

설사 그런 세상이 기적처럼 태어난다 하더라도 누군가의 권위를 위해서, 권력을 위해서 무너지고 말 것이라는, 얼마 안 가 왕이 다른 이름으로 다른 옷을 입고 앉아 있는 세상이 되어버릴 것이라는 생각 때문이었다.

아, 내가 너무 부정적일까? 그래도 살아있는 한 추구해야 할 세상인 것을…….

이위종은 무슨 생각에서 붉은 군대에 뛰어들었을까? 최재형은 운학으로부터 이위종이 볼셰비키에 입당하고 제3국제연대에 입대했다는 말을 들었다. 운학은 자신도 더 이상은 모른다고 말했다. 피에르와 그 친구들을 통해 이위종이 러시아 혁명의 지도자로 일하고 있음을 알아냈을 뿐이었다.

이위청이라는 이름을 쓰는 붉은 군대의 장교가 이위종이라는 말이 돌았을 때 운학은 다른 일을 다 팽개치고 그를 만나러 갔었다. 경계가 삼엄하고 기동력이 뛰어나 어렵게 찾아가면 이미 자리를 옮기고 없더라고 했다. 고생만 하고 포기했지만 그 이위청이라는 자가 혁명 러시아라야 한국의 독립을 이뤄줄 것이라고 주장한다는 말을 듣고 돌아왔다. 그렇다면 그 이위청은 이위종일지도 모른다, 최재형은 그렇게 생각했다. 1911년, 망국의 한을 품고 이범진이 자결한 후 이위종은 러시아로 귀화했었다. 러시아 블라디미르 육군사관학교에 입교했고 러시아 장교가 되었다. 하지만 이위종은 세계대전 때 전선에 투입 되었고 1917년 이미 전사통지가 오지 않았던가. 엘리자베따도 이위종의 생사조차 알지 못했다. 살아있다면 적어도 가족에게 얼굴은 보여줘야 하는 거 아닌가. 무슨 말 못할 사정이 있다면 인편에 소식이라도 전할 수는 있을 거 아닌가. 운학이 연줄연줄이어 가지고 오는 소식을 들어 보면 이위청이 이위종이든 아니든 이위종이 볼셰비키에 투신한 것은 분명했다. 아, 그는 무슨 생각을 하고 있는 걸까? 정말 혁명 러시아라야 우리의 독립에 힘이 될 것이라고 믿어 러시아 혁명에 모든 것을 바치고 있는 걸까?

"난 이위종 그 사람, 이해가 돼. 믿음이 가건 안 가건 지금 세계가 다 러시아 혁명에 관심을 가지고 지켜보고 있지 않나? 외치는 그대로만 된다면야 얼마나 좋겠나? 사실 난 조선이라는 나라에 관심도 없고 아는 바도 없지만 힘을 보태고 싶은 건 조선을 찾는 일이 약자들의 권리와 삶을 찾는 것이라고 믿기 때문이야. 우리 북극도 마찬가지니까. 러시아 혁명 세력이 추구하는 것이 바로 그거 아니야?"

에릭도 같은 마음이었다. 그런 세상이 오기 어렵다는 것을 알면서도 포기할 수는 없는 것이다. 꿈을 꾸는 것과 꿈도 꾸지 않는 것이 얼마나 다른지 잘 알고 있는 것이다.

에릭은 해마다 금과 모피를 보내왔다. 다른 어떤 성금보다 소중한 것이었다. 최대한 정성을 들여 의약품과 생필품을 마련해 주었지만 언제나 보답다운 보답이 되지 못했다. 어떻게 감사해야 할지 몰라 그저 미안하다, 고맙다는 말을 반복할 뿐이었다. 에릭은 한 마음 더 썼다. 완아와 마찬가지로 최후의 보루로 자신의 동굴을 제공하겠다고 말했다. 독립군에게 더 없이 좋은 기지가 되겠지만 불행하게도 혹한의 땅이고 불모의 땅이니 아무나 피신할 수 있는 곳이 아니었다.

생각 같아서는 올 한 해는 북극에서 지내고 싶었다. 이제 곧 북극에도 길이 열릴 것이다. 독립군 일만 아니라면 달려가련만. 그도 마음뿐이었다.

"이위종은 처자식에게 생사도 알리지 않은 채 세계 혁명에 투신하고 있다지 않소? 그게 다 조국해방과 힘없는 백성들을 위해 거름이 되려는 거 아니겠소? 완아와 에릭까지 돕겠다고 나서는 판이오.

우리는 당연히 모든 것을 바쳐 조선을 회복해야 하오. 당신과 아이들에게는 한없이 미안하오."

"우리 걱정은 마세요. 어떤 난관이 와도 이겨낼 테니까요."

엘레나가 동의를 구하듯 곁에선 운학을 바라보았다.

"어머니를 도와 동생들을 잘 건사할 테니 걱정 말고 몸을 피하세요. 아버지."

운학은 이제 동지였다.

"아버지가 돌아오지 못할 것처럼 말하지 마세요. 아버지는 세계를 두 바퀴나 돌았고 북극에서도 살았던 분이예요. 일본놈들이 절대 못 꺾어요."

베라가 곁에서 눈물을 삼키며 말했다.

"애야, 나는 언제 어디서 무슨 일을 당할지 모른다. 나는 저들의 표적이다. 하지만 너희들은 살아남아야 한다. 나 때문에 너희들의 삶이 고달파질까 봐 그것이 걱정이다. 부디 서로 아껴 주어라. 서로 도와야 살 수 있다."

"이러다 길 늦습니다. 오늘 새로 입항한 일본 함정에서 군인들이 잔뜩 쏟아져 나오고 있었습니다. 큰일이 벌어질 것입니다."

"아무래도 지난달에 있었던 니항사건이 빌미를 준 것 같구나."

지난 3월, 아무르 강 하구 니콜라예프스크에서 한러 연합부대가 일본군을 섬멸했다. 니항사건이었다.

시베리아를 장악하려는 일본은 이를 계기로 연해주에 군대를 증파하였다. 그리고 연해주 도시에 있는 적위군 빨치산 부대에 대한 전면공세를 경고하고 나왔다.

차르와 러시아 국민들 사이의 유대는 거의 사라진 것 같았다. 그럼에도 구세력들은 전 세계 강대국들을 향해 붉은 혁명을 저지해 줄 것을 요청했다.

다국적군이 만들어졌다. 시베리아지역을 침탈할 속셈을 가진 일본군에게 혁명을 저지한다는 명분을 만들어 준 꼴이었다.

러시아 혁명을 저지하기 위해 미국 영국 프랑스 등 국제간섭군이 블라디보스토크에도 들어왔다. 내전의 끝이 어딜지 알 수 없었다.

재러 동포들의 상당수가 파르타잔에 합류했다. 맨셰비키측에서 한인 청년들에게 무기를 공급하고 한인독립운동을 지원하겠다고 약속을 해오자 한때는 맨셰비키와 손을 잡은 적도 있었다. 최재형은 차르 시절에 받았던 도움을 생각하지 않을 수 없었다. 그리고 맨셰비키측이 결국은 승리하지 않을까 하는 예측이 우세한 듯 보이기도 했었다. 하지만 시간이 흐르면서 동포 사회는 점점 파르타잔 쪽으로 기울고 있었다.

"당장은 혼전이겠지. 러시아의 군인, 지주 등 혁명을 두려워하는 세력이 만만치 않고 러시아가 자본주의 국가로 남기를 원하는 이웃 국가들이 도울 테니까. 그들은 볼셰비키가 제정러시아의 채무를 무효화할지도 모른다는 걱정을 하고 있지. 하지만 영, 프, 미, 일 등 다국적군이 도와준다 해도 볼셰비키를 당할 수 없을 거야. 왜냐고? 볼셰비키는 뚜렷한 목표가 있으니까. 누구도 그걸 꺾을 수 없을 거야."

콘스탄틴은 볼셰비키의 승리를 확신했다. 그리고 동포들의 안위를 위해 볼셰비키 쪽에 협력해야 할 것이라고 충고했다.

보이지 않던 움직임들이 서서히 드러났다.

"볼셰비키와 좌익 사회주의 혁명당원들이 약속한 평화와 토지, 빵이 과연 우리에게도 돌아올까?"

"소수파였던 볼셰비키가 권력을 잡은 걸 보면 놀랍지 않아?"

"러시아 노동자 농민으로 조직된 파르티잔과 조선 의병들은 길이 같을 수밖에 없는 거 아닌가?"

불안한 가운데 말들이 돌고 돌았다.

"일본이 그 세력 속에 있는데 국제간섭군이 우릴 그냥 두겠나?"

재러 한인들 사이에 국제간섭군과의 충돌을 피할 수 없다는 공감대가 형성되면서 파르티잔과 함께 행동하는 사람들이 부쩍 늘었다.

일본군이 국제간섭군의 일원으로 와 있다는 것은 조선인들에겐 치명타였다. 재러 동포사회의 근간이 무너질 일이었다. 조선인은 일본군의 표적이었다.

끝까지 싸우리라는 사람도 많았지만 중국이나 하얼빈 등지로 떠나는 사람들도 많았다.

운학이 언덕 위까지 따라왔다.

"아니다, 아무리 생각해 봐도 이렇게 헤어질 수는 없다."

최재형은 자작나무 숲이 이어지는 언덕에서 발길을 멈추었다. 내가 순순히 잡혀가지 않으면 가족들의 고초가 클 수밖에 없다. 이미 재산은 독립자금으로 내놓았다. 정국은 한 치 앞도 보이지 않는 안개속이다. 가족들의 앞길이 결코 만만치 않을 것이다. 아직 어린 아이들인데 고문까지 받게 할 수는 없다. 나는 이제 살날이 얼마 남지 않았다. 내가 죽어야 가족들이 산다, 요행히 블라디보스토크를 빠져나간다 해도 피신이 하루 이틀의 일이 아니다. 그리고 이 내전 중에 피할 곳이 어디란 말인가?

최재형은 길을 되짚어 집으로 향했다. 운학은 아무 말 없이 뒤를 따랐다. 운학은 이제 석군에서 중요한 인물이 되어 있었다. 이미 몇 번이나 파르타잔과 함께 일본군을 소탕하기도 했다. 일본군이 대대적인 작전을 펴 조선 독립군을 잡아들이려 든다면 피할 수 없다는 것쯤은 파악하고 있을 것이었다.

최재형은 집 주변의 공기가 어딘지 다르다고 느꼈다. 누군가가 보고 있는 것도 같았다. 당장이라도 누군가가 튀어나와 등에 총부리를 들이댈 것만 같았다. 그러나 짐짓 태연하게 집 안으로 들어섰다.

"아니, 왜요?"

"나는 도망치지 않을 것이오."

도피하지 않겠다면?

엘레나는 마지막이 왔음을 직감하고 몸을 떨었다. 최재형은 엘레나와 아이들을 차례로 안아주었다.

"좋은 세상을 물려주고 가지 못하는 게 한이 될 뿐 나는 여한이 없다."

운학의 등을 밀어 제 방으로 들여보냈다. 작은 아이들도 하나둘 침대로 보냈다. 이불을 턱밑까지 끌어올려 덮어주었다.

대문을 두드리는 소리가 들렸다. 최재형은 창을 열고 내다보았다. 총을 든 일본군이 문턱에 서 있었다. 기토의 모습도 보였다.

"아이들을 지키시오. 한동안 혼란스럽겠지만 혁명군은 어쨌도 성공할 것이고 머지않아 내란은 평정될 것이오. 레닌의 시대가 확고해지면 다국적군이 러시아에 더 이상 발붙일 수 없을 것이니 그 동안만 견디면 되오. 앞으로 무슨 일이 생길지는 알 수 없지만 적어도 일본군이 우리 목숨을 제멋대로 하지는 못할 거요."

최재형은 울먹이는 엘레나의 어깨를 밀어내고 밖으로 나섰다. 일본 군인들이 달려들어 포박했다.

"아버지! 안 돼요, 아버지!"

올가의 울부짖는 소리가 들렸지만 돌아보지 않았다. 어서 빨리 집에서 멀어져야 할 것이었다.

놈들이 집 안을 뒤지자고 들면 낭패다. 엘레나와 작은 아이들은 몰라도 운학은 위험하다. 운학이 잡히면 이위종과 그가 이끄는 혁명군도 타격을 받을 것이다.

이미 김이직 엄주필 이경수 황경섭 등이 포박되어 와 있었다.

4월 4일 밤, 블라디보스토크 주재 사령관 무라다 소장은 블라디보스토크의 혁명군에 대해 무장해제를 단행했고 5일 새벽에는 각지의 무장을 해제시키고 총공격을 가했다. 독립운동가의 가택을 수색하고 76명을 체포했다.

"이자가 바로 러시아 지역의 대표적인 의병조직인 동의회 총재, 대동공보 사장, 권업회 총재 등을 맡았던 자인데 상해임시정부 재무총장에 임명되기도 했었답니다."

최재형은 일본 군인들이 하는 말을 들었다. 자신을 두고 거물급이니 꼭 죽여야 할 인물이라고 말하는 중이었다.

"의병운동 때도 그랬고 빨치산 부대에도 비밀리에 무기를 공급했던 자입니다."

"우리 일군의 목숨을 그렇게 많이 앗아갔단 말이지?"

최재형을 보는 우찌다라는 자의 눈에 살기가 느껴졌다. 꽉 쥔 주먹이 금방이라도 날아들 기세였다.

"어이, 거기 네 명 저쪽으로."

기토의 명령이 떨어지자 수하들이 달려들었다. 예상을 하고는 있었지만 생각보다 빨리 고문이 시작되었다.

"나는 러시아 국적인이다. 재판도 없이 함부로 구금하고 고문할 수는 없다."

"너는 혁명군 원조의 주모자 아니냐?"

우찌다의 무자비한 발길이 마구 쏟아졌다.

"일본 신민의 생명과 재산을 위협하고 빨치산에 무기를 공급하고 아군을 습격한 걸 다 알고 있다."

말끝마다 발길과 주먹이 번갈아 날아왔다. 얼굴은 금세 피투성이가 되었다.

함께 포박되어 있던 엄주필, 이경수도 피투성이였다. 옆방에서도 신음소리가 들려왔다. 기토는 부서진 어깨를 또 가격했다.

이상하게 아프지 않았다. 이미 몸이 정신과 분리된 걸까? 정신을 보존해주기 위해 몸이 떠나고 있는 걸까?

72명은 방면할 모양이었다. 다행이었다. 한 명이라도 더 목숨을 아껴 살아남아야 한다. 일본군에 의해 끌려가는 한인과 러시아 혁명군의 모습을 보고 동포 사회는 겁에 질려 있을 것이다.

"저 네 명은 잠시 후 신청사로 호송한다. 지리를 잘 알고 있어서 도망칠 생각을 할지도 모른다. 감시에 소홀함이 있어서는 안 된다."

기토가 부하들에게 당부하고 나갔다.

시간이 얼마나 흘렀을까? 감시자들이 보이지 않았다. 문은 잠기지 않았다. 손으로 슬쩍 밀자 스르르 밀렸다. 밖이 조용했다.

"놈들이 보이지 않습니다."

"그럴 리 없소."

최재형은 직감했다. 저들이 명분을 만들고 있는 거라고.

"도망칩시다."

세 사람이 동시에 말했다.

"나가는 순간 어디선가 총알이 날아올 것이오. 저들은 우리가 탈출하려 해서 어쩔 수 없이 사살했다고 할 것이오."

저들은 분명 문밖에서 기다리고 있을 것이었다.

"어차피 죽을 거요. 시도나 해봅시다."

누가 먼저랄 것도 없이 문을 열어젖혔다. 갑자기 총알이 빗발쳤다. 총성과 함께 눈을 찌르는 환한 빛이 쏟아져 들어왔다.

아, 이 빛은 이승의 것이 아니던가?

— 저 아프리카 열대 숲에는 말이야. 밤이면 이상한 빛을 발하는 나무가 있대.

— 빛? 무슨 빛인데?

— 글쎄, 그 빛의 정체는 아무도 모른다는 거야. 본 사람도 몇 안 되고. 그 빛을 따라가면 또 다른 세상이 나올 거라는 말도 있고.

— 또 다른 세상이라면?

— 거 뭐 그런 거 있잖아. 누구나 평등하고 사랑이 넘치고 뭐 그런 세상 말이야.

여전히 배의 난간에 서서 아프리카를 바라보며 이상한 빛 이야기를 하고 있는 니콜라이의 모습이 보였다.

"어쩌면 알 것도 같아. 그건 사는 동안 줄곧 고통과 싸웠던 사람들의 눈빛일 거야. 아니, 평생을 하느님과 씨름하다 지친 정신이고

혼일 거야. 그것도 아니면 그저 사람답게 살게 해달라고 기도하던 그 순한 시위대의 피일 거야."

멀리서 니콜라이보다 큰 나무 하나가 다가왔다. 나무는 최재형 자신의 목소리로 말했다. 나무를 따라 일어서는 푸르스름한 빛이 니콜라이를 덮쳤다.

"형, 니콜라이 형!"

어찌 된 일인가? 환상인가? 아니면 내가 그 빛을 보는 몇 안 되는 사람 중 한 사람이 된 것인가?

최재형은 경계를 넘어 다른 세상의 빛 속으로 들어섰다는 느낌이 들었다. 조선에서 러시아로, 이제 다시 세 번째 나라로 들어선 것인가?

두루미 한 마리가 앞을 섰다. 입에 물고 있는 돌이 낯익었다.

참고 문헌

『최재형』(역사공간) : 박환
『황금의 땅, 북극에서 산 30년』(천지인) : 얀벨츨
『세계사 100장면』(가람기획) : 박은봉